Mai con un amico di tuo fratello

Jules Barnard

Capitolo Uno

Il mio ragazzo, Eric, mi prende la mano e le mie gambe tremano come gelatina mentre mi arrampico sull'ultimo masso sul lato est dell'Eagle Lake. I suoi capelli biondo cenere sono appiccicati alle radici dal sudore, cosa che mi dovrebbe disgustare. Ma per qualche motivo mi sembra veramente sexy, tutto sudato e disordinato. È a torso nudo ed essere vicina a tutti quei muscoli mi fa pensare a nasconderci dietro un masso e saltargli addosso.

Eric mi stringe la mano e io alzo gli occhi. Fa un mezzo sorriso. «Cattivella.»

«Cosa?» La mia espressione è completamente innocente, ma mi conosce bene. Più tardi ho intenzione di usare la lingua su quei muscoli per fare un'indagine approfondita. Cioè, se le cose andranno bene. Stiamo avendo un periodo di magra cui spero di rimediare con questa gita.

Mi volto a guardare indietro, cercando Geneviève. Dove diavolo è finita? Staremo qui tutto il giorno se non si sbriga.

È la nostra prima camminata al Lago Tahoe dopo il nostro arrivo, qualche giorno fa, ma Gen dovrebbe essere più in forma. Corre ed è atletica, mentre io evito la palestra come se fossi allergica alla lycra.

Probabilmente dovrei darle un po' di tregua. L'altitudine qui è maggiore di quella a cui è abituata, l'aria più sottile. Ma non lo farò, perché le sue reazioni, quando non mi trattengo, sono veramente spassose.

Finalmente la individuo, sta superando adesso i sassi prima del lago. «Un po' di pepe nel culo, Gen!»

Lei mi guarda e si asciuga la fronte, con il petto che si alza e si abbassa con ogni profondo respiro. Stringe le labbra e dilata le narici. Incrocia le braccia e mi fissa furiosa.

Io le sorrido.

Invece di muoversi verso di me, però, Gen lascia cadere le braccia lungo i fianchi e fa un passo vacillante verso l'acqua. Si accuccia tra i grossi sassi e non riesco più a vederla. Dalla sua direzione un sasso vola nel lago, creando minuscole onde.

Posso anche sfottere la mia migliore amica, ma lei se la sa cavare bene, facendo una pausa quando sa che voglio che si sbrighi, tanto per dire.

Ci potrebbe volere un po'.

Mi volto e vado verso Eric, che è a qualche metro di distanza. Il piccolo lago alpino è uno sfondo perfetto per la sua bellezza maschile. Mi fermo per un momento, ammirando il quadretto sexy e rifletto su tutte le cose che voglio realizzare quest'estate.

Il mio obiettivo, tornando alla mia città natale, era immergere Gen nell'atmosfera del Lago Tahoe e risollevare il suo spirito, spero con una piccola avventura estiva. Gen ha appena scoperto, nel modo più brutale e imbarazzante, che l'uomo con cui stava durante il nostro ultimo anno di college aveva una ragazza anche a casa. Lo Stronzo, sì, con la maiuscola, si era presentato al bar locale con l'altra ragazza durante la nostra ultima settimana di scuola.

Gen non aveva pianto né l'aveva chiamato da ubriaca come avrebbe fatto una qualunque rispettabile ventunenne, invece era diventata silenziosa, ed era peggio. Le aveva infranto il cuore e temevo avesse anche distrutto la sua fiducia negli uomini.

L'unica cosa positiva era che non avrebbe più dovuto vedere quel bastardo. Avevamo finito il college e, grazie ai miei contatti a Tahoe, mi ero assicurata un lavoro per entrambe in un casinò per l'estate, prima di cominciare l'università per la laurea specialistica.

L'università. Mi stringo le braccia intorno alla vita e faccio un respiro profondo. Per qualche motivo, sento una stretta allo stomaco tutte le volte in cui penso al mio futuro.

Tahoe è il posto perfetto per distogliere le mente di Gen dallo Stronzo e per passare un po' di tempo insieme prima di prendere strade diverse in autunno. E forse è il posto perfetto per schiarirmi le idee. Perché dovrei essere eccitata pensando al futuro, ma in questo momento l'idea della Facoltà di Legge mi fa venire il prurito.

Eric si ferma a uno strato di ghiaia e si toglie lo zaino. Distende gli asciugamani e io mi avvicino. Mi siedo e tiro le ginocchia sotto il mento, avvolgendo le braccia intorno alle gambe e cercando di non pensare al futuro.

Passano parecchi minuti e di Gen nemmeno l'ombra. È veramente così stanca dopo la camminata?

Mi guardo alle spalle. Non riesco a vederla e l'acqua dove si era accucciata è ancora una lastra di vetro.

Sento il polso che accelera. È passato troppo tempo.

Mi do una spinta in avanti e mi alzo in piedi. «Gen!»

Lei è a qualche metro di distanza e alza una mano,

camminando tranquilla verso di me come se stesse facendo una lenta passeggiata domenicale.

Mi sdraio di nuovo al mio posto ed Eric si mette dietro di me, facendomi ombra con la sua figura alta. «Ti sta bene, visto come l'hai presa in giro.» Sento masticare e mi piovono addosso delle briciole.

Ne faccio volare qualcuna con il pollice e l'indice. «Tarzan, ti dispiacerebbe portare altrove la tua sbobba?»

«Mi dispiace» mormora lui, con la barretta di cereali appiccicata alle labbra.

Scuoto la testa e sorrido. «Avevo dimenticato di dirtelo, il mio orario di lavoro al casinò sarà da martedì a sabato.»

Siamo qui da qualche giorno ma Gen e io cominceremo a lavorare la settimana prossima e sono leggermente nervosa riguardo ai conteggi che dovrò fare come mazziere. So che mi fa sembrare mentalmente instabile, ma non lo sono. Solo, faccio veramente schifo quando si tratta di matematica elementare. Posso scrivere un tema di dieci pagine sul movimento femminile post-industrializzazione in meno di un'ora, sezionare una rana o spiegare l'economia keynesiana, ma chiedetemi di sommare dei numeri a mente e il mio cervello brucia un fusibile. Tendo a sovra elaborare i concetti semplici.

Eric ha smesso di masticare, unico segno che mi abbia sentito. Si è spostato a un metro di distanza volgendomi la schiena mentre fissa l'acqua.

«Sabato sarà una buona serata per le mance,» aggiungo, «ma è brutto che il mio orario interferisca con i nostri fine settimana insieme.»

I giorni feriali sono troppo occupati con le sue lezioni e gli obblighi verso la confraternita a scuola, ma stiamo insieme tutti i fine settimana.

Lui si volta, prende le bibite dallo zaino e si toglie le

scarpe. Allunga le braccia sopra la testa con uno lento sbadiglio.

«Non sarà un problema, vero?» dico. «Tu non hai lezione dal venerdì al lunedì. Puoi sempre venire a trovarmi nei fine settimana se vuoi.»

Anche se abbiamo la stessa età, Eric è stato un po' un lavativo. Sta seguendo dei corsi estivi per potersi finalmente laureare.

Fa spallucce e prende un sasso piatto e liscio. Lo tira verso l'acqua con un colpo secco del polso. Il sasso salta sulla superficie dell'acqua parecchie volte prima di affondare. «Lavora quanto vuoi. Tu vuoi mettere da parte dei soldi per la tua lussuosa università. Io sarò occupato con le lezioni.»

Risposta un po' evasiva e sarcastica. Eric non è mai stato entusiasta del fatto che voglia frequentare la Facoltà di Legge, ma non mi ha mai nemmeno parlato in questo modo. Non abbiamo discusso del futuro ma avevo immaginato che avremmo avuto una relazione a distanza, una volta che fossi partita.

Di colpo, il solco tra di noi delle ultime settimane e il periodo di magra dal punto di vista sessuale che avevo attribuito allo stress per la fine dell'anno scolastico assumono un nuovo significato. Mi sta respingendo?

Non sono un tipo passivo, quindi gli chiedo: «Credi che sarai in grado di venire qua il prossimo fine settimana?».

Eric fruga nel suo zaino. «Probabilmente no.» Solleva la testa e agita la mano verso Gen, che si sta finalmente avvicinando. «Mi hanno assegnato il primo progetto. Dovrò vedermi con i miei compagni di studio il prossimo fine settimana. E poi c'è la festa con i ragazzi.»

Stiamo insieme da due anni e non siamo mai stati appiccicati, ma il modo in cui Eric sta evitando i miei occhi e la tensione che sento tra di noi fa risuonare campanelli d'allarme. Me l'avrebbe detto se ci fosse qualcosa che non va, no?

Con un tonfo, Gen lascia cadere il suo zaino sul mio asciugamano, ha la faccia rossa e la bocca imbronciata.

Metto momentaneamente in pausa i pensieri che riguardano Eric per concentrarmi sulla mia migliore amica.

Adesso è arrabbiata anche Gen? Prima l'ho presa in giro, ma ci è abituata e di solito rende pan per focaccia.

Stava pensando allo Stronzo? È per quello che ci ha messo tanto e perché sembra che qualcuno le abbia rubato il cucciolo?

Alzo la testa, aggrottando le sopracciglia in una muta domanda. Lei scuote la testa ma l'espressione preoccupata resta.

Eric si siede accanto a me e mi massaggia rudemente le spalle. «Vado a fare un bagno veloce, qualcuno vuole venire?» Guarda me e poi Gen.

«Troppo fredda» dico distrattamente.

«Non ho portato il costume da bagno» dice Gen senza alzare gli occhi. Raccoglie una manciata di ghiaia e la lascia cadere lentamente tra le dita.

Eric si china sopra la mia spalla e sogghigna lascivamente. «Puoi anche farlo nuda, Gen, non mi disturba.»

Gen trasalisce e io do una gomitata nelle costole a Eric. *Somaro.* Non riesce a vedere che c'è qualcosa che la turba?

Lui ride e va verso la riva.

Il suo stupido commento ha un effetto positivo. Ha cancellato l'espressione depressa dal volto di Gen, che scuote la testa guardando la sua schiena che si allontana, con un'espressione irritata. «I tuoi ormoni smettono mai di essere in circolo?»

«Mai» urla lui senza voltare la testa.

Corre verso l'acqua e si tuffa. I laghi, a Tahoe, sono abbastanza freddi da far raggrinzire le palle e farle diventare acini d'uva, ma Eric sembra non accorgersene e nuota con movimenti sciolti verso un gigantesco masso al centro del lago.

Gen e io restiamo in silenzio mentre Eric si arrampica sulla roccia come fosse Colombo che scopre il nuovo mondo.

Lei lascia cadere la ghiaia e si spolvera le mani sui pantaloncini. «Come vanno le cose con lui?» Appoggia le mani sulle ginocchia, in una posa simile alla mia e si fissa i piedi.

Prima non mi parla di quello che la sta turbando e adesso la domanda a caso su Eric? Non le ho mai parlato del periodo di magra, immaginando che fosse temporaneo.

Lei giochicchia con un lembo del mio asciugamano. «Ti preoccupi mai per lui? Con... Non so, le altre ragazze a scuola?» Alza una mano. «Prima stava scherzando, sul nuotare nuda, ma...»

Seriamente, che cosa diavolo sta dicendo? Non mi piace l'espressione preoccupata sulla sua faccia. Probabilmente sta proiettando su di me i suoi problemi. Ha passato un brutto momento e adesso pensa che tutti gli uomini siano degli stronzi.

«Va tutto bene, Gen.»

Lascia uscire lentamente il fiato. «Okay.» Mi rivolge un sorriso affettuoso e mi sento stringere lo stomaco. *Merda.* Le cose vanno veramente bene tra Eric e me?

Non mi sembrava che fosse così qualche minuto fa. Non mi sono mai preoccupata per lui, ma sono stata occupata. Ora che la scuola è finita, le cose sono cambiate?

Scuoto la testa. Sto reagendo in modo esagerato. Eric e

io passeremo un po' di tempo insieme al lago e ci rimetteremo in carreggiata.

Ci sono segni di tensione intorno alla bocca di Gen.

«E tu?» le chiedo. «Sei pronta a ricominciare a uscire?»

Lei infila i talloni nella ghiaia. «Certo, prima o poi.»

Gen l'ha già detto ma è passato un mese da quando le hanno spezzato il cuore. Non abbastanza da guarire ma a volte ricominciare a vivere è l'unico modo per far passare la tristezza.

Eric ci schizza, con le goccioline che scendono sul suo petto tonico mentre esce dall'acqua. Io gli sorrido e lui ricambia.

Va tutto bene tra Eric e me. Certamente. Passerà anche a Gen. Appena le troverò un bravo ragazzo.

Gen è intelligente, bella e divertentissima anche se non lo fa apposta, cosa che la rende ancora più spassosa. Sono fortunata ad avere un ragazzo in gamba e desidero la stessa cosa per lei.

Con tutto il personale extra che assumono d'estate al casinò, ci dovrebbero essere prospettive decenti. Altrimenti, perlustreremo la zona per vedere chi c'è in giro.

La maggior parte dei miei amici di Tahoe sta finendo il college o ha trovato lavoro a San Francisco ma la popolazione di una città di vacanza cambia in continuazione. Ci sono un mucchio di possibilità di trovare qualcuno da frequentare. Troverò qualcuno per Gen o almeno le farò passare la tristezza e la farò divertire.

Il Lago Tahoe è il posto giusto. Non posso fallire.

Capitolo Due

Questa è la mia prima sera al Blue Casinò, ai tavoli di Blackjack. Finora non ho fatto errori con le addizioni e faccio faville mescolando le carte con metà mazzo in ogni mano.

Il cliente di fronte a me ingurgita il suo drink omaggio allungato. Indossa una camicia hawaiana floreale sul rosso che tira sull'enorme pancia da birra. Ignoro i ruvidi peli neri che spuntano dalle fessure tra i bottoni, in modo da non essere obbligata a cavarmi gli occhi più tardi.

Raccoglie tutto tranne una *fiche*, la mia mancia *grazie tante*, e se ne va. Mentre si allontana, Gen mi fa segno dalla sua posizione elevata nel lounge del Blue Casinò.

Non dovrei parlare con nessuno, tranne i clienti.

Do un'occhiata al direttore di sala. Sta consegnando dei gettoni per i drink omaggio e quello che sembra un coupon per un soggiorno gratuito di una notte a una bionda con il caschetto e una borsa firmata. La piramide di *fiche* davanti a lei varrà sui ventimila dollari e, mentre il direttore di sala la distrae con il buono per la stanza, il mazziere cambia.

I direttori di sala cambiano il mazziere quando un

cliente è troppo fortunato. Non so perché ma in qualche modo sembra spezzare una serie vincente.

Subdoli bastardi del casinò.

Il direttore di sala è occupato a orchestrare la rovina della donna e per il momento non ho clienti. Faccio segno a Gen di avvicinarsi.

Il lavoro di Gen è più fluido e sociale. Purché continui a servire drink, può parlare con chiunque anche se deve stare attenta quando si avvicina ai tavoli fuori dal suo settore, anche se è solo per scambiare un pettegolezzo con un'amica. Sono le cameriere esperte, quelle che lavorano qui da oltre cinque anni che si occupano dei settori più prestigiosi e quelle stronze sono maledettamente territoriali. E perfide. Per quanto ne so, fanno le prepotenti con Gen solo perché è giovane e bella.

Gen scende i tre gradini del salone e attraversa la larga corsia che ci separa. I suoi capelli quasi neri, gli occhi nocciola e la pelle pallida sono una combinazione eccezionale. Con la mia massa di capelli biondo fragola, quando camminiamo per strada ricordiamo una scacchiera gigante.

Ma in questo momento, ogni uomo nelle vicinanze sta fissando Gen.

Povera ragazza. L'universo ha messo una femmina riservata in un corpo da favola.

Il suo bel volto ovale e il corpo snello, alto quasi un metro e ottanta, nella succinta uniforme di cameriera la rende il centro dell'attenzione e lei lo detesta. Perfino adesso, sta evitando ogni contatto visivo e cammina in fretta verso il mio tavolo.

Dovremo lavorarci. Gli uomini tendono a pensare che non ti interessano se non li guardi.

Appoggia il suo vassoio rotondo sul bracciolo del mio tavolo da blackjack, senza guardarmi, come se fosse nervosa.

La sala del casinò è terribilmente rumorosa, fischi e campanelli in continuazione. Mi sono abituata ad alzare la voce solo per poter sostenere una conversazione senza però farmi sentire da tutta la sala. «Che c'è?»

«Non guardare adesso,» dice a labbra strette, «ma il barista dell'East Bar ci ha invitato a bere qualcosa con lui e i suoi amici stasera.»

Allungo il collo come un fenicottero e lo cerco.

«Ho detto di non guardare!»

«Perché no?»

«Perché potrebbe pensare che mi piace.»

«E ti piace?» Guardo di nuovo il tizio e agito le sopracciglia. Capelli castano medio, una fossetta che appare ogni volta che sorride a una cliente, non avrei potuto sceglierne uno migliore. «È carino.»

Lei giochicchia con la borsa dei contanti. «Non conosco bene Mason, ma sembra carino.» Storce le labbra e poi la sua espressione si addolcisce. «Sarebbe bello farsi dei nuovi amici.»

Annuisco sobriamente. «Sono perfettamente d'accordo.»

Il progetto "Sesso per Gen" si sta muovendo prima del previsto.

* * *

Qualche ora dopo, Gen e io passiamo oltre le porte scorrevoli del casinò accanto al Blue e l'aria condizionata mi risucchia dentro, con le orecchie che schioccano per il cambio di pressione.

«Wow» dice Gen, adocchiando una cameriera lì vicino. «Meno male che avevi dei contatti al Blue e non qui, altrimenti le mie chiappe sarebbero state completamente in mostra sotto i collant.»

«Prego» dico. È tutta la settimana che si lamenta della sua divisa.

Arriviamo al centro del casinò e Gen mi indica Mason, il barista, nel salone. Si è cambiato, invece della divisa bianca a nera del casinò indossa jeans e una camicia scura che mette in evidenza le spalle larghe da uomo sexy. Do una gomitata a Gen per segnalarle che approvo.

Mi guarda storto. Se non fossimo vicine al suo nuovo amico mi direbbe che mi sto comportando come un'idiota ed è il motivo per cui lo faccio ora, finché posso farla franca.

Mason si alza, con un grande sorriso sul volto. Mi dà un'occhiata e poi si prende tutto il tempo per ammirare Gen nella sua gonna corta di jeans, una t-shirt e i sandali.

Quando ci eravamo vestite questa mattina, nessuna delle due si era aspettata di uscire dopo il lavoro quindi il nostro abbigliamento è piuttosto casual.

Al tavolo di Mason ci sono altri due uomini e una ragazza. «Questo è Adam, con la sua ragazza Breanna...» Mason indica un ragazzo carino con le maniche della camicia ben stirata arrotolate con cura fino ai gomiti.

Breanna sorride mentre Adam dà una lunga occhiata non molto discreta ai nostri corpi, soffermandosi sul mio seno. Mi piacerebbe dire che il motivo è che ho un davanzale abbondante, ma in realtà è solo perché l'ho messo bene in mostra.

«E questo è Jaeger.»

Jaeger? Come Mick Jagger, solo con una *e* lunga? Il nome mi suona familiare, ma non riconosco il tizio.

Jaeger è una testa più alto di Adam, indossa una t-shirt e jeans un po' logori e ha le braccia lunghe come quelle di un giocatore di basket. I capelli castano chiaro sono tagliati cortissimi. Non riesco a piazzarlo anche se c'è qualcosa di familiare nel suo volto.

È carino, però, con una mandibola forte e lineamenti simmetrici troppo classicamente belli per poterlo includere tra i Neanderthal: le sue sopracciglia non sporgono a sufficienza. La sua stazza è più genetica che non gonfiata dagli steroidi.

Jaeger dà a Gen un'occhiata superficiale e poi guarda me. Il suo sguardo si sofferma per qualche secondo di troppo. Poi mi fa un cenno di saluto e riporta l'attenzione sui suoi amici.

Ha esitato quando mi ha guardato. Segno che ci conosciamo già? Non posso chiederglielo però, perché adesso gli sta parlando Adam.

Lo osservo un po' di più, soffermandomi sulle labbra piene, scendendo poi a un torace molto ampio, spalle muscolose e... Mani grandi. Quel tizio ha le mani forti, ben formate.

Provo un brivido. Ho un debole per le mani degli uomini... E sono andata fuori pista. Sto cercando uomini per *Gen*, non per me. Ma l'unica cosa che non mi piace del corpo di Eric sono le sue mani lunghe e sottili. Comunque il resto del pacchetto è talmente bello che posso tranquillamente passarci sopra.

È veramente irritante. Giurerei di conoscere questo tizio. Siamo andati a scuola insieme?

Mi chiedo se Gen abbia notato Jaeger. Se Mason non funzionasse, dovremmo mettere Jaeger in cima alla lista dei possibili partner per Gen.

«... Abbiamo lavorato insieme all'Haevenly» dice Mason e torno ad ascoltare la conversazione. Ha appena detto a Gen come mai conosce questa gente.

Mi siedo accanto a Adam e Jaeger, lasciando a Gen la sedia tra Jaeger e Mason.

Ordiniamo da bere e mi volto ad ascoltare mentre Adam continua quella che dev'essere la conversazione che Gen e io abbiamo interrotto quando siamo arrivate.

«Non so che cosa diavolo stesse pensando» dice Adam scuotendo la testa, incredulo. «Perché tradirla con delle prostitute? Groupie, magari... Ma prostitute? Germi, amico, malattie.» Finge di rabbrividire. «Proprio una cosa da non fare, perfino per una celebrità.»

Gen e io siamo drogate di notizie sull'industria dell'intrattenimento. Scorro il mio archivio mentale per capire di quale celebrità sta parlando Adam. La pop star? O l'atleta la cui reputazione, in precedenza, era quella del chierichetto vergine?

È un bel match.

Mi chino per cogliere i particolari proprio mente Jaeger tira indietro la sua sedia, con le spalle a pochi centimetri da me. Il calore del suo corpo supera la breve distanza tra di noi, e un piacevole sentore di schiuma da barba mi riempie i sensi, facendomi battere più forte il cuore. Lui si passa le nocche lungo le cosce sode e sento una fitta di attrazione nel basso ventre.

Che diavolo? Mi metto diritta, con gli occhi fissi su Adam. Non avevo notato nessun altro ragazzo prima che Eric e io ci mettessimo insieme ed eccomi qui, a adocchiare uno dei possibili candidati di Gen, come se lo stessi cercando per me.

Lo sguardo va alla faccia di Jaeger e mi chiedo di nuovo se lo conosco. Più lo guardo, più mi sembra familiare.

Jaeger annuisce come se stesse ascoltando Adam, ma non contribuisce alla conversazione. Come se sapesse che

Adam continuerà a parlare senza bisogno che gli altri aggiungano qualcosa.

Adam è troppo loquace. È irritante. Meno male che Mason, presentandola, ha detto che quella accanto a Adam è la sua ragazza, perché l'ho già cancellato dalla lista di Gen.

Mason sposta da un lato all'altro del suo bicchiere di Martini lo stecchino con le olive. «Perché sposarsi, poi? Avrebbe dovuto restare scapolo.» Alza il bicchiere e beve un sorso.

Deve trattarsi dell'atleta. La pop star non è sposata. «Stai parlando del giocatore di basket, vero?» chiedo.

Mason annuisce.

«È un bastardo.»

A Jaeger sfugge una risata. Lo guardo e colgo un lieve sorriso sul suo volto.

La conversazione vira lentamente sullo sci e lo snowboard e le spalle di Jaeger si avvicinano a me.

«Come va, Cali?» La sua voce profonda mi liquefa la spina dorsale. Potrei sciogliermi al suo suono e vivere felicemente come una pozza di gelatina appiccicosa sul pavimento del salone.

Ci conosciamo. «Mi dispiace, hai un volto familiare, ma non riesco a ricordare dove ci siamo conosciuti.»

Lui si china in avanti, con i gomiti sulle ginocchia la testa angolata verso di me, senza guardarmi direttamente. «Tyler.»

Tyler è mio fratello, più grande di me.

Adesso tutto ha un senso.

Nella mente scorrono le immagini di un ragazzo alto, snello con i capelli biondi arruffati, che passava molto tempo con Tyler durante il mio primo anno di superiori.

Guardo il corpo sodo, ben definito e tutto muscoli di Jaeger. È possibile che un uomo acquisti trenta chili di muscoli e almeno cinque centimetri in altezza tra i diciotto e...? Faccio mentalmente il calcolo. Deve avere l'età di mio fratello, ventitré – no, Tyler ha saltato un anno – Jaeger deve avere ventiquattro anni.

I capelli sono più scuri, ma erano più lunghi e probabilmente schiariti dal sole quando eravamo alle superiori. Il ragazzo che ricordo aveva un nome inusuale, anche se non potrei dire di sicuro che fosse Jaeger. Era un tipo silenzioso, come questo ragazzo e, ora che lo guardo da vicino, anche il volto è simile.

Dev'essere la stessa persona e, se è così, si è irrobustito, e parecchio.

Era anche un campione di sci e aveva una ragazza di lunga data.

Non mi aveva mai notato.

Jaeger osserva Mason che racconta una storia buffa su Adam e le sue labbra si curvano in un sorriso accennato. È il sorriso maschile più carino che abbia mai visto e trasforma Jaeger da un maschio massiccio ed enigmatico in qualcuno di avvicinabile e affascinante.

Andrà decisamente sulla lista di Gen. Non sulla *mia*, perché non ho bisogno di una lista, ma su quella di *Gen*, ricordo a me stessa.

Mason ride guardando Adam, che sta cercando di difendersi per aver inseguito una donna che pensava fosse Gisèle mentre sciava e il sorriso di Jaeger diventa più aperto. Mi dà un'occhiata, come se si fosse accorto che lo osservavo.

Il sorriso diventa sensuale e curioso e mi si stringe lo stomaco. Per un secondo, perdo la capacità di respirare.

Porca paletta. Quel sorriso è letale.

Jaeger non mi aveva ancora guardato in faccia da quando siamo arrivati e l'impatto di quel sorriso mi manda in tilt. I suoi occhi sono verde scuro lungo i bordi dell'iride, come aghi di pino, e diventano più chiari verso il centro. Bruscamente, abbasso la sguardo sulle mani, prima di tornare a guardare i suoi amici.

Mi accascio sulla sedia. Potrà anche essere stato amico di Tyler quand'erano alle superiori, ma è cambiato.

Sono a disagio, adesso. O meglio, adesso sto veramente sclerando. Non ho mai provato un'attrazione così immediata prima d'ora e con *Jaeger* poi, l'amico di mio fratello? Zona vietata. Ho un ragazzo!

Alzo la mano per chiamare la cameriera. Lei mi vede e si avvicina. «Uno shot di Tequila, per favore, Cuervo.»

Facce sorprese da tutt'intorno al tavolo. *Che c'è?* «Qualcun altro ne vuole uno?»

Jaeger e Adam lo ordinano anche loro.

Breanna, la ragazza di Adam, arriccia le labbra e gli dà un'occhiataccia. «Scusami!» dice agitando le dita davanti alla faccia di Adam. «C'è la tua ragazza qui. Perché stai parlando di inseguire un'altra donna?»

Ah, giusto, la conversazione su Gisèle. Dio. Sembra così banale rispetto alla minicrisi che ho in testa.

«Bree, è successo prima che ci conoscessimo» le dice Adam stringendole una spalla.

«Giusto, perché se vedessi Gisèle adesso la ignoreresti e non ti interesserebbe minimamente, a causa del tuo amore e del tuo rispetto per me? È quello che intendevi dire?»

«Uhhh, sì. Assolutamente.» Adam sorride sornione ai suoi amici mentre dà qualche pacca sulla schiena di Breanna.

«L'ho visto!» sbotta Breanna.

Gen mi passa distrattamente le olive verdi del suo Martini mentre osserva la soap opera di Adam e Breanna.

Sorridendo, ne metto una in bocca e alzo gli occhi.

E mi soffoco prima che l'oliva abbia superato le mie tonsille.

Jaeger mi sta fissando la gola.

Poi il suo sguardo sale ai miei occhi e sento il calore che mi invade le guance.

Vorrei poter dire che lo sguardo che mi sta rivolgendo sia di pura osservazione, come se stesse osservando un uccello esotico che mangia un cibo insolito. Gen mi ha informato in più di un'occasione che il mio amore per le olive verdi è innaturale. Ma Jaeger sembra sexy e il suo sguardo sta mandando segnali infuocati alle mie parti femminili.

«Ti ricordo, adesso» dico senza smettere di guardarlo negli occhi. «Avevi una ragazza.»

Il calore nei suoi occhi scompare. Distoglie lo sguardo. «È stato tanto tempo fa.»

Una risposta enigmatica da parte di una persona enigmatica. Questo è lo Jaeger che ricordo. Silenzioso, riservato.

Jaeger guarda verso Gen e la sua espressione si addolcisce.

Non c'è motivo di toglierlo dalla lista di Gen, visto che lo ricordo come un bravo ragazzo.

Faccio nuovamente cenno alla cameriera e le chiedo un'altra Tequila, facendola seguire da un secondo Martini per calmare gli ormoni che stanno impazzendo dentro di me. È passata quasi una settimana da quando ho visto Eric, e molto più tempo da quando abbiamo fatto sesso. La mia libido si sente trascurata. Un qualunque tizio sexy avrebbe provocato la stessa reazione di Jaeger.

Ascolto gli altri parlare e perdo il filo della conversazione. Dopo un po', afferro la sedia di Gen. O forse il suo braccio. Mi sto appoggiando a lei?

Lei mi guarda rassegnata. «Mason, dobbiamo andare. Grazie per averci invitate questa sera.»

Merda, tutto quell'alcol mi ha offuscato i sensi e mi ha anche fatto dimenticare di tenere d'occhio la chimica tra Gen e Mason. Si sono piaciuti?

Mason sorride educatamente. «È stato bello conoscerti, Cali. Ci vedremo al Blue.»

Che persona dolce. È uno da tenersi stretto ed è quello che dirò a Gen, appena la mia lingua smetterà di essere così gonfia. «Sicuro!» Sto praticamente urlando. È l'unica parola che riesco a far uscire dalle mie labbra intorpidite.

Gen spalanca gli occhi. «Penso che chiameremo un Uber.»

Saluto il resto di loro agitando la mano e loro fanno lo stesso gesto, tranne Jaeger che osserva ogni mia mossa scoordinata con le labbra strette, le sopracciglia aggrottate.

Sono ubriaca, ma non tanto da non sapere che sono una sbronzona chiassosa e goffa. Meno male che ho già una relazione altrimenti domani il menu prevedrebbe una buona dose di imbarazzo.

Usciamo dal casinò e dico al tizio dell'Uber di portarci al Last Stop. Restano aperti quando i casinò rallentano la loro attività e alle due del mattino servono colazioni con la giusta quantità di grassi.

Gen si infila in un separè e io sbatto il fianco contro il tavolo mentre striscio dietro di lei.

«Sei sbronza, Cali.»

«Sì.» Singhiozzo e il sapore orribile del vomito e dell'alcol mi bruciano la lingua. «Ho bisogno d'acqua.»

Dopo quattro bicchieri di acqua e una colazione nel bel mezzo della notte, sufficiente a nutrire un uomo di cento chili, la mia bocca recupera la sua destrezza. «Mason è sexy» dico con finta indifferenza. È il momento in cui scoprirò la verità di ciò che prova Gen per Mason. «Lo terrò decisamente d'occhio al casinò. Ho bisogno di qualcosa di carino da guardare mentre sgobbo mischiando le carte» dico e sposto lo sguardo per cogliere la sua reazione.

Se si vuole ottenere una reazione dalla specie elusiva nota come *reservatus quietgirlius*, si deve stuzzicarla.

Gen sbuffa poco delicatamente. «Ah, è dura per te, vero? Prova a portare in giro un vassoio di sei chili per tutta la sera, con i tacchi alti.»

Aggrotto le sopracciglia e poi le appiano in fretta. Mi aspettavo più irritazione sul fatto di adocchiare Mason, invece niente. Non va. Uno a zero per Gen, ma ho altre munizioni nel mio arsenale.

«Hai visto le sue spalle e le braccia? Questi snowboarder sono in forma.»

«Okay, *ragazza già impegnata*.»

Ahi. Ha toccato un nervo scoperto. Mi sento già in colpa per via della mia reazione ormonale a Jaeger. «Non sono veramente interessata, ma apprezzo un bel ragazzo quando ne vedo uno. Penso che a Mason piaccia *tu*.»

Gen scuote il ghiaccio nel bicchiere di plastica trasparente. «Non gli piaccio. È un amico.»

Okay, adesso sono irritata. Non sta confessando. «Gli piaci, Gen, ed è carino e dolce. Che cosa c'è che non va in lui?»

«Non c'è niente che non vada in lui. Mi sto solo chiedendo se non sia un po' troppo presto per me per frequentare altri uomini.» Appoggia il bicchiere sul tavolo con un tonfo, evitando di guardarmi negli occhi. «Non ho ancora superato l'ultima botta.»

Giusto. Allora perché mi sembra che lo Stronzo non sia il vero motivo per cui si sta improvvisamente tirando indietro e non vuole frequentare nessuno?

«Pensavo che intendessi ricominciare a uscire. Non per avere una relazione vera e propria, solo per passare un po' di tempo con qualcuno. Niente legami, solo per divertirsi.»

Gen si raddrizza. «Penso che in questo momento l'amicizia sia più nelle mie corde.» Si ficca in bocca una forchettata di frittelle di patata e da un angolo della bocca cadono le briciole mentre mastica.

Non m'imbroglia, ficcandosi il cibo in bocca in modo da non poter parlare. Riconosco le tattiche diversive quando le vedo.

«Basta parlare dei miei problemi» dice dopo un po'. «Facciamo una partita di hockey da tavolo.» Guarda la parete in fondo dove c'è il tavolo da gioco, cambiando argomento, accidenti.

«Va bene, ma preparati a perdere. Sai quanto sono brava.»

Gen si soffoca con l'ultimo boccone. «*Non* è esattamente come ricordo le tua capacità nell'hockey da tavolo, o nel ping-pong e in qualunque altro gioco che richieda una certa coordinazione tra mani e occhi. Perché credi che voglia giocare con te? Ho bisogno di un'iniezione di autostima dopo una serata passata a sentirmi chiamare Biancaneve dalle cougar.»

Il soprannome Biancaneve è parte delle azioni di nonnismo da parte delle cameriere veterane. «Cougar? Se la fanno con quelli più giovani?»

«Una di loro ha fissato Mason per tutto il tempo in cui abbiamo condiviso la cena durante la pausa. Mason deve avere almeno dieci anni meno della maggior parte di loro, ma non sembra che la cosa le scoraggi.»

Gen e Mason hanno cenato insieme? Bello. Forse cambierà idea di questa faccenda del solo-amici.

«Se avessi la loro età e fossi single, sì, sarei anch'io una cougar. Quindi ti credo.»

Fletto le dita come se stessi stiracchiandole. Non dovrebbe essere così sicura riguardo l'hockey da tavolo. La mia destrezza e velocità sono migliorate drasticamente dopo lunghe ore passate a distribuire le carte.

Gen sbuffa. «Sì, già.»

Non avrei dovuto stuzzicarla. Cinque partite a zero per lei in meno di un'ora.

Quando torniamo a casa non so chi delle due sia più nervosa riguardo ai suoi futuri appuntamenti, lei oppure io, come spalla buttata in avanscoperta per tentare gli uomini attraenti.

O solo un uomo attraente.

Capitolo Tre

Sono ufficialmente un samurai nel dare le carte. Sono diventata così brava nelle ultime due settimane che riesco a lavorare mentre studio l'ambiente. È come guardare Casinò Real World.

In questo momento, la dolce brunetta del turno di notte sta flirtando con il cassiere, alto e dai capelli scuri dentro la sua gabbia, mentre le altre due cameriere tra le quali – ne sono piuttosto sicura – c'è una storia, chiacchierano accanto a una fila di slot machine.

Nella sala di Gen due dirigenti abbastanza giovani con le cravatte allentate, stanno cercando donne da rimorchiare. Vogliono far sembrare che siano lì per l'ultimo drink prima della fine della giornata, ma si capisce che stanno cercando una donna.

Uno di loro ha seguito ogni mossa di Gen e mi sta innervosendo. Non mi ha fatto una bella impressione.

Distribuisco le carte e do un'occhiata all'East Bar, dove si è ritirata Gen, al sicuro, mentre chiacchiera con Mason.

Mi si scalda il cuore a quella vista. Sono come una

mamma papera che guarda i suoi anatroccoli che si avventurano nel mondo.

Gen e Mason flirtano da un paio da settimane. Beh, okay, non riesco a capire se il loro modo di scherzare sia più da flirt o da amicizia, ma a questo punto non m'interessa. Gen ride e sorride di più ed è tutto ciò che importa. È più felice di quanto lo sia da mesi.

Jaeger arriva al bar di Mason caracollando sulle lunghe gambe, e il mio cuore comincia a battere più forte.

Avrò la stessa reazione tutte le volte che sarà intorno?

Indossa una t-shirt nera e jeans scuri e mi si secca la bocca solo guardandolo...

«Carta.»

Accidenti, ho mancato il segnale di una cliente. Ho passato troppo tempo a perlustrare il casinò.

La donna mi guarda storto e le do in fretta una carta, ricominciando a fare attenzione al gioco. Ma quando non sopporto più la tensione, do un'occhiata al bar di Mason.

Jaeger sta sorridendo a Gen con l'avambraccio appoggiato sul bancone e il corpo girato verso di lei. Non riesco a distogliere gli occhi. I muscoli definiti nel suo braccio si flettono sotto il suo peso. La mano è chiusa lenta.

Accidenti a quelle mani sexy. Una visione di quelle mani che mi afferrano e sfiorano la mia pelle dirotta i miei pensieri.

Eric non ha chiamato e l'effetto di Jaeger su di me è fastidioso. Speravo che Eric sarebbe venuto a trovarmi, ricordandomi perché stiamo insieme, perché non mi sento amata.

Mi agito, lo sguardo al tavolo e poi al trio al bar. Gen ride a qualcosa che ha detto Jaeger e sento una fitta di gelosia.

È ridicolo. *Voglio* che Gen attiri l'attenzione maschile.

Perché l'attenzione di questo tizio in particolare mi deve sconvolgere tanto?

Era un amico di mio fratello e, per quanto ne so, è ancora in contatto con Tyler. Dovrei chiamarlo e sentire che cosa ne dice.

Due dei clienti si alzano e raccolgono le loro *fiche*. Hanno perso tre mani di fila.

Riesco a prevedere con il novantanove percento di accuratezza quando un cliente lascerà il tavolo. Tre mani perse di fila hanno il cinquanta percento di probabilità, cinque o sei garantiscono che si sposteranno. Stasera vado alla grande. Nessuno resta al mio tavolo per più di qualche mano.

Le mie ultime due clienti, donne di mezz'età, tipi materni, sono riuscite a restare alla pari per mezz'ora. Finora il tempo più lungo.

Scopro un dieci. *Ahi, mi sa che vi va male, signore.*

La donna con la frangia biondo platino arriccia il naso. Sussurra qualcosa alla sua amica e le unghie finte rosa luccicano sotto la luce forte mentre si copre la bocca. Dopo un cenno di assenso dalla sua amica, chiede una carta.

Le do un otto di cuori e lei stringe le labbra in un sorrisino appena accennato, ma il mio sguardo va per un attimo al mio dieci.

Anche la sua amica chiede una carta e poi si ferma.

Volto la mia carta coperta. Asso.

Il banco vince.

Di nuovo.

Sto vincendo anche con Gen, visto che sta flirtando, quindi che diavolo ho che non va? Che cosa c'è in Jaeger che mi mette a disagio?

La coda di cavallo stretta mi sta facendo venire il mal di testa. Tenendo le mani sopra il tavolo, le batto e volto il palmo verso il soffitto – e le persone inquietanti che guardano dal sistema di sorveglianza – prima di allentare le ciocche di capelli alle tempie.

La pressione sul cuoio capelluto diminuisce, ma il martello in testa insiste. Alzando di nuovo le mani, mostro che non ho tolto nessuna carta da dietro le orecchie e distribuisco un'altra mano.

Un nuovo cliente si siede al mio tavolo mentre sto guardando in basso e i peli sulla mia nuca si rizzano.

Jaeger è seduto di fronte a me. Le sue spalle praticamente occupano due posti.

Il cuore rimbalza dentro il mio petto come la pallina di un flipper. Non riesco a controllare il sorriso che mi solleva gli angoli della bocca.

Smettila di sorridere. Comprimo le labbra fino a una linea diritta.

All'inizio Jaeger non dice niente ma quando è il suo turno di chiedere le carte, ne indica una e dice: «Che cosa fai stanotte dopo il lavoro?».

La prima cosa che mi viene in mente e che mi sta chiedendo di uscire. Beh, sta chiedendo una carta, non solo chiedendomi di uscire. Devo smettere di pensare a lui come a un uomo che potrebbe interessarmi. Non mi interessa nessuno. Io ho Eric.

Gli do una carta. «Non molto. Perché, che cosa c'è in ballo?»

Guardando le carte sul tavolo, dice: «Tu e Gen ve la sentite di unirvi a me e a Mason per una tradizionale alba di Tahoe?».

Sembra promettente.

Jaeger, o forse è Mason, vuole vedere Gen questa notte e Jaeger sta chiedendolo anche a me perché sa che siamo un pacchetto.

Sto pensando allo champagne sulla spiaggia... È abile, se è così che vuole giocarsela.

«Ci sto? Che cosa ha detto Gen?» Giro la mia carta coperta e aggiungo un sei al mio sette. Mi do un'altra carta.

Un re? Il banco sballa.

E così si interrompe la mia fila di vittorie.

Hanno perso anche le sorelle biondo platino e hanno già lasciato il tavolo. Il diciotto di Jaeger è la mano vincente.

«Ha detto che verrà se vieni anche tu» dice raccogliendo la sua vincita.

Visto, mi dico, *sta solo chiedendolo a me per quel motivo. Prima l'ha chiesto a Gen.*

Ma controllo comunque la sua espressione, solo che non mi sta guardando. Tutto ciò che vedo è la punta delle sue ciglia, un labbro inferiore pieno, una mandibola squadrata e spalle larghe. Non riesco a capire se si sta assicurando che vada in modo che Gen sia a suo agio oppure se vuole che ci sia anch'io. Stupido. Non ha importanza che mi voglia lì o no. È Gen quella disponibile.

Perché diavolo ci sto pensando? «Finiamo alle tre. A che ora vuoi che ci incontriamo?»

Jaeger si ficca le *fiche* in tasca e io sto di nuovo fissando i muscoli dei suoi avambracci.

Maledizione! Non può indossare qualcosa di diverso delle sue t-shirt che lasciano le braccia scoperte? Dove siamo, in un locale di spogliarello?

«Verrò a prenderti davanti all'entrata alle tre e mezzo.»

Mi obbligo ad alzare gli occhi.

«Indossa qualcosa di comodo.» Abbassa gli occhi per un attimo, un'occhiata alla mia uniforme di nylon come se fosse rivelatrice.

La mia divisa è identica a quella di tutti gli altri

mazzieri, unisex, assolutamente non attraente. Ma quell'occhiata possessiva. E sexy. *Merda*.

Jaeger si mescola alla folla e il direttore di sala mi consegna un altro mazzo di carte. Mi sforzo di prestare attenzione alle mie abilità nel mischiare le carte e non all'uomo attraente che si sta allontanando dal mio tavolo.

Capitolo Quattro

«A pescare? Ci state portando a *pescare?*»

Nel tempo che ci è voluto per prendere qualcosa da mangiare prima della "tradizione dell'alba", il cielo è passato da nero a blu scuro e c'è un po' di luce sul retro del pickup di Jaeger. Ci sono quattro canne da pesca che brillano come lance.

Mi gratto la testa, cercando di capire a che cosa diavolo stanno pensando questi tizi. Non è la mia idea di divertimento. È stata un'idea di Jaeger o di Mason? Momento dopo momento sto rivalutando il mio giudizio sulla loro capacità di seduzione.

Sono quasi le cinque del mattino e siamo su una spiaggia a nord del confine dove non sono mai stata. Ci sono piccole barche a rami ormeggiate a uno stretto molo.

Ehi? Non ha sentito parlare nessuno di barche a motore? Siamo rimasti nel XVI secolo?

Sono di malumore, ma sono fottutamente stanca. E qui fuori fa freddo.

Jaeger solleva una cassetta che presumo contenga l'attrezzatura e prende le canne da pesca. Ho visto gente che pescava. So che cosa ci vuole. Tranne che non ho mai pensato di usare quella roba in vita mia. Ci sono un momento e un luogo dove prendere il pesce: su un letto di ghiaccio nella sezione pescheria del supermercato di mia scelta.

«Paura?» Mason mi guarda con un sopracciglio alzato e la fossetta all'opera. Mi sta stuzzicando?

Incrocio le braccia sul petto: «Non può essere così difficile».

Jaeger è completamente preso dalla preparazione dell'attrezzatura da pesca. Non dice niente ma penso che si renda conto che questa uscita non mi eccita. Magari è la mia estrema e palese ostilità.

Jaeger è stato vago quando mi ha invitato e, fino a questo momento, entrambi hanno tenuto segreti i particolari della nostra avventura. *Astuto da parte loro.*

Arrivano al bordo dell'acqua e slegano dal molo due barche (meglio note come aggeggi per annegare), poi le tirano a riva. Do un'occhiata a Gen, che sta guardando con attenzione, poi fa spallucce e va verso le barche.

Perfetto. Come farò a trovarle l'uomo giusto se non ha l'istinto naturale di sapere quando la stanno corteggiando nel modo giusto? Il Last Stop per mangiare qualcosa in fretta e una spedizione di pesca non sono ciò che io considero un appuntamento decente.

«L'hai mai fatto prima d'ora?» mi chiede Gen quando mi avvicino con riluttanza. Ha il volto acceso per l'eccitazione.

Sono l'unica che non trova per niente divertente l'idea di pescare alle cinque del mattino? «No. E tu?»

Lei guarda l'acqua con nostalgia. «Andavo a pescare con mio nonno, da bambina, ma è tanto che non lo faccio. Sarà divertente.» Mi avvolge un braccio intorno alle spalle e stringe fino a fermarmi il flusso di sangue nelle braccia.

Oh Dio. Mi sta tornando il mal di testa. Do un'occhiata al pick-up. È troppo tardi per tirarsi indietro? C'è qualcosa nell'attirare un povero pesce innocente e poi maltrattare il suo corpo viscido finché muore che mi fa venire voglia di nascondermi sotto una roccia.

Mason si volta verso di noi. «Gen, tu e io siamo insieme. Salta dentro. È più facile dal molo.»

Aspettate, cosa? Devo andare con Jaeger? *Da sola?*

«Non dovremmo andare insieme, Gen e io?» dico. «Lei ha già provato a pescare. Può aiutarmi.»

Mason scuote la testa. «Mi ha detto un paio di giorni fa che non ha la licenza di pesca.»

Gen annuisce, confermando.

Aspettate. È questo il motivo per cui siamo qui alle cinque del mattino? Gen e Mason ne hanno parlato e adesso Mason la sta portando a pescare? Non esattamente la mia idea di romanticismo, ma se l'ha ascoltata mentre parlava di qualcosa che avrebbe voluto fare, allora non posso discutere.

«Tecnicamente, nessuna di voi due dovrebbe pescare senza la licenza» aggiunge Mason. «Ma probabilmente possiamo cavarcela se ci dividiamo. Comunque queste barche sono troppo piccole per contenere sia me sia Jaeger e non voglio lasciare da sole voi ragazze.»

Potrei anche ammirare la natura protettiva di Mason se non fossi già nel panico al pensiero di essere confinata con Jaeger. Ho lo stomaco così stretto che minaccia di restituire quello che ho appena mangiato.

Eric l'avrebbe fatto: fare da spalla a un amico e uscire con la migliore amica di una ragazza in modo che il suo amico potesse conoscere qualcuno. Ecco di che cosa si tratta. È ciò che sta facendo Jaeger. Non gli interessa se deve stare da solo con me. Perché dovrei preoccuparmi io?

Allentando la morsa involontaria che ho sulle mie vie aeree, respiro profondamente e mi avvicino alla barca di Jaeger. Ha già caricato le canne da pesca, insieme alla cassetta degli accessori e un piccolo frigo portatile.

Jaeger allunga il braccio e gli prendo la mano. È piena di muscoli, calda e ferma e avvolge completamente la mia. Sento un'ondata di calore che mi attraversa il petto, i sogni fatti su quella mano sul mio corpo cancellano come un colpo di spugna ogni speranza di pensiero razionale. Salgo barcollando sulla barca, sbattendo il sedere.

Jaeger sale e mi passa una pagaia. Mi ancoro ai bordi della barca, stringendo le dita sul metallo. Le fantasie non significano tradimento. Comunque devo smetterla.

«Dirigiti verso quell'affioramento.» Jaeger indica un masso scuro lontano circa cinquecento metri.

Immergo il remo nell'acqua e cerchiamo di trovare un ritmo mentre pagaiamo nel lago. Mi piacerebbe poter dire che fila tutto liscio, ma nel mio caso sono più tonfi e spruzzi. Sto manovrando la pagaia come fosse una sega. La mia coordinazione lascia parecchio a desiderare.

«Perché laggiù?» chiedo quando siamo vicini al punto che ha indicato. «Non dovremmo andare dove l'acqua è più profonda?»

«Qui l'acqua è abbastanza profonda e ai pesci piacciono le nicchie dove nascondersi. Inoltre siamo vicini alla riva, meno fatica da parte nostra.» Appoggia il suo remo, guardandomi in volto. Per un momento non si muove, mi fissa e basta, muovendo la bocca come se cercasse di decidere se dire o meno qualcosa.

Gen e Mason sono più vicini di noi all'affioramento. Conversano a bassa voce, niente che riesca a decifrare.

Jaeger e io potremmo tranquillamente essere soli. Distolgo gli occhi e fisso l'acqua scura.

La gamba calda di Jaeger sfiora il mio polpaccio quando prende una canna. «Non l'hai mai fatto prima?»

Per un attimo mi chiedo di che cosa stia parlando. Il calore che proviene dalla sua gamba e la vicinanza del suo corpo mi fa pensare a pomiciate e tradimenti. Sì, assolutamente alle prime, no ai secondi.

Poi ricordo che dovremmo pescare. «No.»

«Metterò io l'esca sull'amo.»

«Scusa?» Perché mi sembra che tutto sia una frase da rimorchio?

Lui solleva un sopracciglio e da un contenitore di polistirolo prende un verme che si contorce, lo infila sulla punta di un amo grande come il mio mignolo.

Da vomito! Ditemi, perché siamo qui?

La barca di Gen e Mason si è allontanata e adesso non li sento più.

«Ecco.» Jaeger mi tende la canna da pesca con il verme che si contorce ancora sull'amo. «Premi il bottone sul mulinello e lascia cadere in acqua la lenza.»

Sto cercando di concentrarmi sulle sue parole, ma non riesco a smettere di guardare il verme infilzato. Prendo cautamente la canna, tenendola in modo che il Signor Verme non mi tocchi o sia sbattuto contro il bordo della barca, aggiungendo danno alla beffa per il poveretto.

Abbassando la cima della canna, lascio fluttuare il povero verme sulla superficie del lago. Magari il poverino sarà fortunato e sfuggirà a questa tortura mentre Jaeger completa le sue istruzioni.

«Quando te lo dico, blocca la lenza.»

Prepotente, eh? Chi sto prendendo in giro? Ho assolutamente bisogno delle sue istruzioni passo passo.

Premo il bottone e la lenza affonda, fischiando mentre scende. Ora il verme sta annegando. La pesca non può essere umana.

Jaeger mi dà il segnale e premo il bottone per fermare il mulinello. Afferro la canna come fosse un'ascia e fisso la cima, senza avere la minima idea di che cosa dovrei aspettarmi.

Jaeger prende un altro verme dal contenitore e io distolgo gli occhi. So che cosa sta per succedere. Non posso guardare il fato di questo poverino sulla punta dell'amo di Jaeger.

Perché mi fa venire in mente il mio destino?

Al suono della lenza che entra in acqua, do una sbirciata. Jaeger blocca il mulinello e allunga la mano verso il frigo, prendendo una Budweiser. Toglie la linguetta e me la passa.

Birra a buon mercato alle cinque e mezzo del mattino? Accetterò con piacere detta birra e la berrò come se fosse il latte materno. Forse il fatto che sia gassata mi sistemerà lo stomaco. O almeno, un po' d'alcol attenuerà la tensione sessuale e il senso di catastrofe imminente nell'aria... O li peggiorerà. Oddio, è tutto quello che mi serve.

Okay, posso gestirlo, se sono l'unica con i pensieri sconci, ma se anche Jaeger è attratto da me... Houston, abbiamo un problema.

«Come farò a sapere che ho preso un pesce?»

Jaeger mi zittisce e mi guarda come se fossi stata cattiva, cosa che in effetti sono stata... Nella mia testa. «Non prenderai mai un pesce se li spaventi parlando a voce troppo alta» sussurra.

Abbasso la voce. «Hai intenzione di dirmi come si fa o cosa?»

Fa un mezzo sorriso. Senza guardarmi dice: «Mordicchiano».

Sento di nuovo una fitta di calore che scende dalla pancia verso le cosce. Stringo le gambe. Ancora quel parlare di pesca in modo allusivo!

«Sembrerà una vibrazione, forse qualche veloce strappo. Non reagire immediatamente. Lascia che il pesce dia un bel morso, poi tira di colpo. Se sentirai ancora del movimento, vorrà dire che hai preso qualcosa.»

Apre una lattina di birra per sé e restiamo seduti in silenzio, io che sbevacchio aspettando che mi mordicchino, lui immobile come un masso a mezzo metro di distanza.

Dopo qualche minuto, tendo la mano per avere un'altra birra e la lenza vibra. Non reagisco subito, ma la canna ha tutta la mia attenzione. Prendendo la seconda birra che mi porge, aspetto, bevendo piano, stringendo la canna fino ad avere le nocche bianche.

C'è un altro piccolo scatto e la canna si muove.

Con gli occhi fissi sulla sua lenza, sembra che Jaeger non se ne accorga.

Lo strattone successivo da parte della misteriosa creatura sotto la superficie fa scivolare di qualche millimetro la canna tra le mie dita. La sollevo in fretta e avvolgo un paio di volte il mulinello per tendere la lenza. La punta si muove a scatti. Ho sicuramente preso qualcosa.

Riavvolgendo il mulinello a colpi scoordinati, lotto per recuperare l'animale selvaggio alla fine della mia lenza, sentendo una scarica di adrenalina. Adesso comincio a capire questa faccenda della pesca. Donna contro bestia!

Che cosa c'è esattamente laggiù? Esistono squali di acqua dolce? Perché penso di averne preso uno. Questo pesce è un subdolo bastardo. Mi sto sforzando senza fare molti progressi.

Jaeger si avvicina e le nostre braccia si sfiorano. Sento quando appoggia la sua canna. «Hai bisogno di aiuto?»

Prima che possa rispondere, la barca si sposta e allento la presa sulla canna mentre cerco di riprendere l'equilibrio. Jaeger si siede dietro di me sulla panca sopra la quale sono a cavalcioni, appoggiandosi alla mia schiena.

«Che cosa stai facendo?» gli chiedo nervosamente.

«Immaginavo che volessi sapere come recuperare il pesce.» La sua voce profonda, il lieve profumo della sua colonia e la sensazione del suo corpo contro il mio mi hanno congelato.

Parlo con la voce strozzata. «Penso di sapere come si fa.»

Le sue mani coprono le mie e lascio andare immediatamente la canna, appoggiando le mani in grembo. Lui ritira la lenza con colpi veloci ed efficienti e il pesce esce dall'acqua.

Ha le dimensioni di un'alborella.

Che diavolo? C'era un delfino alla fine di quella lenza.

Mi sposto nella posizione precedente di Jaeger mentre lui afferra il Signor Viscido e toglie gentilmente l'amo dal labbro del pesce e lo ributta in acqua, dove il piccoletto si inarca e nuota via.

«Perché l'hai ributtato in acqua?» Ho fatto una fatica tremenda per catturare quel pesce e il Signor Verme ha sacrificato la sua vita.

«Cattura e rilascio. Non li teniamo, nemmeno se ne avessi preso uno grande abbastanza da poterlo mangiare.» La bocca si curva nel solito sorrisino.

Sembra il motto di un uomo che vuole rimorchiare. «Ehi. Non vedo un pesce sul tuo amo. Immagino ci voglia un tocco delicato.»

Il suo sguardo va alle mie dita piegate in grembo e sento una sensazione di calore lungo la schiena. Mi guarda negli occhi. «Sentiti libera di dimostrare il tuo tocco delicato ogni volta che vorrai.»

È ufficiale. Anche il cervello di Jaeger vira verso pensieri licenziosi.

Adesso sono nei guai.

Rimette l'esca sul mio amo e mi passa la canna.

È ora di bloccare sul nascere questa attrazione. Una volta conosciuti, quasi tutti gli uomini perdono almeno dieci punti. Farò a Jaeger qualche domanda ben studiata, dovrebbe bastare a spegnere l'ardore.

«Allora, che ti è successo? Pensavo fossi un atleta di punta. Lo sci, vero?»

Passa un momento. Lui fissa l'acqua. «Discesa libera.»

Aspetto che continui. Sembra rilassato ma è immobile, come se avessi toccato un nervo.

«Non scio più.» Sposta i piedi, allargandoli sul fondo metallico della barca e appoggia i gomiti sulle ginocchia. «Un brutto infortunio mi ha eliminato dalle competizioni.»

Decisamente un punto dolente, anche se sembra abbastanza calmo. Secondo mio fratello, Jaeger era un atleta formidabile. Da quanto ricordo, era sulla buona strada per partecipare alle Olimpiadi. È una cosa importante, specialmente in una piccola città. È anche il motivo per cui non ho mai pensato che mi avesse notato. Ero la sorellina pelle e ossa di Tyler. Jaeger aveva una ragazza fissa e quasi non mi guardava quando veniva da noi.

«Adesso che cosa fai?»

Beve un sorso dalla prima lattina che ha aperto. «Intaglio il legno.»

Mi viene in mente l'immagine dei tronchi con le testa di orso incise e i totem di legno di lato all'autostrada 89. Wow, la vita di questo povero Cristo è peggiorata parecchio dopo le superiori.

«E tu?» Alza la testa, studiandomi il volto. «Ti sei appena laureata. Qual è il prossimo passo? Presumo che il lavoro al casinò sia solo temporaneo.»

Oddio, se non lo fosse mia madre mi ucciderebbe. Per tenerci a galla, si è fatta il mazzo lavorando nei casinò per ventidue anni. Ho uno di quei padri irresponsabili che chiamano un paio di volte l'anno e che, nonostante un cervello brillante, riesce a malapena a tenersi un lavoro per coprire le sue spese, non parliamo poi per pagare gli alimenti per i figli. Papà non è mai riuscito a fare ordine nella sua vita e questo significa che mia madre aveva dovuto essere l'adulta e allevare Tyler e me. Aveva rinunciato a chiedere l'aiuto di mio padre molto prima che si separassero, quando avevo due anni.

«Sì, è temporaneo.»

Jaeger continua a fissarmi e mi rendo conto di non aver risposto alla sua domanda. Mi schiarisco la voce. «Mi hanno accettato alla Facoltà di Legge.»

Lui annuisce, ma il gesto è rigido. «Dove?»

«Harvard.»

Segue una lunga pausa e non riesco a capire se quel silenzio sia colpa mia e delle preoccupazioni che ho per la scuola, oppure per qualcos'altro.

La Facoltà di Legge è ciò per cui ho lavorato, ma, in qualche modo, non sembra reale o... Giusta. La visita al campus il semestre scorso ha consolidato quelle preoccupazioni. Non ho mai visto tanti figli di papà come in quel posto. Parlo di sentirmi fuori posto. Sono cresciuta accanto ai casinò con una madre single. Sono intelligente e aggressiva, non privilegiata. Adattarsi alla vita del campus di Harvard sarà dura e i debiti studenteschi saranno da paura. Se lavoro come una matta quest'estate, avrò guadagnato abbastanza per la metà del vitto e alloggio, per il primo anno. Senza parlare della retta, che costa cinque volte tanto. Dopo la laurea avrò un lavoro ben retribuito ma, praticamente, lavorerò per pagarmi l'istruzione.

«Quindi te ne andrai presto?» Parla in tono piatto.

Non rispondo subito. Non posso dire niente perché, anche se è la carriera che ho scelto, la cosa non mi eccita. Nessuno *vuole* investire una montagna di soldi nell'istruzione, ma non è solo quello. Ci sono programmi che costano meno. Studiare legge semplicemente non mi eccita, punto.

Ecco, ho permesso al pensiero in fondo alla mia mente di arrivare alla superficie. È ciò per cui ho lavorato e quello che dovrei volere, ma non è così. Sono cambiata io, oppure è cambiato ciò che mi serve. Tutto ciò che so è che niente mi sembra più giusto.

Mia madre voleva che i suoi figli fossero medici o avvocati, persone importanti. Penso sia per quello che aveva puntato su mio padre, tanti anni fa. Lui si era laureato a Berkeley, con il massimo dei voti. La mamma aveva scoperto troppo tardi che a volte un uomo che lavora sodo ha più successo di uno dall'intelligenza superiore.

Non poteva permettersi di pagare l'intera retta, il vitto e l'alloggio per il college, ma aveva pagato metà del college mio e di Tyler facendo due lavori a tempo pieno ai casinò. Per noi voleva qualcosa di meglio. Eravamo bravi a scuola e i suoi sforzi non erano stati vani. Ed è il motivo per cui non riesco a dirle che non voglio il futuro brillante tracciato per me.

Jaeger ha chiesto se ho intenzione di partire presto e non ho ancora risposto. «Immagino di sì» è quello che riesco finalmente a dire, senza riuscire a dirgli qualcosa di concreto quando la terra sembra instabile sotto i miei piedi.

Jaeg mi fissa. «Tu...»

«Jaeger» lo chiama Mason, sussurrando. «Sarà meglio che andiamo.»

Jaeger volta la testa e vedo un motoscafo che si avvicina da dietro. È ancora a una certa distanza, ma punta verso di noi.

Jaeger ritira la lenza e lascia cadere la canna sul fondo della barca. Prende entrambi i remi. «Tieniti.»

Appoggio anch'io la canna da pesca e la prima spinta sui remi di Jaeger mi fa ricadere all'indietro. Stiamo scivolando sulla superficie dell'acqua abbastanza velocemente da far sì che la brezza mi allontani i capelli dalla faccia. Le sue braccia sono come macchine, tagliano l'acqua, i muscoli delle spalle si contraggono e si distendono sotto la maglia a maniche lunghe che ha indossato sopra la t-shirt. Non riesco a smettere di guardarlo. Potrà anche aver rinunciato alle Olimpiadi e allo sport professionale, ma è decisamente in forma. Dev'esser tutto quello scolpire.

Jaeger ci riporta a riva in un decimo del tempo che ci era voluto per arrivare all'affioramento. Salta nella sabbia e tira me e la barca fino a quando solo una metà resta in acqua. Poi mi consegna le sue chiavi e allunga una mano. «Voi ragazze aspettate sul mio pick-up, sbrigatevi.»

Intasco le chiavi e gli afferro le dita, guardando il terreno per capire qual è il modo migliore di saltare a riva senza bagnarmi o farmi male. Jaeger l'ha fatto sembrare facile ma è il doppio di me.

Puntello il piede sulla punta della prua, ma il sandalo scivola sulla superficie metallica. Esagero la correzione e ricado all'indietro.

Jaeger mi passa il braccio dietro la schiena e mi solleva dalla barca, con il petto premuto contro il suo. Per un secondo i miei piedi sono sospesi, la mia faccia è allo stesso livello della sua. Mi tiene con un braccio, come se stesse abbracciandomi, con il palmo della mano piatto di lato al mio seno. Il suo torace è sodo e caldo contro il mio ma è la sua bocca a pochi centimetri dalla mia che ha la mia completa attenzione.

Il respiro mi esce a brevi ansiti. Tutto il resto sparisce. Ci siamo solo lui e io, le ultime due persone sulla terra.

Jaeger allenta la presa e scivolo in basso, con le gambe che tremano quando toccano la sabbia. Il mondo irrompe nuovamente e mi guardo attorno. Vedo Gen e barcollo verso di lei, ma guardo indietro, chiedendomi se il momento in cui il tempo è rimasto sospeso sia stato un sogno. Jaeger sta spingendo la barca verso il molo e non riesco ancora a decidere se l'ho immaginato.

La prendo a braccetto. «Che cosa sta succedendo?» la mia voce suona ansimante.

«Mason dice che la barca che sta arrivando è quella dei ranger che controllano le licenze. Non succederebbe niente di serio se ci beccassero, ma le multe sono salate.»

Saliamo insieme sul pick-up di Jaeger e io m'infilo sul sedile posteriore della cabina. C'è luce fuori e riesco a vedere meglio il veicolo. Esterno color argento e pulito. Questo pick-up è nuovo di zecca. Non male per un venditore di totem.

«Hai preso qualcosa?» chiede Gen, con gli occhi che scintillano per l'avventura.

«Sì, ma l'abbiamo ributtato in acqua. Cattura e rilascio.» Non parlo delle dimensioni del mio pesce. «E tu?»

«Niente. Mason dice che otterrà una licenza per me e potremo andare un'altra volta.»

Un'ora fa l'avrei considerata la peggiore forma di tortura, ma adesso l'idea è valida. C'è un certo nonsoché nel restare seduti in un lago tranquillo a bere birra mentre sorge il sole. O forse è la compagnia che fa la differenza.

Sono attratta da Jaeger anche dopo avermi raccontato della sua carriera. Si è ricreato una vita dopo essere stato obbligato a rinunciare al suo sogno. Non posso fare a meno di rispettarlo.

Il mio tentativo di arrivare a conoscerlo ed essere in grado di togliergli qualche punto si è rivelato controproducente.

«E tu? Ti sei divertita con Mason?» le chiedo inarcando le sopracciglia.

Gen annuisce con un sorriso un po' disorientato e guarda fuori dal finestrino. «È un buon amico.»

Un buon *amico*? Jaeger mi sta seducendo solo parlando di pesca in modo allusivo e Gen e Mason stanno diventando amici?

No. No. No. O Mason comincia a darsi da fare in modo serio, oppure la prossima volta saranno Gen e Jaeger a stare insieme. Lasciamo che siano le sue mutandine che cadano per lui. Io ho un ragazzo.

«E tu? Com'era Jaeger?»

«È un bravo ragazzo, Gen. Dovresti prenderlo in considerazione se le cose con Mason non funzionano.»

Gen piega la testa e mi guarda. Apre le labbra, come se fosse sul punto di dire qualcosa, ma si apre la portiera del passeggero.

«Tutto bene» ci informa Mason.

Jaeger si mette alla guida e i nostri sguardi si incontrano nello specchietto retrovisore. Io distolgo gli occhi.

«Il ranger ha controllato le nostre licenze e ci ha lasciato andare» continua Mason. «La prossima volta ci penseremo per tempo e vi procurerò una licenza giornaliera.»

Non dico niente perché mi piace l'idea di rifarlo.

Ma la prossima volta, andrà Gen con Jaeger.

Capitolo Cinque

Sono quasi le due del pomeriggio quando caracollo in cucina. La spedizione di pesca ci ha fatto svegliare particolarmente tardi, ma di solito non arriviamo a casa dal lavoro alle sei e mezzo.

Gen è accanto al lavandino, con gli occhi semichiusi e sta lentamente togliendo le macchie di caffè quasi in stato di trance dalla sua tazza con la scritta *Sippy Cup per adulti*. Sbadiglia. «*Ugiooo.*»

Traduzione: *Buongiorno.* Non ha ancora bevuto il caffè, quindi tecnicamente non è sveglia. Io verso il mio nella tazza *Stronza sexy*. Ci sono quasi cinquanta tazze tra cui scegliere. In questa casetta in affitto ci sono più tazze che piatti.

Apro il frigorifero e i ripiani. *Eccovi qua, bellezze.* Tolgo il coperchio dal mio barattolo della gastronomia preferito, infilzo un'oliva con la forchetta e me la ficco in bocca.

Gen ha un conato di vomito. «È ributtante. Perché lo fai prima che abbia bevuto il caffè?»

Gliene offro una, con fare innocente.

«Stronza» dice lei, senza molto calore. Se c'è un buon

momento per prendere in giro Gen è al mattino, nel suo momento di massima debolezza.

Alzo la tazza. «Prego, per te è *Stronza sexy.*»

Mezz'ora dopo le palpebre di Gen sono completamente funzionanti e sta sfogliando la rivista *People* che ha appoggiato in grembo in uno dei lettini nel portico. Io sono nella sedia accanto a lei, con il reggiseno di un bikini sopra i pantaloni del pigiama e l'album da disegno accanto a me. Ho cominciato a scarabocchiare alle elementari. Adesso è diventata un'ossessione.

Ho gli occhi chiusi, la faccia orientata verso il sole. Mi piace sentirlo su di me, ma ho la protezione mille in modo che la mia pelle non vada arrosto e si stacchi a falde. Sono una che finge di prendere il sole.

Il suono delle pagine sfogliate continua accanto a me. «Una delle cameriere ci ha invitate a cena stasera.»

Apro un occhio. «Una delle cougar?»

Gen stringe le labbra e scuote la testa. «No. Non una di loro. Nessa ha la nostra età ed è veramente carina.»

«Sembrerebbe piacevole, ma ho un appuntamento su Skype con Eric.»

Finalmente, *finalmente*, sono riuscita a bloccare il mio ragazzo con un messaggio. Do un'occhiata al nostro scambio e sorrido.

Cali: *Sto pensando alla nostra discesa dell'American River sul gommone, con tutta questa acqua gelida vicino. È stata completamente colpa tua se ci siamo ribaltati. Non ne valeva la pena, solo per salvare quella birra!*

Eric: *Sì che ne valeva la pena.*

Cali: *Mi manchi, Skype stasera? Alle otto?*

Eric: *Certo.*

Gen rabbrividisce, con i gomiti stretti ai fianchi. «In questo caso sono contenta di non esserci.»

Rimetto il telefono in grembo. Eric e io siamo noti per aver discusso di sesso quando c'era Gen accanto. Forse perché siamo senza vergogna o forse perché la fa ammattire; okay, sono entrambe le cose.

In qualche modo comunque non penso che la nostra conversazione questa sera verterà sul sesso via Skype. Sono settimane che non ci parliamo al telefono. Mi interessa di più ottenere la rassicurazione che tutto va bene. Il mio istinto era giusto quel giorno durante la gita. Eric ha qualcosa in ballo, ma sono stata così presa con il mio lavoro che non ho avuto il tempo di fare molto.

Non è il caso di trarre conclusioni prima di parlare con Eric. Sorrido, solo per irritare Gen. «Probabilmente è meglio.»

Più che altro sono nervosa. Quando saprò che con Eric va tutto bene, sono sicura che la mia testa sarà sgombra da tutti quei pensieri su Jaeger.

È mezzanotte e mi ha ufficialmente dato buca.

Non mi hanno mai dato buca, e l'ha fatto proprio il mio ragazzo? Cavoli!

Sto affondando il cucchiaio nella seconda vaschetta di gelato al burro di pecan quando sento il suono della chiave nella serratura. Entra Gen. Beh, meglio dire che si precipita dentro.

Appoggio i piedi nelle pantofole pelose sul tavolino vintage (in effetti è solo moooolto vecchio, ma sto cercando di pensare in modo positivo) e aspetto che abbia appoggiato la sua roba e mi dica che cos'è successo. Perché c'è decisamente qualcosa in ballo. Ha lo sguardo sfuggente e ha sbattuto la porta quando è entrata.

Guarda la mia vaschetta di gelato e sospira. «Tra tutti i sapori di Ben & Jerry esistenti dovevi proprio scegliere il *burro di pecan*? Che ne dici di panna e biscotto, doppio cioccolato o, che ne so, vaniglia?» getta la borsa sul pavimento e si lascia cadere sul divano accanto a me, fissando nel vuoto davanti a sé.

Guardo lei, la borsa gettata a terra e poi la vaschetta di gelato che ho in grembo, con il cucchiaio che sporge diritto come una bandiera. «Ahi. Che cosa c'è che non va nel burro di pecan?»

Un lungo respiro, questa volta dal naso. «Dammi una cucchiaiata del tuo disgustoso gelato.»

«*Gelato disgustoso* è un ossimoro. Prendi un cucchiaio e *potrei* permettere alle tue luride dita di sfiorare il bordo della vaschetta.»

Gen si alza e va in cucina. Si sente il suono di cassetti che si aprono e chiudono e di piatti che sbattono nel lavandino. Non ci sono cucchiai puliti. Lo so perché ho preso l'ultimo. Se riuscirà a trovare un cucchiaio pulito, donerò con piacere il mio primogenito a...

Gen entra in soggiorno con in mano un cucchiaio come fosse un trofeo. È piegato a sessanta gradi ed è ammaccato di lato, dato che è finito nel tritarifiuti, ma è pulito.

Accidenti. Addio al mio primogenito.

Si siede di nuovo accanto a me, prende un'enorme cucchiaiata di gelato dalla mia vaschetta e se la ficca in bocca. Togliendo il cucchiaio dalla bocca, osserva l'utensile contorto. «Ho incontrato qualcuno.»

Ahhh. Ecco di che cosa si tratta. Sembra promettente. La notizia mi fa quasi dimenticare la mia tristezza per Eric.

«Non mi ha parlato.»

Okay, forse non è così promettente. «È perché ci interessa, allora? Stai alla larga dagli stronzi, Gen. Stiamo cercando i bravi ragazzi.»

«Lo so, credimi. Lo so.»

«Ma?»

«Continuava a guardarmi, come se non riuscisse a farne a meno e poi mi sono resa conto che una delle donne alla festa era la sua ragazza.»

Mi soffoco con una goccia di gelato che scende dalla parte sbagliata. «Oh Dio, no! Per favore non dirmi che ti interessa questo tizio. Pensavo che la volta scorsa fosse un'anomalia. Ti attirano i bastardi traditori o roba simile?»

Gen piega la testa, esasperata. «Lasciami finire. Quando mi sono resa conto che aveva una ragazza l'ho cancellato, okay? Ma...»

Oh no. *Nooo.* Sta strofinando le ammaccature sui lati del cucchiaio come se volesse lisciarle, persa nei suoi pensieri. Ho paura di vedere dove andrà a finire questo discorso e riesco solo per un pelo a evitare di esplodere. L'ultima cosa di cui ha bisogno è la situazione da cui è sfuggita.

«... ci siamo imbattuti per caso nel corridoio, intendo dire che abbiamo veramente sbattuto l'uno contro l'altra.» Si volta verso di me, studiandomi il volto. «Cali, non ho mai provato niente di simile prima d'ora. Quando mi ha toccato... Dio, non so come spiegarlo.»

Credo di saperlo. Digrigno i denti, ricordando vividamente quando Jaeger mi aveva impedito di cadere dalla barca da pesca e il tempo si era fermato. Ormoni, feromoni, di qualunque cosa si tratti. Un'enorme quantità di quella roba che scatena il caos.

Non va bene. È tutto sbagliato. Nessuna delle due dovrebbe sentirsi così. Non con queste due persone. È il mio stupido consiglio che torna a mordermi le chiappe. Ho spinto Gen a uscire e guardate che cos'è successo. Sarà colpa mia se finirà per fare sesso con lo stronzo numero due.

Gen scuote la testa. «Non ho mai provato quel tipo di attrazione. Con nessuno e specialmente non con il mio ex. Non riesco a smettere di pensare a questo tizio.» Arriccia il nasino. «È irritante.»

Come ti capisco, sorella.

Mi sposto fino a guardarla in faccia. «Ascoltami, dimentica quel tizio. Non è un tipo perbene altrimenti non ti avrebbe fissato con la sua ragazza nella stanza, né si sarebbe strofinato addosso...»

«Non si è strofinato...»

«Non importa. Il punto è che hai il potere di scegliere. Non devi innamorarti di qualcuno che ti spezzerà il cuore. Quello non è amore.»

Lei fa un respiro profondo e annuisce.

«Non dimenticare Mason e Jaeger. Sono entrambi sexy e single. Dettaglio importante, sai.»

Gen mi guarda come se fosse offesa. «Non è che io *volessi* un traditore come ragazzo.» Le manca la voce e adesso mi sento malissimo.

Metto la mano sulla sua. «No, ma non tutti gli uomini sono degni di fiducia e devi stare attenta. Stai lontana da quelli che ti danno...» Scuoto la testa e mi guardo attorno. «... Non lo so, la sensazione di nascondere qualcosa. C'è una probabilità che sia così.»

Mi lampeggia nella mente l'immagine di Eric. Dovrei dar retta al mio stesso consiglio.

«Hai ragione.»

La guardo, cercando di capire che cosa passa in quella bella testa mentre lei si mordicchia il lato del labbro. «Mangia più gelato, ti farà sentire meglio.»

Gen affonda il suo cucchiaio storto nella mia vaschetta e

lo faccio anch'io. Serve una terapia shock di zucchero, dopo la serata che abbiamo avuto.

«La cosa migliore è che non devi più rivedere quel tizio.»

Lei mi guarda con aria colpevole.

«*Che cosa?* Non avete progettato di rivedervi...»

«No! Ma ho organizzato di incontrarmi con Nessa domani. Sono amici. Potrebbe esserci anche lui.»

«Allora non andare.»

«Splendido.» Mi guarda male. «Okay, diventerò un'eremita. Sei tu quella che mi spingeva a uscire.»

Maledizione, ha perfettamente ragione. Rovinata dal mio stesso consiglio.

«Facciamo così. Vieni con me» mi dice. «Hanno intenzione di andare in quel posto di cui hai parlato, Zephir Cove. Sarà divertente e sarai lì per intervenire se ne avrò bisogno, cosa che non succederà. Quel tizio non sembra un tipo aggressivo. Comunque è probabilmente una cosa a senso unico. Niente di cui preoccuparsi.»

Capitolo Sei

Le undici del mattino è presto, visto che facciamo il turno di notte. Anche nei nostri giorni liberi, restiamo alzate fino a tardi e al mattino dormiamo fino a tardi, ma alcune delle migliori esperienze al Lago Tahoe avvengono al mattino, motivo per cui sono sulla sabbia alle fottute undici del mattino ad aspettare che arrivino gli amici di Gen.

Sono a faccia in giù sul mio asciugamano e Gen è seduta accanto a me, che giochicchia con la sua borsa e un romanzo da due soldi e qualunque altra cosa sfiorino le sue mani. Ho una sensazione orribile riguardo a questa escursione. È la sua vita, ma è difficile osservare qualcuno cui vuoi bene commettere due volte lo stesso errore.

In effetti non è successo niente tra lei e il tizio che ha incontrato ieri sera, quindi non dico niente e tento di calmarmi. Okay, mentre li aspettiamo farò un pisolino.

Sto cominciando a cedere al sonno quando una pioggia di sabbia mi colpisce il lato del viso, distruggendo l'inizio di un sogno che vedeva me, nuda come un verme, seduta su una roccia al centro del lago Eagle, completamente da sola.

Sono delusa che sia finito. Era uno di quei sogni ansiogeni, ma comunque. Che diavolo?

Mi metto lentamente seduta, cercando di togliermi il sonno dalla faccia, insieme a una secchiata di granelli di sabbia. Lunghe gambe muscolose con una spolverata di peli biondi mi ostruiscono la vista. Alzo gli occhi, facendomi ombra con una mano.

Mason. Grazie al cielo. È l'uomo che mi serviva per distogliere la mente di Gen dalle cattive influenze.

«Cali! Scusami. Tutto bene?» Si accuccia davanti a me e prende il pallone da football che si era incastrato sotto la mia ascella. Sorride a Gen.

Gen è appoggiata sulle braccia e gli sorride a sua volta. Sembra a suo agio e rilassata. Posso solo presumere che il nervosismo di prima fosse causato dall'altro tizio, non da Mason. Non sapeva che Mason sarebbe stato qui stamattina.

«Tutto bene» dico, con un'orribile sensazione nello stomaco quando penso a quanto quell'altro stronzo abbia condizionato la mia amica e cosa potrebbe significare. «Nessun danno.» Cerco di guardare intorno a Mason, ma le sue enormi spalle da snowboarder mi bloccano la vista. «Con chi sei venuto?»

«Jaeger.» Mason infila il pallone nella sabbia accanto a sé e si siede. *Immagino che resterà per un po'.* «La giornata è troppo bella per andare in palestra. Abbiamo preferito venire qua.»

Mi chino completamente di lato ed è allora che vedo Jaeger, che parla con una brunetta che indossa un minuscolo bikini rosso e gli sorride. Il timore di qualche momento fa svanisce e il mio stomaco si stringe, sento un bruciore al petto. *Chi è quella?*

Jaeger guarda dalla nostra parte e i nostri sguardi si

incrociano. Mi manca il fiato e di colpo il mio cuore sta battendo come le ali di un colibrì, come se lui non stesse parlando con un'altra ragazza, come se non stessi provando una fitta di gelosia.

Lui dice qualcosa alla ragazza poi viene verso di noi, con i lunghi passi che divorano la distanza. La ragazza fissa la sua schiena, con un'espressione un po' sconsolata, poi non so che cosa faccia perché il mio cervello va in tilt.

Jaeger è a torso nudo, il torace muscoloso e le spalle leggermente abbronzate che si stringono su una spettacolosa tartaruga sopra bermuda da bagno bassi sui fianchi. Non ha le gambe magre come la maggior parte degli uomini alti, sono proporzionate e muscolose, come il resto di lui. Perfino la cicatrice verticale in mezzo al ginocchio ha un suo fascino.

Il mio cuore martella. Di colpo fa un caldo infernale, anche se ho le mani gelate. Liscio l'asciugamano e mi tolgo la sabbia schizzata dal pallone.

Jaeger si avvicina e si siede accanto a Mason. Si china in avanti con un braccio sul ginocchio. «Ehi.»

Sorrido. È tutto ciò che riesco a fare. Odora di crema solare e qualcosa di così... Appetitoso. Sto cercando di non farlo vedere, ma sto letteralmente annusandolo. Houston, abbiamo un problema.

Jaeger sorride scherzoso. «Hai pescato qualcosa di recente?»

Ci sono diversi modi per interpretare quel commento. La mia mente sconcia va immediatamente al doppio senso. «No, e tu?»

Lui scuote la testa e afferra il pallone che Mason aveva infilato tra la sua mano e la sabbia. A Mason non sembra importare perché la sua attenzione è completamente catturata da Gen che gli sta raccontando degli amici che incontreremo qui.

Jaeger guarda oltre la mia spalla, verso l'area dei barbecue e lo faccio anch'io. È ancora presto quindi non c'è ancora nessuno. «Vieni.» È lì con il pallone sotto il braccio e la mano tesa.

Prendo la sua mano e lui mi tira in piedi. «Dove andiamo?»

«Facciamo un po' di lanci.»

Oh merda. *Merda. Merda.* «Probabilmente non è una buona idea. Non sono brava ad afferrare il pallone.»

O in nessuno sport, ma non è necessario dargli tutti gli sporchi particolari.

Lui volta la testa, aumentando la distanza tra di noi lungo un tratto vuoto di spiaggia. «Farò piano.»

Perché sto traducendo tutto quello che dice in qualcosa di sessuale? Devo stare alla larga da questo tizio. Mi sta incasinando la testa.

Jaeger mi lancia il pallone e io mi lancio per prenderlo anche se, ovviamente, lo manco. Lo raccolgo e lo spolvero, poi lo lancio arditamente come faccio sempre quando lancio un pallone: come se stessi lanciando una granata. Non riesco a fare diversamente. Gen ha tentato di insegnarmi come si fa, ma sembra che non sia in grado di capirlo.

Il mio lancio atterra a parecchi metri da Jaeger, anche se ha corso per afferrarlo. Lo raccoglie e lo fissa, poi si volta e cammina verso Gen e Mason.

«Dove stai andando?» gli chiedo.

Lui non risponde. Continua a camminare finché raggiunge Mason e infila il pallone nella sabbia accanto a lui. Mason mette distrattamente una mano sul pallone continuando a chiacchierare con Gen.

Jaeger si volta e viene verso di me a grandi passi.

Oh merda. «Che c'è?»

Si avvicina come se fosse un leone pronto ad avventarsi. «Hai la proibizione assoluta di lanciare un pallone. *Assoluta!*»

Sento il cuore che batte nelle orecchie. «Ho solo bisogno di fare un po' di pratica» dico nervosamente, con un misto di eccitazione e incertezza che mi sale dentro.

Lui scuote la testa. Adesso è a solo un metro da me. «Devi essere punita per quel lancio. Era pietoso.»

Resto a bocca aperta, ma invece di temere il maschio troppo cresciuto che mi sta affrontando, mi sento eccitata e troppo curiosa di vedere che cos'ha intenzione di fare per preoccuparmi del resto. Con un'espressione impassibile gli dico: «Sei meschino, sai? *Umff...*».

Jaeger mi solleva e mi butta sopra la spalla.

«Ehi! Che cosa stai facendo?» Sistemo in fretta il reggiseno del mio bikini blu scuro per coprirmi le tette.

«Ti butto in acqua, ecco qual è la tua è punizione.»

Strillo come una ragazzina. «Stop! L'acqua del lago è fottutamente gelida. Non farlo.» Ma sto ridendo e lui è caldo sotto la mia pancia nuda e ha il braccio avvolto dietro le mie cosce, dandomi i brividi. Ho il sedere piegato in modo poco lusinghiero sopra la sua spalla, larga e piatta, e non m'importa nemmeno perché sto ridendo forte. «Jaeger, sono seria, odio il freddo.»

«Sei cresciuta qui, non puoi odiare il freddo.» La sabbia sparisce sotto di noi, sostituita dall'acqua azzurra.

Merda, l'acqua è abbastanza profonda che le mie dita sfiorano la superficie gelata. «È vero, è vero, per favore fermati!» Ma sto sorridendo, lo sento nella mia voce e deve sentirlo anche lui.

Ma fa scivolare lungo il suo petto, con il seno schiacciato

tra di noi. Abbiamo la faccia alla stessa altezza, ho le gambe immerse nell'acqua gelida fino alle ginocchia ma ho un caldo da morire. Jaeger è caldo, io sono calda e mi manca il fiato.

Jaeger sorride. «Che cosa farai per evitare la tua punizione?»

Il mio sguardo va dai suoi occhi verde foresta, leggermente piegati verso il basso all'estremità, alle sue labbra piene. Voglio baciarlo. Se fossi single, mi chinerei leggermente in avanti e gli sfiorerei l'angolo della bocca con un bacio, stuzzicandolo.

Torno a guardare i suoi occhi sensuali. Sono più scuri e il sorriso è sparito. Il suo petto si solleva e si abbassa più velocemente di un momento fa.

Merda. Devo fermare questa follia. «Per favore, non buttarmi in acqua.»

Deve aver letto qualcosa sul mio volto perché aggrotta le sopracciglia. Mi fissa per un lungo momento, poi si piega in avanti. Per un secondo netto penso stia per lasciami cadere, invece mette un braccio sotto le mie ginocchia e mi appoggia al suo petto.

La bocca si curva in un sorriso quando si china in avanti e immerge i miei piedi nell'acqua. Ansimo, ma non mi lascia cadere, poi mi porta verso la riva.

Mi rimette in piedi sulla sabbia. «Sei al sicuro. Per ora.»

Non so che cosa sia appena successo ma penso che abbia percepito la mia esitazione e abbia fatto un passo indietro. Ne sono contenta e scontenta allo stesso tempo. Dovrei dirgli che ho un ragazzo, se ce l'ho ancora, cosa ancora da decidere, ma non l'ha chiesto né ha fatto un'avance diretta che avrebbe portato a quella conversazione. Dire qualcosa adesso sarebbe presuntuoso.

Torniamo dai nostri amici. Gen sta piegando il suo

asciugamano e guardo alle sue spalle, notando che l'area del barbecue è occupata. Dev'essere arrivata la gente che stavamo aspettando.

Jaeger è silenzioso mentre prendo il mio asciugamano e comincio a piegarlo. Deve sapere che sono attratta da lui, ma non riesco a capire se il suo flirtare sia solo la manovra di una spalla per tenermi occupata mentre Mason parla con Gen oppure se è seriamente interessato.

Mason mi guarda. «Cali, stavo dicendo a Gen della festa che faremo il prossimo fine settimana. Dovreste venire anche voi.»

Gen alza gli occhi mentre ritira le sue cose e sorride. Non è un sorrisino stentato, come per dirmi di trovare una scusa. È amichevole e caloroso. Felice.

Potrebbe essere una buona opportunità perché lei e Mason si conoscano meglio. «Certo, mi piacerebbe» dico.

Gen prende la sua borsa da spiaggia e se la mette sulla spalla. Salutiamo i ragazzi e andiamo verso l'area dei barbecue.

A metà strada, guardo indietro. Jaeger e Mason stanno correndo sulla spiaggia e passano davanti alla brunetta con cui prima Jaeger stava flirtando, che gli sorride.

Non so perché m'importi. È come una lenta tortura cui mi sto auto infliggendo. Non dovrei essere attratta da lui, ma lo sono e non riesco a mettere da parte le fitte di gelosia che provo per un'altra ragazza che può flirtare liberamente con lui. E mi fa sentire orribile perché qualunque cosa stia succedendo con Eric, in questo momento, non voglio essere *quel* tipo di ragazza.

* * *

Il barbecue sta andando alla grande e scopro dalle conversazioni che alcuni degli amici di Nessa vengono dalla locale tribù Washoe. Uno dei ragazzi, Zach, è un mazziere del casinò dove lavoro e lo conosco. Continuo a chiacchierare con i nuovi amici di Gen, tenendo contemporaneamente d'occhio lei vicino al barbecue.

Perché?

Perché Lewis, il tipo per cui era scoccata la scintilla ieri sera, è sexy da morire. E la sua ragazza, Mira, è lì con lui. È una bomba sexy anche lei, con lunghi capelli castano scuri lucenti e sta lanciando dardi con gli occhi a Gen da un'ora.

Non sto scherzando, ci potrebbe essere una zuffa. Gen è accanto al barbecue e sta chiacchierando con il mio collega mazziere e Lewis, quasi due metri di pura prelibatezza (potrebbe addirittura guardare Jaeger dall'alto), si sta avvicinando.

La situazione è molto più orribile di quanto avesse lasciato intendere Gen. Lewis la desidera e lei non ne ha idea.

Per l'ultima ora Lewis ha finto indifferenza ma osserva Gen quando lei non guarda. Non va bene.

Do un'occhiata alla ragazza di Lewis. Oh, sì, Mira li tiene d'occhio. Non sfugge niente a quella pollastrella. Sta sorseggiando la sua birra e rimane immobile, lanciando occhiate a Lewis, rivolgendo ogni tanto un finto sorriso a Nessa, che sta chiacchierando di chissà che cosa.

Gettando ancora qualche patatina sul mio piatto al tavolo da picnic, mi preparo mentalmente a intervenire, se necessario.

Zach si allontana e Lewis porge un hot dog a Gen. Si china verso di lei e le sussurra qualcosa all'orecchio, toccandole la spalla. Il petto di Gen si solleva e il suo corpo si china verso di lui. Sono convinta di riuscire veramente a vedere le scintille.

Casinò Real Word si è infiltrato nella spiaggia.

Do un'occhiata a Mira. Non fa più nemmeno finta di ascoltare Nessa, che ha le sopracciglia aggrottate mentre segue la direzione dello sguardo di Mira. Sta per succedere qualcosa di brutto.

Gen è pietrificata, il petto si solleva e si abbassa troppo in fretta. Alza gli occhi con un'espressione seria mentre guarda Lewis negli occhi. Restano fermi in quel modo per qualche secondo. Mira sembra pronta a buttare a terra Gen, io sono a un pelo dall'interrompere il sesso oculare tra Gen e Lewis, quando questo fa un sorrisino e se ne va.

Maledizione, e io pensavo che la *mia* situazione facesse schifo.

Con gli occhi sgranati, senza battere le palpebre, Gen ispeziona la zona e mi trova. Dice qualcosa a Zach che era riapparso un secondo fa e si precipita da me.

«Devo andarmene, *adesso*.»

«Okay» le dico.

Ringraziamo Nessa mentre Lewis beve la sua birra in disparte, osservando discretamente Gen.

Oh, sì. Gen deve decisamente restare alla larga da questo tizio. Non può competere con lui. Con i suoi zigomi alti, il naso diritto, labbra maschili e piene, una carnagione perfetta e abbronzata; è alto, scuro e appetitoso e la vuole. Non c'è una donna che possa resistere a quel tipo di attenzioni.

Gen mi stringe la mano e io do un'occhiata. Tra di loro c'è una specie di sfida all'OK Corral.

Maledizione, non riuscirei nemmeno io a distogliere lo sguardo.

La tiro verso l'auto. Quando siamo abbastanza lontane le chiedo: «Stai bene?».

Lei annuisce, ma sta fissando diritta davanti a sé e non parla.

«Gen? Che cosa diavolo era?»

«Una cosa che deve assolutamente finire.» Fa un respiro profondo. «Non accetterò più gli inviti di Nessa a meno di essere sicura che lui non ci sia.»

Capitolo Sette

La settimana seguente Gen e io manteniamo un basso profilo. Mi imbatto in Jaeger una volta al casinò mentre lavoro e lui mi ricorda la festa di questo fine settimana. Gli avevo detto che ci saremmo state, ma adesso la priorità è parlare con Eric. Non riesco più a sopportare di non sapere che cosa sta succedendo. Eric mi evita da un mese e ne ho avuto abbastanza. Andrò al mio vecchio college stasera, dove vive ancora lui e gli parlerò.

È venerdì e riesco a uscire presto. Gen mi presta la sua auto per questa notte e ho intenzione di dormire a casa della mia amica Reese, vicino alla Dawson University.

Ci metto meno del previsto ad arrivare. È quello che succede quando si passa tutto il tempo cercando di immaginare come chiedere al tuo ragazzo perché ti sta evitando senza sembrare completamente patetica. Ho deciso che è impossibile.

È buio, ma quando arrivo le luci sono accese a casa di Reese.

Reese ha un ragazzo fisso, quindi non la vedo spesso come quando eravamo al primo anno, ma siamo rimaste legate. Lei ha avuto la fortuna di trovare un lavoro nel campus dopo la laurea, quindi vive ancora in città mentre la maggior parte dei miei amici si sono spostati verso pascoli più verdi.

Busso alla sua porta e Reese viene ad aprirmi in jeans neri aderenti, tacchi alti e un top firmato con le paillettes.

«Bow-chica-bow-wow» canticchio. «Stai uscendo?»

Lei mi tira dentro casa. «Sì, e anche tu.»

«In effetti...» La fermo, restando in mezzo al suo semplice soggiorno che consiste in un divano marrone chiaro, una poltrona e una TV. Mi stupisce sempre che una persona alla moda come Reese viva in una casa senza stile, ma la sua coinquilina è un tipo terra terra e l'ossessione di Reese per l'estetica verte più sugli abiti e gli accessori. «... Avevo intenzione di trovare Eric e poi andare a letto presto.»

La coinquilina di Reese, Elena, mi saluta dalla cucina. Ha i capelli scuri e ondulati raccolti in uno chignon disordinato in cima alla testa; indossa i pantaloni del pigiama e una canottiera a costine e sta mescolando qualcosa che profuma di stufato in una grossa pentola. Sento l'acquolina in bocca. Non mi dispiacerebbe mettermi il pigiama, dimenticare la faccenda di Eric e unirmi a lei.

Reese mi studia la faccia. «Che cosa sta succedendo? Quando mi hai chiesto di dormire qui invece che da Eric, ho capito che c'è qualcosa in ballo.»

«Se devo essere sincera, non so che cosa sta succedendo.» E questo significa che dovrò andare a comprare parecchio burro di noci pecan, nel prossimo futuro. Dopo due anni insieme, sono piuttosto sicura che tra me ed Eric sia finita. Che altra spiegazione ci potrebbe essere perché mi evita da quattro settimane?

«Okay.» Stringe gli occhi. «Allora, qual è il piano?»

«Trovarlo e capire come stanno le cose?» *E poi mangiare il mio peso in burro di noci pecan?*

Credo di sapere che cosa dirà Eric, ma ho comunque bisogno di sentirlo. Quando il tuo ragazzo non ti chiama per un mese, non risponde alle tue chiamate e sembra che non gli interessi se stai ancora respirando... Com'era il titolo di quel libro geniale? Ah, sì, *La verità è che non gli piaci abbastanza*. Non ha senso fingere che vada tutto bene, perché non è così.

Reese tamburella le unghie multicolori sulle labbra (*sono brillantini quelli sulle punte?*). «Che ne dici di andare in un bar?»

Arriccio le labbra. «Uhm...»

«L'ho suggerito solo perché ho visto Eric fuori qualche volta e alcuni dei miei colleghi lo hanno incontrato nei bar.»

Okay, è assurdo. Non ho la più pallida idea di dove lavori Reese nel campus. È piuttosto vaga quando ne parla. «I tuoi colleghi lo conoscono?»

Lei agita una mano con indifferenza. «Non importa. Il punto è che potrebbe essere più facile beccarlo in un bar.»

Non è deprimente? Devo dare la caccia al mio ragazzo per ottenere che mi scarichi. «Immagino che sia un piano come un altro.»

Sul volto le appare un sorriso triste. «Proviamo da Big Billy's. È il posto più "in" il venerdì sera.» Dà un'occhiata a quello che indosso. «Non prendertela male, ma hai portato qualcos'altro da mettere?»

Do un'occhiata ai miei jeans sformati e la t-shirt che ho messo per guidare. «Stai dicendomi che sto da schifo?»

«Se le cose vanno male come penso tra te ed Eric, dovresti avere un aspetto sexy. Fargli vedere che cosa si sta perdendo.»

Sexy. Jaeger mi fa sentire sexy, desiderabile. Il mio

boyfriend no. C'è qualcosa di sbagliato in questa immagine. «Okay» rispondo un po' incerta. Da quando sono diventata questo cosa insicura, pietosa?

«Allora, che cosa hai messo in valigia?»

Le indico la mia t-shirt.

Lei scuote la testa e mi afferra il polso. «Vieni, andiamo a frugare nel mio armadio. La mamma mi ha appena mandato una serie di vestiti nuovi presi in Rodeo Drive.»

Avevo dimenticato quanto sono ricchi i genitori hollywoodiani di Reese. Dovrebbe essere interessante.

Un'ora dopo, vestita con una minigonna nera, un top a farfalla e tacchi da dodici centimetri, facciamo il nostro ingresso da Big Billy's. La città che ospita il mio vecchio college è piccola, ma sareste sorpresi dall'eleganza della gente. I vestiti che indosso non sono niente a confronto di certi abitini corti, pieni di paillette che mi accecano.

Reese e io ci facciamo strada verso il bar affollato. Ordiniamo cocktail Purple Hooter e birre e Reese alza il suo bicchierino. «Cin-cin.»

Ingollo l'intruglio al sapore di uva e lo faccio seguire da una birra che sa di piscio. Era quella in offerta alla spina e sto cercando di risparmiare per la Facoltà di Legge.

Ci spostiamo in un separè e non ci vuole molto prima che entri Eric. Indossa jeans sbiaditi e la sua t-shirt vintage preferita, quella del Mondiale 2006, sotto una camicia a maniche corte lasciata aperta. È circondato da un gruppo di amici.

Non sento l'urgenza di correre ad abbracciarlo, cosa che farei normalmente. Sì, come minimo si può dire che è stato merdoso e disattento. La cosa non mi piace. Non mi piace il limbo in cui si trova la nostra relazione, ma mi sono detta un mucchio di volte che la mia attrazione nei confronti di Jaeger era dovuta al fatto di non vedere Eric. Bene, sono seduta qui e fisso il mio ragazzo e non sento altro che un briciolo di affetto.

Che diavolo?

Senza la scuola a unirci, è come se non ci fosse niente che ci tenga insieme e che non resti più nulla. La nostra relazione era veramente così superficiale?

Reese mi fissa dall'altra parte del separé. Guarda alternativamente me ed Eric ma non dice niente quando non vado da lui. Nel frattempo, Eric si avvicina al bar con i suoi amici e si rivolge immediatamente a una bionda dalle gambe lunghe in shorts sbrilluccicanti che le coprono a malapena l'inguine, mentre i suoi amici aspettano di essere serviti.

Eric si china e tocca la coscia della ragazza. Sento un forte bruciore allo stomaco. Eric non è qui per fare da spalla a un amico, è qui per rimorchiare. A un certo punto avrebbe potuto rompere con me e voltare pagina, se era quello che voleva. Invece ha lasciato che le cose si trascinassero.

Di colpo, non sono sicura di che cosa avessimo in comune. Pensavo fiducia, come minimo, ma la situazione è veramente brutta. Peggiore di me che flirto con Jaeger, però? Non lo so. Metto in dubbio tutto: le mie azioni, le sue, ma dopo lo sforzo che ho fatto per avere questo confronto, l'idea di andare da lui adesso mi fa venire voglia di vomitare. Preferirei andarmene.

Non lo faccio.

Eric e i suoi amici hanno occupato un separè a qualche tavolo di distanza. Lui sta sorridendo a uno dei suoi amici mentre mi avvicino. L'amico mi vede e gli dà una gomitata. Eric alza la testa, e il sorriso si spegne.

Sento una stretta al cuore. Nonostante tutto, pensavo che Eric tenesse a me. Sembra scioccato di vedermi, sì, ma anche infastidito. Come se la mia presenza gli avesse rovinato la serata e mi fa sentire da schifo.

Questo non è amore, né affetto. Non merito qualunque cosa sia.

Eric esce dal separè e mi afferra il polso. «Parliamo fuori.»

Cammina troppo in fretta perché riesca a stare al passo mentre attraversiamo il bar. Gli strattono il braccio e lui mi guarda come se stessi facendo la difficile. Il buttafuori alla porta ci timbra il dorso della mano e usciamo dal Big Billy's.

Eric va verso una panchina nel parco alla fine dell'isolato, come se temesse che qualcuno ci veda. Si siede e aspetta che faccia lo stesso. «Che c'è?» Il tono della voce è brusco.

«Seriamente, Eric? Dovrei essere io a farti questa domanda.»

Lui sospira, teso, si china sulle ginocchia e si prende la testa tra le mani. «Mi dispiace, so che sono stato uno stronzo a non chiamare e tutto. Solo... Volevo dirti una cosa quando sono venuto a Tahoe... Cazzo, Cali.» Alzo la testa. «Mi è mancato il coraggio.»

Pensa che la nostra relazione svanirà nell'etere come nebbia fintanto che mi eviterà? Figlio di puttana. Non me ne andrò finché non l'avrà detto. «Bene. Sono qui. Sputa l'osso, Eric.»

«Io... Io voglio rompere.»

«Ma no...!» Mi aggrappo al sarcasmo perché, che cazzo? Una confessione di qualunque tipo durante il fine settimana che ha passato al Lago Tahoe sarebbe stata preferibile a trascinare le cose nel modo in cui l'ha fatto. «E pensi che evitarmi fosse preferibile a dirlo semplicemente? Un consiglio, Eric. Porta un po' di rispetto alla ragazza con cui stai e rompi *prima* di voltare pagina.»

«Io non ho voltato pagina» aggiunge lui in fretta. «Non veramente, però voglio farlo.» Si guarda le mani e sospira.

«Cerca di capire, Cali. Tu te ne andrai e io troverò un lavoro e tutto il resto, e tu andrai a Harvard e diventerai un avvocato. Siamo troppo diversi. Non riesco a vederci insieme.»

All'improvviso, nella mia materia grigia esplodono i ricordi come fossero bombe. Eric che si ubriaca e mi lascia al bar a cercare da sola il modo di tornare a casa. Eric che mette i suoi amici al primo posto, più volte di quante possa contarle, invece di passare del tempo con me. Eric che non mi ha mai presentato alla sua famiglia. Perché non mi ha mai presentato? C'era sempre qualche motivo per scusare il suo comportamento: che mi avrebbero accompagnato a casa i miei amici, o che comunque io dovevo studiare e non potevo stare con lui, ma ero così concentrata e fiduciosa che non ho mai visto la verità.

Eric era un *boyfriend* di merda.

Lui e io avevamo passato dei bei momenti insieme e a volte era stato dolce, ma avevo mentalmente bloccato la roba seria, perché? Arroganza? Ero così sicura di me di poterla far funzionare che mi sarei accontentata di una relazione che, in effetti, faceva schifo? E c'era voluta la lontananza e un attraente fantasma del mio passato per rendermene conto.

Porca paletta. Che cosa diavolo avevo in mente? «Addio, Eric.» E faccio per allontanarmi.

«Aspetta. Io... Possiamo restare amici.»

Non so come leggere l'espressione sul suo volto. Non è speranzosa, direi più rassegnata, come se non volesse l'etichetta del cattivo.

«Non credo.» Una parte di me soffre all'idea di non vederlo né parlare più con lui, ma non posso restare sua amica. Innanzitutto è un pessimo amico, visto come ha rotto con me, e ripensando ad alcune delle cose che ha fatto. Inoltre ho bisogno di prendere le distanze da lui.

Eric resta a bocca aperta per un momento, ma non fa niente per fermarmi mentre mi dirigo al bar. Reese sta aspettando un altro giro di Purple Hooter. Non mi va di bere, ma lo butto giù lo stesso perché me l'ha preso per tirarmi su di morale. Non mi chiede che cos'è successo, ma la sua espressione dice che lo sa già.

Eric e i suoi amici se ne vanno in fretta quando lui torna al bar. Io resto abbastanza da non rendere ovvio che non ho voglia di stare qui e resisto venti minuti.

Il ragazzo di Reese, un biondo vichingo, ci dà un passaggio a casa. Dopo aver guardato TV spazzatura per un paio d'ore con lei e la sua coinquilina, loro vanno a letto ed è in quel momento che cominciano le lacrime, il naso che cola e singhiozzi da star male. Piango silenziosamente fino a addormentarmi sul loro divano perché, nonostante quanto me la sia cavata bene a scuola, mi sembra di aver vissuto con i paraocchi per il resto della mia vita.

Capitolo Otto

Il viaggio di ritorno a Tahoe è terapeutico. Piango fino a essere disidratata. Non ho ancora deciso se sto piangendo per l'umiliazione della notte scorsa o per la fine della relazione. Un po' di entrambe le cose, penso.

Quando mi fermo in una piccola panineria a Placerville, mi butto un po' d'acqua in faccia. Il sandwich al tacchino è umidiccio e sa di cartone, il drink è come acqua zuccherata, ma mastico, ingoio e torno all'auto. Prima di accendere il motore chiamo Gen.

«Finalmente» dice. «Com'è andata?»

«Mi ha scaricato.» La mia voce è sicura, ma c'è un piccolo tremito.

Eric e io dovevamo rompere, ma tengo ancora a lui. Ora che è finita, so che mi mancherà. Non come *sono innamorata*, ma più come *è l'uomo con cui ho passato due anni della mia vita.*

C'è un momento di silenzio. «Cali... Io... Wow. Mi dispiace. E so che è quello che dice la gente per far sentire meglio gli altri, l'ho sentito abbastanza volte nei mesi scorsi, ma in questo caso è la verità. Non ti meritava.»

«Lo so. Adesso.»

Gen sospira piano. «Dove sei? Potrei trovare qualcuno per portarmi...»

«Sto bene, sto lasciando Placerville.»

«Okay.» La sua voce suona esistente, e poi: «Oh, no».

«Che c'è?»

«Abbiamo detto a Jaeger e Mason che saremmo andate alla festa stasera. Ma non preoccuparti, manderò un messaggio a Mason e gli dirò che non riusciamo ad andare.»

La parte di me che si sente ferita, e non ha senso perché alla fine volevo che le cose finissero almeno quanto lo voleva Eric, vorrebbe rintanarsi sotto le coperte e crogiolarmi nel dolore. L'altra parte, quella che ha incoraggiato Gen a riprendere a uscire dopo la sua rottura, insiste che andiamo alla festa. «No, ci andremo.»

«Davvero? Sei sicura?»

«Sì, ci farà bene.»

«Non farlo per me. Io sto bene.»

«No, è quello che voglio. Ho bisogno di uscire.» Dalla mia testa, superare l'autocompatimento.

* * *

I gradini che portano alla casa di Mason sono appena fuori dall'Heavenly Sky Resort. Gli skilift scuri, abbandonati, luccicano alla luce della luna e nell'aria della sera si sentono le voci e la musica provenire dalla festa.

Gen bussa alla porta e fa un passo indietro, aspettando. Indossa jeans e sandali con la zeppa. Io indosso short eleganti, corti ma non tanto da mostrare le chiappe e un maglioncino leggero e aderente.

Passa un minuto e non risponde nessuno ma sentiamo la gente all'interno. Faccio spallucce. «Prova ad aprirla.»

Lei abbassa la maniglia e la porta si apre sui cardini ben oliati. Il suono della musica e delle conversazioni arriva a un livello tale da rompere i timpani. Ci sono corpi dappertutto.

Ispeziono l'ambiente fino a vedere la testa di Jaeger sopra tutte le altre. È in mezzo alla stanza e parla animatamente.

È strano. Di solito è un tipo piuttosto silenzioso.

Vedendolo, sento il calore che si diffonde e questa volta non sento il bisogno di sentirmi in colpa. A braccetto, con le teste leggermente chine, Gen e io ci mischiamo con la folla, caricando come una coppia di mini-linebacker.

Jaeger alza gli occhi poi sorride con tutta la faccia, e il mio cuore batte all'impazzata. Pochi secondi dopo è di fianco a me e mi tira contro il suo petto muscoloso mettendo un braccio sulle spalle di Gen. «Signore! Ce l'avete fatta.»

Era il posto dove volevo stare. Attrazione a parte, c'era qualcosa in Jaeger che è così confortevole e naturale, come se il mio posto fosse qui da sempre.

Jaeger mette una delle sue braccia muscolose sopra le nostre spalle accompagnandoci dove si mangia e dove sono i suoi amici. La folla si divide davanti a lui quando si avvicina con me e Gen dietro di lui.

I capelli e i vestiti di Mason sono sgualciti, come se avesse passato una notte difficile. Adam è accanto a Breanna ma lei non sembra felice. Potrebbe avere a che vedere con il fatto che Adam sta chiacchierando con la ragazza accanto a lui.

Dio, sono così stufa dei *boyfriend* di merda.

Mason individua Gen e i suoi occhi leggermente vitrei si illuminano. «Ce l'avete fatta!» l'afferra per la vita e l'abbraccia stretta, facendo poi un passo indietro per guardarla dalla testa ai piedi. «E tu sei molto carina.»

Il rossore sale dal collo alle guance di Gen.

Gen si tira leggermente indietro, cosa che mi stupisce. Mason è un po' alticcio, ma è sexy e dolce. Dovrebbe piacerle.

La spingo in avanti, solo per essere irritante.

Lei allunga una mano indietro e mi dà un pizzicotto sull'avambraccio. Fa un male cane. Non dovrei mai sottovalutare Gen quando si tratta di forza fisica. Può essere alta e tutta elegante compostezza, ma ha i suoi momenti di grinta.

Capito. Il lavoro da sensale di Cali finisce qui. Ho dimostrato di essere veramente scarsa quando si tratta di trovare compagni.

Do un'occhiata a Jaeger, che è inspiegabilmente animato questa sera. È veramente lui quello che parla nella conversazione con Adam. Nonostante gli errori che ho fatto scegliendo Eric, non c'è dubbio che Jaeger sia una brava persona. E, per confondere ancora un po' la situazione, penso che nemmeno Eric sia una cattiva persona. Semplicemente, non era stato buono con me. E significa che anche le brave persone possono diventare cattive con la ragazza sbagliata.

Mi scoppia il cervello. Preferirei risolvere un'equazione differenziale alle derivate parziali piuttosto di questa merda.

Forse dovrei rinunciare agli appuntamenti per un po'. Prendermi una vacanza dagli uomini. Concentrarmi sul futuro. Facoltà di Legge...

Okay, forse meglio sul futuro immediato, non il futuro post-immediato per cui non sono pronta.

Un tacco aguzzo penetra attraverso il mio rimuginare e le mie ballerine, rompendo la pelle del piede. Ho un conato di vomito. Figlio di put...

Prima ancora che possa saltellare su una gamba e cercare di riprendermi, vengo spinta di lato da un fianco ossuto mentre quella che indossa i tacchi e un vestito che sembra cellofanato sul corpo si butta su Jaeger.

«Stiamo bevendo. Vieni con noi» dice la ragazza coi capelli... Merda, non so nemmeno di che colore sono i suoi capelli. Praticamente a righe – marroni? Bionde? – è quasi impossibile definirlo. Strattona via Jaeger.

Jaeger la segue esitando, voltando la testa senza guardarmi negli occhi.

Bevo un sorso di birra, lottando contro il desiderio di gettare il bicchiere in testa alla ragazza. Gli è praticamente addosso e lo detesto.

E detesto il fatto di detestarlo.

Breanna e io parliamo per almeno un'ora e sono così fiera di me stessa. Non cerco Jaeger nemmeno una volta. È un risultato enorme perché guardo ossessivamente ogni pochi minuti lo schermo del mio telefono per tenere occupato il mio subconscio. Comunque, nel mio colossale sforzo di impedirmi di cercare Jaeger, ho perso di vista Gen.

Mi tolgo i paraocchi mentali per assicurarmi che la mia miglior amica non sia stata drogata. La individuo a un metro di distanza, in un angolo, con un tizio di media statura con una giacca nera e troppo gel nei capelli che la guarda dall'alto. Gen con le zeppe è più di un metro e ottanta, quindi deve decisamente essere chinata all'indietro per essere quasi nascosta.

Il posto è affollato e cerco di decidere qual è modo più efficiente per raggiungerla quando vedo Mason. È voltato verso di me e agito la mano per attirare la sua attenzione. Sorprendentemente, in tutto questo caos mi vede e sorride. Indico Gen con un'espressione preoccupata sul volto.

Mason guarda e si acciglia. Si fa immediatamente strada tra la folla e sbatte il grande palmo della mano sulla schiena del tizio. Allontana Gen dall'angolo e la tiene al suo fianco.

Scambia un paio di parole con l'uomo senza nome, poi lui e Gen si allontanano.

Colgo lo sguardo di Mason e gli sorrido con il pollice in su. Lui annuisce ma invece di portarla da me, accompagna Gen attraverso la stanza e su per una rampa di scale. Gen non sembra agitata. Sta sorridendo e non è un sorriso finto. È sincero. Presumo di poter tornare alla mia conversazione.

Passano parecchi minuti mentre ascolto Breanna lamentarsi che Adam sta flirtando con altre donne, prima di decidere che è ora di controllare Gen. «Breanna, puoi curare il mio bicchiere?» le passo la birra che ho appena toccato. «Voglio scoprire dov'è finita Gen.»

«Sì, nessun problema.» Si guarda intorno, confusa. «Non l'ho vista andare via.»

«Penso che sia con Mason, ma voglio assicurarmene.»

Breanna arriccia le labbra. «E interromperli? Se è con Mason, potrebbero...»

Gen è l'ultima persona al mondo che farebbe sesso con un tizio a una festa. Sono sicura al cento percento che non interromperò niente del genere, ma c'è un'ampia gamma di possibilità in mezzo. Detesto rovinare le mosse di Mason, ma non sono dell'umore adatto per fidarmi di qualcuno in questo momento.

«Mi coprirò gli occhi prima di entrare da una porta.»

Breanna ride. Quando ci separiamo, si volta a dire qualcosa a Adam un metro più in là, ma questa volta lui sta parlando con una ragazza diversa. Breanna si volta nella direzione opposta e butta giù il suo drink.

Non credo che la loro relazione durerà. E non biasimerei Breanna se fosse lei a mettervi fine.

Svolto un angolo in cima alle scale e una mano esce di colpo, tirandomi dentro una delle camere. *«Uuah!»*

«Sono io.» Jaeger ridacchia accanto al mio orecchio.

Bello. Pensa che sia divertente? Mi ha quasi fermato il cuore con quella manovra.

«Che cosa stai facendo?» Gli do un pugno nello stomaco, riuscendo solo a farmi male alle nocche.

Lui abbassa gli occhi e fa spallucce, come se gli avessi dato una pacca sulla pancia per dirgli bravo ragazzo. Mi guida nella stanza tenendomi per le spalle. È piccola, una seconda camera che serve da ufficio, con un divano contro la parete.

Prima di capire che cosa sta succedendo, Jaeger mi tira contro il suo petto e ricade sul divano.

Sono riversa sopra di lui, con le gambe che scivolano intorno alla sua vita, quasi a cavalcioni. Lui resta lì, con un sorriso sciocco sul volto e le braccia posate lente sulla mia schiena.

Potrei alzarmi se volessi, ma non lo faccio. «Bene...» dico indicando la mia posizione sopra di lui. «È interessante.»

Lui mi stringe piano.

Jaeger è enorme paragonato alla maggior parte degli uomini, ma non ho mai avuto paura di lui. In effetti, restare stesa sopra il suo corpo caldo e decisamente virile è incredibile e stranamente confortante.

Osservo l'espressione indifesa dei suoi occhi. Non è sgualcito come Mason ma, secondo me, è parecchio sbronzo. «Quante birre servono per far crollare un gigante?»

Jaeger socchiude gli occhi e alza una mano, piegando le dita come se stesse contando. Dopo un tempo assurdamente lungo nel quale sbadiglio e mi esamino le unghie, sdraiata sulla mia sdraio-uomo-sexy, finalmente dice: «Dodici? No, quattordici, ne abbiamo buttate giù due questa mattina».

«Quattordici! Come fai a essere ancora cosciente?» Gli premo le dita sul collo, fingendo di controllare se c'è polso.

La sua mano delle dimensioni di un guanto da baseball

cattura la mia e la appiattisce contro il suo petto, poi chiude gli occhi con aria soddisfatta. Dopo un secondo di esitazione, appoggio la testa sotto il suo mento e penso a come sia strano questo momento. Sono sopra Jaeger, in una posa da amanti, ma lui è un *amico*. Eppure questo è l'unico posto in cui ho voglia di stare. Non ho intenzione di analizzare troppo a fondo quel pensiero.

Dopo un minuto, il respiro di Jaeger cambia.

Che dia... Non si è addormentato. Possiamo anche essere amici, ma sono comunque *una donna* e, come mi piace pensare, piuttosto attraente.

Mi dimeno un po' per mettere alla prova la mia teoria.

Jaeger non si muove. Dalla gola gli esce un suono leggero, come di fusa, che man mano diventa più forte e costante.

Maledizione! Si è addormentato.

Perfetto, proprio perfetto. Cosa dice il fatto che un uomo perda i sensi con una ragazza drappeggiata sopra di lui? E i colpi al mio ego continuano.

Premo un orecchio sul suo torace ampio, ascoltandolo respirare. Dopo un po', la cosa diventa inquietante, da parte mia non sua, quindi rotolo via dalla mia sdraio umana e mi rimetto in piedi, raccogliendo gli ultimi brandelli della mia dignità. Non mi sarebbe dispiaciuto restare accoccolata ancora un po', ma sarebbe stato strano, visto lo stato di incoscienza di Jaeger.

Esco dalla stanza sospirando esasperata e chiudo la porta alle mie spalle. Questa festa stava diventando divertente, io da sola con Jaeger.

Lungo il corridoio si apre un'altra porta e Gen esce, seguita da Mason. Mi vede e sulla sua faccia leggo il sollievo.

Che cosa ha fatto Mason? Lo fulmino con lo sguardo.

Lui annuisce guardandomi appena e continua a camminare lungo il corridoio per poi svoltare l'angolo.

«Va tutto bene?» chiedo a Gen.

«Sì.» È calma, quindi mi rilasso un po'. Guarda nella direzione in cui è sparito Mason. «Ti spiegherò in auto.»

E lo fa. E si scopre che la festa è stata un fiasco completo.

Mason ha cercato di baciare Gen in camera e lei lo ha evitato. Io ho cercato di accoccolarmi con Jaeger e lui si è addormentato. Niente sesso per nessuno stasera. Non era il mio obiettivo, ma comunque...

Il mio brillante piano di aiutare Gen è nel caos e il mio dramma amoroso è in gara con il suo per chi vincerà il primo premio come peggior disastro.

Capitolo Nove

«Ciao, sorellina, come va? Stavo proprio pensando a te.»

Mio fratello Tyler, iperprotettivo come sempre. È uno sciattone ma è un bravo fratello e mi piacerebbe veramente avere la sua compagnia. L'ho chiamato, sperando che avrebbe voluto restare per un po' con me mentre non lavorava.

«Che ne dici di venire a Tahoe?» gli chiedo al telefono.

Tyler insegna al college statale e ha le estati libere, quindi è disponibile. Purché non gli parli di Eric (detesta il mio ex), avere Tyler con me mi aiuterebbe a distogliere la mente da tutto. C'è una vocina in fondo alla mia testa che vuole usare Tyler per ottenere informazioni sul suo vecchio amico delle superiori, ma la sto ignorando.

Tyler ridacchia al telefono. «Buffo che me lo chieda, perché sono qui.»

«Cosa? Dove?»

«Con la mamma. Siamo venuti a vedere la sua nuova casa.»

Mia madre ha appena comprato la sua prima casa a

Carson City. È stata in affitto per tutta la vita, quindi è una cosa grossa.

«Dovresti venire a vederla» dice. «Non è molto, ma ne va fiera. Le farebbe un piacere enorme se venissi.»

Oddio, visto quanto mia madre ha lavorato nei casinò per mandare al college Tyler e me, *sono* fiera di lei. Si è trasferita a Carson City solo di recente. Lì ha un lavoro stabile, con l'assicurazione medica e tutto il resto. Guadagna meno di quando lavorava a Tahoe, ma a Carson City il costo della vita è inferiore. «Verrò, lo prometto. Mi sto appena abituando al lavoro, ma verrò a trovarvi appena possibile.»

«Beh, non metterci troppo, altrimenti sarà ora di partire un'altra volta.»

Per la Facoltà di Legge. Come ha fatto a dimenticarmene?

«Allora, che ne pensi?» mi chiede.

«Di che cosa?» Tyler non è al corrente dei miei dubbi riguardo l'università. Sto evitando di pensarci, ma sono una costante nel mio subconscio.

«Sorellina, che cos'hai? Sul fatto di venire lì.»

Ah, giusto. «Tyler, ti ho chiamato io, ricordi? Ho già detto che voglio che venga a trovarmi.»

«Bene, posso arrivare in un paio d'ore. Va tutto bene?»

Non direi che mio fratello è il più perspicace degli uomini, ma a volte lo diventa nei momenti meno opportuni. «Sì, va tutto bene.»

E andrà tutto bene. Ora che la storia con Eric è definitivamente chiusa, prima o poi volterò pagina. È tutto il resto che mi sta incasinando la testa. Il motivo per cui non riuscivo a vedere quanto fosse orribile il mio rapporto con Eric. I miei dubbi sull'università. Problemi che prima o poi dovrò affrontare. Non adesso però.

Due ore dopo, Tyler entra dalla porta e scarica il suo

borsone sulla moquette marrone scuro della casa che abbiamo preso in affitto. L'abbiamo scelta per la sua vicinanza al lago, ma è grande come la cuccia di un cane e l'arredamento ricorda molto le sitcom degli anni Settanta.

Tyler inarca le sopracciglia, diffidente. «Dove mi vuoi?» Guarda dentro l'unica camera. «Non mi darebbe fastidio dividere il letto con Gen, ma tu russi.»

«Io non russo!» Gli do un pugno sul braccio e lui sorride. «Puoi dormire nel soppalco.»

Alziamo entrambi la testa per guardare l'alcova sopra la cucina.

Gen e io occupiamo l'unica camera ma c'è un soppalco sopra la cucina con una scala a pioli, non so quanto sicura. Né io né Gen abbiamo voluto rischiare la vita andando in bagno di notte, quindi condividiamo il letto matrimoniale al pianterreno.

«Lascia giù la tua roba, non c'è molto spazio di sopra.»

Tyler mi guarda dubbioso. «C'è un letto?»

«C'è un materasso da una piazza e mezza sul pavimento. Starai benissimo.»

Tyler fruga nel suo borsone e sta già spargendo in giro roba sul pavimento del nostro soggiorno.

«Tyler, questo posto è piccolo, cerca di tenere a freno il disordine.»

Lui dà un morso alla barretta energetica che ha recuperato dal vecchio borsone e si gratta la pancia piatta. «Non posso, non è nel mio carattere.»

È una battaglia persa in partenza. Ha ragione e a volte mi chiedo come fa ad attirare tante donne. Fisicamente, suppongo che sia okay. Capelli ondulati, un po' lunghetti, alla hipster, specialmente accoppiati agli occhiali scuri da lettura. Non dirò che sono *rossi*, perché mi ucciderebbe e non sarebbe completamente accurato. Diciamo che sono *castani*, una specie di marrone medio con riflessi rossi. Un mucchio di riflessi rossi. Nessuno dei due è un pel di carota come nostra madre. Sarò grata per sempre ai capelli di un normale castano di nostro padre.

Sia Tyler sia io abbiamo occhi azzurro pallido ed è forse la nostra caratteristica fisica migliore. Spesso il sesso opposto mi fa i complimenti proprio per gli occhi. Immagino che li riceva anche lui. Aggiungeteci una figura atletica di un metro e novanta e immagino che qualche donna possa trovarlo attraente, se si trascuravano la sua sciatteria, il carattere irascibile e una miriade di abitudine irritanti con cui avevo dovuto convivere per tutta la vita.

Come fratello, però, è protettivo, divertente e leale e sono veramente felice che sia qui.

* * *

Nei giorni successivi Tyler e io siamo andati a mangiare nei nostri posti preferiti ed è venuto a trovarmi al casinò. Ha portato la sua mountain bike quindi, quando io al mattino dormo, dopo aver lavorato fino a tardi, lui si diverte a percorrere i sentieri con un amico che vive ancora in città.

Avere intorno Tyler è stato un bene per il mio morale. Mi distrae e non ha pazienza per i piagnucoloni. Lo dice chiaramente, di solito sotto forma di un insulto che mi fa incavolare e mi fa uscire dalla depressione.

Siamo quasi al fine settimana e questa sera sto lavorando, ma Tyler è venuto a trovarmi. Sta giocando al mio tavolo e lo sto battendo alla grande, musica per me dato che mi ha sempre battuta giocando alle carte mentre crescevamo.

«Maledizione, Cali, da quando sei diventata uno squalo?»

Sto cercando di comportarmi in modo professionale, ma non riesco a fare a meno di rivolgergli un'occhiata compiaciuta quando gli altri clienti non stanno guardando. Ho tre mazzi di carte nel mio distributore e riducono la capacità di un giocatore di fare previsioni. Tyler contava le carte quando eravamo ragazzi, ma tre mazzi sono veramente troppi anche per lui.

Nonostante le mie migliori intenzioni, mi sta ossessionando il pensiero di chiedere a Tyler di Jaeger. Però non voglio dargli l'impressione sbagliata. Conoscendolo, penserebbe che provo qualcosa per il suo amico e diventerebbe iperprotettivo. Ma è passato abbastanza tempo da quando è arrivato, quindi ritengo sia sicuro entrare in argomento.

Il mio ultimo cliente se ne va e do le carte a Tyler, dicendo con indifferenza: «Penso di essermi imbattuta in uno dei tuoi amici delle superiori. Ricordi quell'atleta, Jaeger?».

«Chi? Intendi Jaeg?»

Jaeg. Ecco perché il suo nome mi era familiare, ma non completamente. Alle superiori usava quel nomignolo. «Sì, non era quello che dicevi sarebbe andato alle Olimpiadi?»

«Per lo sci. Certo che lo ricordo, era uno dei miei migliori amici. Ma non andrà alle Olimpiadi, o non è andato.» Tyler indica che vuole una carta, poi un'altra. Va fuori con un re, un tre e un nove. «Si è fratturato il ginocchio. Poi si è ritirato.»

Quindi è così che è finita la carriera sportiva di Jaeger. Ho visto la cicatrice sul ginocchio alla spiaggia, ma ero troppo occupata ad ammirare il suo corpo nel costume da bagno per pensare a qualcos'altro, tranne che la cicatrice era marcata e virile. Molti atleti sono appassionati del loro sport. Gli atleti olimpici arrivano a esserne ossessionati. Dev'essere stato difficile per Jaeger cominciare da capo.

Mio fratello non è certo un campione, ma perfino lui diventa aggressivo quando si tratta di allenarsi in bicicletta.

La nuova professione di Jaeger, intaglio del legno, dovrebbe ridurne l'attrattiva ma per qualche motivo non è così. Non so se si tratta della fatica che deve aver richiesto reinventarsi che mi attira, oppure se sia solo lui. Qualunque sia la causa, mi fa paura. È troppo presto per me.

«Che cosa fa Jaeg adesso?» mi chiede mio fratello. «Negli anni, ho perso i contatti con lui.»

«Il suo amico lavora qui.» Indico Mason all'East Bar. «Gen e io abbiamo passato del tempo con loro un paio di volte.»

Tyler prende le *fiche* rimaste e si alza, guardando verso il bar di Mason. Ci sono solo un paio di clienti davanti a Mason e all'altro barista. «Vado a parlare con il tuo amico e a chiedergli di Jaeg. Forse possiamo vederci prima che torni a casa.»

L'idea di me, Tyler e Jaeger nella stessa stanza è snervante. Spero che i piani di Tyler con Jaeger non includano me. L'ultima cosa che voglio è che mio fratello intuisca la mia attrazione per il suo amico e mi dia del filo da torcere.

Tyler torna accanto al mio tavolo un po' dopo, ma sono occupata e non posso parlare. Tira in ballo la sua conversazione con Mason solo il giorno dopo.

Prende il latte dal frigorifero e beve dal cartone come la bestia che è, mentre io mi dipingo le unghie dei piedi sul pavimento della cucina a mezzo metro di distanza. «Che cosa c'è in programma per stasera?»

Rimette il latte sul ripiano (appunto mentale: *gettare il cartone con i microbi di Tyler*) e tamburella le dita sul ripiano. L'energia che trasuda mi porta a credere che abbia qualcosa in mente.

Tolgo attentamente con un pezzo di carta una macchiolina rosa sulla punta dell'alluce. «Niente, perché?»

«Il tuo amico Mason mi ha dato il numero di Jaeger. L'ho chiamato e ci ha invitato a cena dai suoi genitori questa sera.»

Ansimo mentalmente. Non sono pronta a vedere Jaeger. La libertà appena ritrovata potrebbe farmi fare qualcosa di stupido, tipo saltargli addosso e fare sesso bollente per ripicca. «Mmm...»

È possibile che l'attrazione che ho provato per lui provenga dalla mia frustrazione con Eric. Che fossi alla disperata ricerca di attenzioni e che Jaeger fosse il tizio attraente più a portata di mano. C'è anche la possibilità che Jaeger mi abbia prestato attenzione per dare tempo a Mason di parlare con Gen. Lui e io eravamo in coppia sulla barca da pesca in modo che Gen e Mason potessero stare da soli. Più tardi poi Jaeger mi aveva portato via, alla festa, presumo per permettere a Mason di fare la sua mossa.

Oppure c'è la possibilità che questa cosa tra Jaeger e me sia reale. Ed è ciò che mi spaventa veramente. Non voglio essere ferita di nuovo e, anche se la relazione era merdosa, il tradimento di Eric mi ha ferita.

«Che c'è che non va? Pensavo che fossi diventata amica di Jaeger quest'estate.»

«Sì» dico un po' esitante.

Tyler si strofina la fronte e si guarda intorno. «Non siamo obbligati ad andare. A me piacerebbe vederlo, ma sono venuto a trovare te.»

Tyler partirà domani. Oggi è l'ultimo giorno che gli rimane per vedere Jaeger. Erano molto legati quando erano più giovani. In tutta coscienza non posso dire di no. «Tu dovresti andare, Tyler. Non hai bisogno di me.»

«Ha invitato tutti noi e sua madre cucinerà il suo piatto

migliore. Vieni, dai, Cali. E porta Gen. Sarà divertente. I suoi genitori e sua sorella sono veramente grandi.»

Non c'è una scusa logica che possa trovare dopo quella dichiarazione. Forse funzionerà. «Okay. Comunque stavo cercando di far uscire Gen con Jaeger» dico distrattamente.

Sento l'acido nello stomaco al pensiero di Jaeger e Gen insieme. Adesso che Mason è un no definitivo, visto che Gen ha rifiutato il suo bacio, Jaeger è l'unica persona che resta sulla lista delle possibilità. Non avrei mai dovuto fare questa stupida lista. Perché ho pensato che lei e Jaeger potessero star bene insieme?

Non voglio stare con Jaeger per ripicca. Mi piace troppo. Motivo per cui non voglio nemmeno che esca con Gen.

Tyler mi guarda sospettoso. «Stai cercando di metterli assieme? Davvero?»

Lo guardo storto. «Che cosa c'è che non va con la mia migliore amica?»

«Niente, è maledettamente sexy.»

A volte è difficile credere che mio fratello sia un esempio per i ragazzi del college. È completamente adulto quando si tratta dei suoi allievi. Non sono nemmeno sicura che noti le belle ragazze che si mettono in prima fila alle lezioni. È come se isolasse quella parte del cervello quando è al lavoro. Ma a casa... Oddio, è immaturo e arrapato come qualunque ventitreenne.

Tyler storce la bocca come se stesse cercando di arrivare a qualche profonda conclusione filosofica, cosa che, per la sua mente analitica, probabilmente è una sfida. «È che... Beh, immagino di non riuscire a vederli insieme. Sono entrambi riservati, sai? Non sono gli opposti che si attraggono?»

La sua dichiarazione mi fa piacere e adesso sono un'amica terribile. Ma mi fa sentire fisicamente male pensare a Jaeger e Gen in una relazione. Devo rottamare quell'idea.

Avevo già programmato tutto: vita, amore. Poi si scopre che sono un disastro quando si tratta di relazioni e i miei programmi per l'università potrebbero essere la peggiore decisione che ho preso finora.

«Potresti avere ragione. Solo, non scoraggiarli se vogliono uscire insieme. Gen ha passato alcuni mesi da schifo e ne sta uscendo solo ora.»

Lui alza le mani. «Io non voglio averci niente a che fare.» Mi punta il dito addosso. «E tu dovresti farti gli affari tuoi. Lascia che Jaeger si trovi da solo una donna. Non ha bisogno che tu t'impicci.»

E se lui scegliesse la ragazza sbagliata? E se lei cedesse perché ha la testa incasinata e cercasse un ripiego?

Capitolo Dieci

Anni fa, ero andata a casa dei genitori di Jaeger quando mia madre mi aveva chiesto di andare a prendere Tyler per una partita di calcio. Avevo aspettato all'ingresso mentre Tyler si metteva la divisa. Da quanto ricordo, i genitori di Jaeger erano gentili e calorosi, con un meraviglioso accento austriaco. Jaeger e sua sorella hanno un accento americano, ma sono nati negli USA, o si sono trasferiti qui prestissimo, non ricordo i particolari.

Tyler fa gli onori di casa e bussa sulla grande porta di legno scolpito mentre Gen e io aspettiamo pazientemente accanto a lui. Mi chino in avanti, ammirando i particolari della porta davanti a noi. Un panorama di montagne che si elevano al cielo, con ruscelli, uccelli e tutti i tipi di fauna selvatica. La porta si spalanca e io sobbalzo, avevo il naso troppo vicino alla superficie.

La signora Lang ci fa entrare e non sembra sorpresa del fatto che sia quasi caduta dentro. Deve essere abituata agli estranei che si incantano davanti alla sua porta.

Afferra mio fratello in un enorme abbraccio. «Tyler, è così bello vederti!» In realtà esce un po' come: *Tilar, è così bello federti*, con il suo accento austriaco. «E Cali, così bella e cresciuta.» Abbraccia anche me.

Presento Gen alla mamma di Jaeger ed entriamo nell'enorme soggiorno con le finestre altissime che danno su una vista mozzafiato del lago. Ricordo vagamente la disposizione delle stanze al primo piano, ma l'arredamento è stato modernizzato con divani in pelle, cuscini panna e coperte nei motivi a zig-zag dei nativi americani.

Una bella ragazza con lunghi capelli biondi si alza da uno sgabello accanto all'isola che separa il soggiorno dalla cucina. «Tyler, Cali, ricordate la sorella di Jaeger, Kerstin?» ci chiede la signora Lang.

Io no, ma mio fratello sì. Sta sorridendo come un ragazzino davanti a un sacchetto di caramelle. Belle bionde, belle brune, è un tipo da pari opportunità. Il criterio principale è *belle*.

Dietro a Kerstin, dall'altro lato dell'isola, Jaeger apre una porta scorrevole ed entra nella stanza davanti a un uomo più anziano alto, attraente, con i capelli castano chiaro ondulati con qualche filo grigio.

Assorto nella conversazione, nessuno dei due ci nota. Dalla loro bocca escono parole come *graniglia di marmo*, *compattazione* e *autobloccanti*, mentre si puliscono i piedi sullo zerbino. Jaeger alza gli occhi, vede sua sorella in piedi e ispeziona la stanza. Mi vede e le labbra accennano a muoversi.

Va da mio fratello e si salutano con un abbraccio mascolino, con pacche sulla schiena abbastanza forti da buttare me a terra. Presento Gen e, di colpo, divento timida. E non è da me. Ma è la prima volta che vedo Jaeger dopo la mia rottura con Eric. La festa non conta perché era così sbronzo che non sono nemmeno sicura che si ricordi di avermi tirato in una stanza per poi addormentarsi con me sopra di lui: un'umiliazione dalla quale il mio ego non si riprenderà mai.

Chiacchieriamo per un po' e poi la madre di Jaeger annuncia che la cena è pronta. Ha preparato il manzo alla Stroganoff e mangiamo in stile famiglia intorno a un grande tavolo su cavalletti fatto di tavole di legno che sembrano di recupero. Il cibo è delizioso e i genitori di Jaeger e Gen (e non è da lei) mantengono viva la conversazione.

Gen e io ci siamo scambiati i ruoli. Stasera è lei quella loquace mentre io sono quella silenziosa. O forse ha capito che sono a disagio e sta facendo del suo meglio per sopperire alla mia mancanza di attitudine alla conversazione.

«Che cosa vi ha fatto decidere di trasferirvi negli Stati Uniti?» chiede Gen al signor Lang.

Lui si pulisce l'angolo della bocca con un tovagliolo di stoffa. «Possediamo un'impresa di famiglia specializzata in plastiche morbide. Due delle nostre fabbriche si trovano in California. Io lavoro da casa ma vado spesso a visitarle. La California ci piaceva e abbiamo deciso di trasferirci qui quando Jaeger era un bambinetto, in modo che io potessi passare più tempo con la famiglia.»

Un impero delle plastiche. Spiega l'enorme casa sul lago e la tempistica spiega perché né Jaeger né sua sorella hanno un accento austriaco.

«Lago Tahoe era un posto perfetto per allenarsi quando Jaeger gareggiava» continua il signor Lang. «Mia moglie e io siamo molto soddisfatti della nostra decisione di trasferirci.»

Sparecchiano in fretta e i genitori di Jaeger scendono al piano di sotto mentre Gen, Tyler, Jaeger, Kerstin e io restiamo seduti al tavolo con una costosa bottiglia di vino. La signora Lang ha lasciato anche uno strudel di mele, che Tyler e Jaeger stanno praticamente inalando.

Spariti i suoi genitori e con Jaeger seduto di fronte a me,

non posso fare a meno di guardarlo. Lui alza gli occhi nello stesso momento e sorride. Gli sorrido anch'io, ma lui aggrotta la fronte, studiandomi il volto.

Allunga la mano sul tavolo e mi tira la manica vicino al polso. «Che cosa c'è che non va?»

Mi impasto un altro sorriso sul volto, più finto dell'ultimo. Scuoto la testa. Posso anche essere chiassosa e schietta, ma solo quando sono veramente convinta. Non so mentire, perfino quando ci sono i miei interessi in ballo.

Dal momento in cui Jaeger è entrato nella stanza con suo padre, ho cominciato a sentire piccole scariche elettriche in tutto il corpo nei momenti strategici. Quando per caso ci guardiamo negli occhi, con Jaeger che mi tira la manica, non ci vuole molto. È come se lui fosse una spina e io una presa elettrica. E ditemi un po' se non è un'analogia volgare ma accurata.

Non è ciò che voglio. Il tempismo è sbagliato. Non sono pronta per niente di serio. E, per qualche motivo, ho la sensazione che fare sesso senza impegno con Jaeger mi distruggerebbe come non ha nemmeno lontanamente fatto la rottura con Eric.

Jaeger continua a fissarmi e l'espressione confusa diventa leggermente preoccupata. Abbasso gli occhi sul tavolo, evitando di guardarlo.

«Ricordi quando hai cercato di farti crescere le basette, Tyler?» gli chiede Kerstin. «Tutto quello che eri riuscito ad avere era qualche ciuffetto qua e là.» Lei sorride mentre mio fratello si acciglia.

Mi piace questa ragazza. Kerstin deve aver passato del tempo con Jaeger e mio fratello alle superiori se ricorda le disavventure della peluria facciale di Tyler.

«Era così deciso che li ha lasciati crescere fino alla mandibola,» continua Kerstin, parlando a Gen, «convinto che la maggiore superficie avrebbe reso più folte le basette.» Kerstin ridacchia e la imito.

Era stato divertente da morire. Per un mese Tyler era assomigliato a uno Chewbacca spelacchiato. La parte migliore è che la barba di Tyler è rosso vivo, ma nemmeno quello lo aveva fermato.

Per divertente che sia questa conversazione, non riesco a restare qui seduta mentre Jaeger mi guarda con quegli occhi sagaci. Mi alzo e vado a una delle grandi finestre che danno sul lago.

Non c'è niente che possa interrompere la vibrazione elettrica tra di noi stasera, nessun'altra relazione, non l'alcol. Ciò che provo è puro e reale. È perfino in sintonia con le mie emozioni conflittuali e non può essere un bene. L'invito a capire se potrebbe esserci qualcosa tra di noi è lì ma non posso cedere. Jaeger è una tentazione per la quale non sono pronta.

«Che cos'ha Cali che non va?» chiede sottovoce mio fratello a Gen.

Cavolo, no! Mi volto in fretta, ma prima che riesca a dare a Gen l'occhiataccia e avvertirla di tenere la bocca chiusa, la nuova Gen, più espansiva, comincia a parlare. «Il suo ragazzo ha rotto con lei» dice sottovoce, anche se sentono tutti. L'ho sentita io e sono a un metro di distanza. «Come ti aspetti che si comporti?»

«*Cosa?*» dice Tyler ad alta voce, guardandomi negli occhi. «È vero?»

Kerstin si siede più diritta e mi guarda esitante. Gen ha la bocca aperta, pietrificata, come se si fosse resa conto del proprio errore.

Istintivamente guardo Jaeger, pregando che non stesse facendo attenzione, ma ha una forchettata di strudel accanto alla bocca e sta fissando il tavolo. Il suo sguardo si sposta lentamente verso di me e i suoi occhi si scuriscono. Appoggia la forchetta, stringendo le mascelle.

«Tyler» gli dico piano. «Ne parleremo più tardi.»

Tyler stringe i pugni sul tavolo, stringendo gli occhi. «Odio quel coglione.»

Eccellente. Momento perfetto per parlarne. Grazie, Tyler. Ti ucciderò quando arriveremo a casa, e anche Gen.

«Non tornerai più con lui, Cali» dichiara Tyler.

Sospiro, paziente e guardo il soffitto. «Geneviève, che cos'è successo al riserbo tra amiche?»

Gen si copre la bocca, facendo una smorfia. «Mi dispiace, Cali» borbotta tra le dita. Poi lascia cadere le mani, sconfitta. «Pensavo lo sapesse.»

Jaeger guarda nel vuoto, con le labbra strette. Non gli avevo mai detto di avere un ragazzo. Perché non gliel'avevo detto? Prima avevo un milione di motivi logici per non dirglielo, ma non me ne viene in mente nessuno. Mi sembra di averlo tradito ed è l'ultima cosa che voglio. So perfettamente come ci si sente.

Oddio. Non sono migliore di Eric. Se Jaeger e io siamo amici, cosa che siamo, avrei dovuto parlare del mio status relazionale. Adesso è troppo tardi.

Jaeger si alza e sparecchia le ultime cose sul tavolo. Offre altro vino a tutti, senza praticamente guardarmi.

Tyler, Gen e io ce ne andiamo subito dopo aver finito l'ultimo goccio di vino e vorrei buttarmi nel lago. Essere scaricata da Eric è stato umiliante, triste e illuminante in un modo penoso, un modo per diventare adulti. La nostra relazione era superficiale. Adesso me ne rendo conto.

Ma stasera? L'espressione tradita sul suo volto? Sono distrutta.

Che cos'ho fatto?

Capitolo Undici

Stasera il casinò è pieno di gente. È così affollato che faccio fatica a tenere traccia delle relazioni tra impiegati. E, accidenti, ho bisogno della distrazione del Casinò Real World per non pensare ai miei drammi personali.

La cameriera e il suo amante cassiere hanno rotto, visto le occhiate glaciali che lei gli sta lanciando, ma due delle cameriere ai tavoli, che si accarezzano cogliendo ogni occasione quando pensano che nessuno le guardi, stanno ancora andando forte.

Personalmente non lo capisco. Non la parte del gay (a chi importa?). Ma perché diavolo devi metterti a palpare la tua amante sotto le mezzelune nere della sorveglianza che coprono praticamente ogni centimetro del soffitto del casinò? Almeno il cassiere e la cameriera erano discreti riguardo alla loro relazione. Stasera, le altre due si sono baciate con la lingua davanti al barista del lounge. Avrei fatto volentieri a meno di quello spettacolo.

L'obiettivo primario del casinò sono i soldi e assicurarsi che non escano più in fretta di quanto entrino, ma bisogna essere stupidi per pensare che i dirigenti non controllino gli impiegati. E chiamatemi puritana, ma penso che i preliminari sul posto di lavoro non siano appropriati.

È quasi la fine del mio turno e l'attività del casinò è rallentata. C'è una lenta ondata di clienti. Un gruppo di ragazzi sui venticinque anni supera il mio tavolo, e conosco uno di loro.

Si ferma in mezzo al corridoio e i suoi amici seguono la direzione del suo sguardo al lounge dove lavora Gen. Gli danno una pacca sulla schiena e se ne vanno, mentre il tizio sale i gradini del lounge di Gen.

No. No, no, no. Non lo Stronzo. Mi guardo intorno freneticamente, cercando qualcuno, chiunque possa aiutare. Ho appena fatto una pausa e non posso lasciare il tavolo per un'altra ora, a meno di fingere di star male, cosa che sto seriamente prendendo in considerazione.

Gen e Mason non si sono parlati amichevolmente dopo la festa, ma non mi pare che ci sia animosità. Almeno spero che il suo orgoglio non sia ferito al punto da non aiutare Gen. Ma è pieno di clienti e sta giostrando con le bottiglie di liquore come un giocoliere. Vedo uno dei clienti, perché spicca letteralmente sugli altri. Non riesco a vedere la sua faccia, ma lo riconoscerai da ogni angolazione, quando si tratta di Jaeger.

Lui alza la testa, come se si fosse accorto di me, e mi saluta con un cenno del capo, rigidamente. Prima di voltarsi, gli faccio segno di avvicinarsi. Lui inarca sardonicamente le sopracciglia, una reazione poco caratteristica, sfacciata, ma prende il suo drink e si avvicina al mio tavolo.

Mescolo i tre nuovi mazzi e uno dei miei clienti se ne va. A volte lo fanno, come se cambiare le carte potesse interrompere la loro striscia vincente.

Jaeger è alla mia sinistra. Saprei che è lì anche se non

riuscissi a vederlo con la coda dell'occhio. L'aria si sposta quando c'è lui.

«Ho bisogno di un favore» dico. Do un'occhiata al lounge. L'ex di Gen le sta addosso e lei non sembra contenta. «Puoi andare da Gen e fingere di essere il suo ragazzo? Sii plateale, in modo che capisca che sei lì per aiutarla.»

«Vuoi che sia il ragazzo di Gen.» Il suo tono è basso e contiene un avvertimento.

Alzo gli occhi, confusa. *Cosa? No!* «Non posso spiegartelo adesso» dico. «Il tizio che è con lei è un viscido. Andrei io a salvarla se potessi, ma come puoi vedere» indico i clienti, «sono un po' occupata.»

Jaeger mi fissa, le sue dita fanno sembrare minuscolo il bicchiere, le punte sono bianche come se fosse a un attimo dal romperlo. «Che cosa suggerisci di fare?»

Distribuisco una nuova mano di carte. «Non lo so... Solo... Ah...» Non è facile fare due cose, con la mia amica in quella situazione traumatica.

«Afferrale il sedere» suggerisce un cliente stempiato con gli occhiali scuri ridacchiando. «Capirà il messaggio.» Ha la pelle lucida di sudore, nemmeno l'aria condizionata a livello artico può competere con tutto il suo grasso.

Gli do un'occhiataccia e torno a guardare Jaeger. «Non credo che *quello* sia necessario. Trattala semplicemente come faresti con una qualsiasi ragazza con cui stai uscendo.»

«Baciala» aggiunge la donna anziana con i jeans da nonna a vita alta e un cardigan arancio vivo.

Oh, diavolo, questa gente mi sta uccidendo!

Jaeger butta giù il suo drink e poi sbatte il bicchiere sul tavolo talmente forte da farmi trasalire. Poi si volta e va verso Gen con le labbra strette.

Sento il calore che mi sale al collo. *Merda*. Non ha intenzione di… No…

Jaeger si avvicina a Gen e al suo ex ragazzo. Vedo il sollievo negli occhi di Gen, sostituito in fretta dall'incertezza. Senza fermarsi, Jaeger le mette le braccia intorno alla vita, da dietro, si china in avanti e appoggia la faccia contro il suo collo.

Io ansimo, sentendo una fitta di gelosia così intensa da non riuscire a respirare. Mi bruciano gli occhi e il palmo delle mani formicola dove le ho strette. Lo sta facendo perché gliel'ho chiesto… E mi fa male come niente mai prima.

Avevo ragione. Perdere Eric non era niente a confronto di come sarebbe perdere Jaeger. È fuoco e rabbia e pura agonia e voglio che smetta.

L'ex di Gen fa un passo indietro, restando a bocca aperta. Si agita e sembra stia dicendo qualcosa a Gen, che non gli sta prestando attenzione. Ha la testa china all'indietro e sorride mentre Jaeger le strofina il collo con il naso, sussurrandole qualcosa all'orecchio. Lei annuisce.

Figlio di puttana!

«Oh, quello convincerà sicuramente il ragazzo che lei è impegnata» dice la donna con il cardigan arancio. «Buon per lui!» Dà una pacca al tavolo, facendo rimbalzare le *fiche*.

«Ehi…» Schiocco le dite davanti a entrambi i miei clienti «Fate attenzione, per favore!» Do un'occhiataccia al signor Sudato con gli Occhiali. «Carta o si ferma?»

Che cos'ho che non va? Ho davvero appena chiesto all'uomo di cui sono infatuata e che è ancora arrabbiato perché non gli avevo detto di avere un ragazzo di andare a palpeggiare la mia migliore amica? Non sarebbe colpa di Gen se si innamorasse di lui. Se il momento fosse giusto, mi innamorerei anch'io.

Sono stupida e cieca.

Lo Stronzo alza una mano come se ne avesse abbastanza di Gen e se ne va dal lounge, con il volto arrossato e contorto dalla rabbia. Sono a un attimo dallo scavalcare il tavolo da blackjack e andare a dividere Gen e Jaeger, al diavolo i giocatori e il direttore di sala, quando Jaeger mi guarda direttamente negli occhi. E curva la bocca in un sorrisetto.

Sa ciò che mi sta facendo, accidenti a lui.

Jaeger allenta la presa su Gen e fa un passo indietro.

Lei sembra stordita e felicemente emozionata.

Per favore, fate che non lo voglia, altrimenti la mia vita diventerà veramente miserevole.

✳ ✳ ✳

Ore più tardi, dopo l'incidente con lo Stronzo, sono nel seminterrato del casinò e aspetto a un tavolo della mensa che Gen mi raggiunga per la cena. Ho ancora dieci minuti prima di dover tornare per la mia ultima ora al tavolo da blackjack e sto disperatamente aspettando di scoprire che cos'è successo tra lei e Jaeger. Ne ho vista una sintesi inquietante dal mio tavolo ma voglio, no, *ho bisogno*, di conoscere i particolari e come si sente Gen da quando Jaeger si è precipitato in suo soccorso.

Gen entra nella mensa e attraversa la sala con un sorriso sul volto. Almeno l'incontro con lo Stronzo non sembra aver avuto conseguenze durature. È già qualcosa.

Indica lo scarabocchio che stavo distrattamente disegnando mentre aspettavo. Assomiglia vagamente al panorama delle montagne inciso sulla porta dei genitori di Jaeger, solo che il mio disegno è composto da forme invece che da linee.

«È veramente buono.» Lo guarda più da vicino. «Tutto

quell'albero è fatto da...» Piega la testa per guardare meglio. «Triangoli?»

«E quadrati e forme trapezoidali. Allora, che cos'è successo con lo Stronzo? L'ho visto che si avvicinava come un falco, ma non potevo allontanarmi.»

«Oh Dio. Come faceva a sapere che lavoro qui? Abbiamo smesso di frequentarci prima che decidessi di venire a Tahoe. Strano.» Scuote la testa. «Riesci a credere che voleva sapere che programmi avevo dopo il lavoro? Come se avrei mai potuto uscire di nuovo con lui... Dici che si droga?»

«Che cosa gli hai detto?»

«Gli ho detto che ero occupata, ed era la verità. Jaeger si è avvicinato prima che potesse insistere.» Nessuna delle due è brava a mentire, quindi capisco la sua preoccupazione. Gen sorride. «Jaeger è stato così dolce, Cali.»

La sua espressione sognante assume una sfumatura subdola. «Ha rimesso al suo posto lo Stronzo. Non c'è niente che dica *non sono interessata* più di *sto con un ragazzo sexy da morire.*» Si mette comoda, soddisfatta. «È stato un bel momento.»

Sto percependo sete di sangue dalla mia dolce amica e non so se essere fiera o averne paura. «Sì, ho visto il finale. Lo Stronzo sembrava piuttosto incazzato.»

Gen sbuffa. «Sai qual è la cosa buffa? Non mi interessa nemmeno, purché stia alla larga.»

«C'è da scommettere che lo farà.» Scurisco le montagne sul tovagliolo di carta con dei quadrilateri, cercando di capire come fare a porle la domanda seguente. «Che cos'ha detto esattamente Jaeger? Ho visto che ti sussurrava qualcosa all'orecchio.»

Lei stringe gli occhi e poi il suo sguardo di addolcisce. «Niente, mi ha solo chiesto di aiutarlo a fare una cosa domani.» Allunga la mano sul tavolo e mi ruba una patatina.

Io smetto di respirare e la mia mano resta immobile sullo schizzo. Vuole vederla? Cioè, passare del tempo con lei?

Mi mordo l'interno del labbro finché sento il sapore metallico, di rame, sulla lingua.

Gen dà un'altra occhiata al mio tovagliolo e alza la testa. «Ehi, se hai intenzione di buttarlo come fai con tutti gli altri disegni mentre non guardo, lo voglio io.»

Gen mi chiede sempre i miei scarabocchi. Non ho mai capito il perché.

Disegno le ultime forme sulle mie montagne. Ogni centimetro quadrato del tovagliolo è coperto da forme geometriche che dipingono il lago, ma tutto ciò che penso è: *è finita*. Gen e Jaeger hanno un appuntamento per domani. È la fine di qualunque cosa potesse esserci tra *noi*.

È colpa mia, solo mia. Ho esitato, temendo di rovinare il rapporto con Jaeger se avessi agito troppo presto dopo la rottura. E poi, come un'idiota, l'ho spinto verso Gen. Volevo solo aiutare la mia amica con il suo ex, ma a che diavolo stavo pensando? Accoppiare Gen e Jaeger era il mio piano fin dall'inizio, ma più ci pensavo, meno mi piaceva quell'idea. Mi ero finalmente convinta, a casa dei genitori di Jaeger, che l'attrazione tra di noi fosse sincera. E se ora Jaeger e io potessimo essere solo amici?

Gli uomini pensano di essere gli unici ad avere dei codici, ma anche le donne hanno delle regole. Se anche Jaeger e Gen alla fine non si mettessero insieme, uscire con l'ex della tua migliore amica è una cosa proibita.

Sento lo stomaco che si ribella alle patatine che ho appena mangiato. Passo il tovagliolo a Gen e mi alzo. «Sarà meglio che torni al lavoro.»

«Ehi, va tutto bene? Non hai una bella cera.»

Le sorrido rassicurante. Potrò anche non essere l'essere umano più altruistico sul pianeta, ma sono fedele alla gente cui voglio bene. Il mio obiettivo era di vedere Gen felice quest'estate e trovarle un bravo ragazzo. Lei sembra felice e Jaeger *è* un bravo ragazzo.

Ho ottenuto quello che cercavo.

E non è una grande stronzata?

Capitolo Dodici

Sono sul portico, con il reggiseno del bikini e i pantaloncini del pigiama, e scarabocchio. È tutto quello che riesco a fare per non pensare all'appuntamento di Gen e Jaeger di oggi. Mi sono svegliata presto, irritabile e fuori fase, e ho trovato un semplice block-notes in un cassetto in cucina. Il mio disegno questa mattina è più grande ed elaborato del solito. Mostra il casinò in tutta la sua gloria. C'è una linea di slot machine, una cameriera che si china provocante sopra un cliente, invogliandolo con un drink e un sorriso, mentre adocchia il suo mucchietto di fiche. Uno sguattero sta pulendo un tavolo dietro la cameriera e le sfila un biglietto da venti dalla borsa dei contanti. Sullo sfondo, un uomo in giacca e cravatta sta adocchiando lascivamente una bella cameriera mentre sorseggia un drink nel lounge.

La scena è la mia versione della sottocultura del casinò, quello che chiamo Casinò Real World. Gli addetti alla sicurezza proteggono i soldi della casa, non la gente al suo interno. I potenti predano i deboli o gli sprovveduti e ognuno pensa per sé.

Da sotto la casa erompe il suono dei tubi che rimbombano mentre finisco lo schizzo. Gen si è finalmente alzata e sta facendo la doccia. Mentre venivamo a casa questa notte aveva detto che lei e Jaeger sarebbero usciti verso mezzogiorno, e sono già le undici e mezza.

Due minuti dopo l'inizio del chiasso dei tubi, suona il campanello. «Gen! La porta!» urlo.

L'ultima cosa che voglio è vedere Gen uscire con Jaeger. Se vogliono frequentarsi e fare dei bei bambini, okay, ma non ho bisogno di vederlo.

Il campanello suona di nuovo, poi bussano forte. Vedo il pick-up color argento di Jaeger attraverso la finestra del soggiorno. Faccio un respiro profondo e apro con calma la porta, impastandomi un'espressione blanda sul viso.

Jaeger indossa un berretto da baseball rosso e una t-shirt blu scuro. I muscoli delle spalle sono messi in rilievo dal modo in cui è chino in avanti per tenere le mani infilate nelle tasche dei jeans.

Deglutisco. Perché dev'essere così attraente? Il dopobarba che porta si mischia con l'ammorbidente per i tessuti e qualcosa di unicamente suo che fluttua verso di me. Mi fa venire voglia di passargli la lingua sul collo. Maledizione. Faccio un passo indietro. Questa situazione è di una crudeltà unica.

Jaeger si appoggia allo stipite della porta, guardandomi spudoratamente dalla testa i piedi prima di soffermarsi sul block-notes che ho in mano.

«Entra.» Il mio tono è laconico, ma che volete... Sto facendo del mio meglio. Getto il block-notes sul divano e vado alla porta del bagno. Gen ha finalmente chiuso l'acqua. «Gen! È arrivato Jaeger.»

Quando mi volto, Jaeger sta fissando il mio schizzo.

Vado da lui e prendo il block-notes, ficcandomelo sotto il braccio.

Mi guarda dritto negli occhi, come se gli avessi nascosto anche questo. «Bel disegno.»

«Non è niente. Scarabocchi. Allora...» Sarà meglio che lo dica prima di arrabbiarmi troppo. «... Volevo ringraziarti per ieri sera. L'ex di Gen è un cretino. Non volevo che la infastidisse.» Un attimo di pausa per decidere quanto devo rivelare dei miei sentimenti. «Sei stato molto convincente.»

Jaeger stringe gli occhi e mi guarda il volto.

Abbasso la testa e mi metto i capelli dietro le orecchie. Non avrei dovuto dirlo. Metto il block-notes a faccia in giù sul ripiano della cucina e sposto qualche carta mentre aspettiamo Gen.

Apro sempre la porta con il reggiseno del bikini e non mi ha mai dato fastidio finora, ma adesso sì. Avrei dovuto mettermi una maglietta, penso, sistemando i lacci intorno alle costole. Quando alzo gli occhi, lo sguardo di Jaeger sta seguendo il movimento delle mie dita. Poi distoglie in fretta gli occhi.

È imbarazzante. «Vuoi qualcosa da bere?»

Lui scuote la testa e si siede sul divano. Gen esce dal bagno in pantaloncini e una t-shirt. Si affretta ad andare in camera, con i capelli bagnati che inumidiscono la maglietta. «Sarò pronta in un minuto» dice, sorridendo graziosamente a Jaeger mentre passa.

Dopo qualche disagevole secondo di silenzio, Gen torna in soggiorno, saltellando sui piedi mentre si infila le ballerine, con una piccola borsa a tracolla. «Pronta, scusa se ti ho fatto aspettare.»

Jaeger si alza e va verso la porta, aprendola per lei, poi la segue. «Ci vediamo più tardi, Cali.»

Ecco. Questo è il momento preciso in cui Jaeger passa

dall'essere un uomo disponibile a diventare per sempre off-limits.

«Arrivederci» dico, ma se ne sono già andati.

* * *

Invece di fissare la porta, aspettando che Gen ritorni per poterla interrogare sul suo appuntamento con il ragazzo per cui ho una cotta, controllo le e-mail.

Sono arrivati due messaggi dalla Facoltà di Legge di Harvard, una con le informazioni sull'orientamento e l'altra sugli aiuti finanziari.

Quasi mi arrabbio pensando a quanto costerà l'intero corso. Avevo già pensato a rimandare di un anno, anche se sembra ancora più penoso. Come prolungare l'inevitabile. Non avevo mai preso in considerazione il denaro fino a quest'estate quando ho cominciato a lavorare a tempo pieno per la prima volta. La retta non è un problema per i ragazzi con il fondo fiduciario, ma lo è per me. Forse non avrei dovuto scartare i programmi meno costosi. Ma non mi sembra giusto nemmeno quello.

La facoltà di legge è ciò per cui lavoro da sempre, ma ultimamente sembra il sogno di qualcun altro. Il costo probabilmente sembrerebbe congruo se il programma fosse una cosa che mi appassiona. Mia madre scherzava sempre dicendo che Tyler e io saremmo diventati avvocati o medici, ma in realtà non le interessa che cosa diventeremo, purché le nostre vite siano produttive. Tyler era il geek delle scienze, mentre io mi ero aggrappata all'idea del dibattito come mezzo per guadagnarmi da vivere. Dieci anni fa sembrava una buona idea. Adesso, con quel futuro che mi fissa negli occhi, sto ripensandoci e non riesco a smettere.

Sono così confusa ed emotivamente esausta che non so

più qual è l'alto e qual è il basso. Spengo il computer, mi cambio e prendo le chiavi dell'auto di Gen. Essere qui quando torneranno non servirà certo a migliorare il mio umore.

Controllo il frigorifero e faccio una lista di quello che manca. Prima di andare al supermercato, mi fermo alla banca e deposito le mance, che consistono in un sacco di biglietti da un dollaro. La maggior parte delle mance è sotto forma di *fiche*, ma ci sono i puristi che preferiscono le banconote. Secondo il cassiere della banca, o lavoro in un casinò oppure sono una spogliarellista. Continuo a lasciare che cerchi di indovinare.

C'è un mercato contadino nel parcheggio della banca, quindi mi fermo dall'altra parte della strada. Quando scendo dall'auto, un uomo in sandali, pantaloni corti beige e occhiali da sole esce da un motel vicino con una donna che riconosco dal casinò. È la cameriera dolce e carina che aveva una cotta per il cassiere.

Esce dalla stanza del motel a testa bassa, senza uno sguardo all'uomo. C'è spavalderia nel passo dell'uomo che manca alla partenza affrettata della donna.

Li fisso fino a quando spariscono, perché la scena mi turba. La cameriera sembrava seriamente sconvolta. Ovviamente lei e il tizio hanno un qualche tipo di *liaison*. Ciò che mi disturba, a parte il fatto che la donna non sembrava contenta, è che penso che l'uomo fosse uno dei dirigenti del casinò che cercavano di rimorchiare nel lounge di Gen.

Scuoto la testa. Ho già troppi problemi di cui preoccuparmi senza aggiungerci i drammi inquietanti del Casinò Real World.

Ci metto meno del previsto a completare le compere e torno a casa presto, solo qualche secondo prima che Gen torni a casa con Jaeger.

Il mio tempismo fa decisamente schifo.

Jaeger gira intorno al cofano e mi fa un cenno di saluto. «Cali» dice con un sorrisino felice sul volto. Va verso la porta con Gen ma si ferma quando passa vicino a me e prende uno dei grossi sacchetti dalle mia braccia. «Lascia che ti aiuti.» Poi prende anche il secondo sacchetto.

«*Okaaay*.» Dovrei essergli grata per l'aiuto, ma Jaeger sembra troppo soddisfatto dopo l'appuntamento con la mia migliore amica e io sto cercando con tutte le mie forze di non essere gelosa. Non sta funzionando.

Li seguo all'interno e Jaeger appoggia le provviste sul ripiano.

Gen e Jaeger mi guardano e poi si scambiano un'occhiata. Tra di loro passa un messaggio segreto. Gen gli sorride con calore ed è tutto ciò che mi serve vedere.

«Vi lascio da soli» dico e vado verso la porta posteriore. Voglio essere ovunque, ma non qui a osservare i due piccioncini che si salutano.

«Ci vediamo dopo, Gen» sento che dice Jaeger mentre apro la porta posteriore ed esco sul portico.

Gen mi raggiunge qualche secondo dopo. «Ehi.» C'è un tremore nella sua voce che si sente solo quando è nervosa. «Che cosa hai fatto?»

Che cos'ho fatto? Cavolo, sto morendo, cercando di tenermi occupata perché sei con l'uomo che vorrei baciare, con cui vorrei pomiciare e incollarmi addosso.

Indico i sacchetti di cibarie che si stanno scaldando sul ripiano della cucina. «Ho fatto la spesa.»

Gen si siede sul lettino accanto a me e piega le ginocchia, appoggiando i piedi sulla plastica.

«E tu? Com'è andato il tuo appuntamento?»

Lei mi guarda, un po' nervosa. «Bene. Ma non era un

appuntamento. Ci siamo solo incontrati. Voleva mostrarmi una cosa.»

Sono sicura che è così. Non scende in particolari e mi sento troppo testarda per chiederle altre informazioni.

«Cali, mi stavo chiedendo... Posso avere lo schizzo che hai fatto oggi?»

Cosa? È a quello che sta pensando? Siamo decisamente in due mondi diversi oggi. In effetti, c'è un solco profondo che ci divide e la responsabile sono io. Non sarebbe successo niente di tutto questo se non avessi trascinato Gen a Lago Tahoe quest'estate. Eric e io probabilmente avremmo comunque rotto, ma almeno non sarei stata parte di un triangolo amoroso con *la mia migliore amica.*

«Perché?» chiedo, perché la sua richiesta sembra strana, sotto tutti i punti di vista. Non è possibile che Gen non senta la tensione nella nostra amicizia. Ma forse sono solo io che so che esiste, perché sono io quella che ha causato il problema. Non ho mai confessato i miei sentimenti per Jaeger. Sono stata troppo occupata a negarli.

Lei si toglie un'invisibile traccia di polvere dagli short. «Non lo so. Mi piace e basta.»

«Certo, Gen» dico bruscamente, alzandomi. Sto scaricando la mia rabbia su di lei e non se lo merita, ma non riesco a evitarlo. «Prendi pure tutto ciò che è mio.» Rientro in casa, prendo il block-notes e glielo butto in grembo.

Lei resta a bocca aperta, con un'espressione scioccata sul volto.

Non dico niente. Non ritiro le cibarie, esco semplicemente dalla porta d'ingresso e me ne vado.

Capitolo Tredici

Dopo aver passato tre ore lanciando sassi nel lago, ero tornata a casa con un braccio che mi faceva male e mi ero scusata con Gen per essermi sfogata con lei. Le avevo detto che era stata una brutta giornata e, anche se mi aveva chiesto perché, non aveva insistito che mi spiegassi quando avevo fatto chiaramente capire, restando evasiva, che non intendevo discuterne.

Gen aveva detto che il suo pomeriggio con Jaeger non era un appuntamento, ma perché Jaeger avrebbe dovuto chiederle di andare con lui se non fosse stato interessato? Ed era sembrato così felice dopo. Non sono convinta che non ci sia qualcosa tra di loro. Gen potrebbe dice che non era un appuntamento perché la loro storia è appena cominciata. Non posso dirle ciò che provo per Jaeger finché non sarò sicura che non ci sia niente tra di loro. L'ho spinta a uscire con lui; non voglio metterla nella scomoda situazione di dover scegliere tra lui e me.

Jaeger è venuto al casinò a trovare Mason un paio di volte questa settimana dopo il suo non-appuntamento con Gen. Ogni volta è rimasto al bar di Mason, in un certo senso confermando la dichiarazione di Gen che non stavano insieme, anche se lei è presa dal suo lavoro. E ogni volta che Jaeger è intorno, il mio cuore accelera e sento caldo dappertutto. Qualunque cosa mi dica, che non funzionerà, che ho incasinato tutto, che non gli interesso, la risposta viscerale del mio corpo non cambia. È esasperante.

Sono appena uscita da una relazione; dovrei diventare introspettiva e solitaria, o almeno dovrei decidere se frequentare o meno la Facoltà di Legge. Invece sono combattuta tra l'università e pensare chiaramente al tipo di uomo che voglio nella mia vita.

Eric era attraente ma superficiale e, me ne rendo conto ora, egoista. Non capisco perché penso che il signor Intagliatore di Totem sia migliore di lui, ma c'è qualcosa di profondo in lui, una ferita. Come se ne avesse passate tante e ne fosse uscito migliore. Questo, oltre alla pozza di bava che si forma nella mia bocca ogni volta che lo guardo e ne sono attratta, anche se forse sta uscendo con la mia migliore amica.

Gen e Jaeger forse non stanno insieme, ancora, ma lui potrebbe piacerle. Non le ho mai detto cosa provo per lui. No, l'ho decisamente spinto verso di lei. In mia difesa, era prima che mi rendessi conto che i miei sentimenti per lui erano reali e non causati da com'erano orribili le cose con Eric. Quest'ultimo incidente con l'ex di Gen è solo successo nel momento sbagliato. Forse è tutto ciò che avremo Jaeger e io: un pessimo tempismo.

Questa sera, Jaeger è nel lounge di Gen da un'ora con una donna attraente, un po' più vecchia di lui, con lunghi capelli scuri e una figura minuta. All'inizio avevo pensato che fosse una delle amiche di sua madre dal modo in cui si erano salutati, cordialmente, ma con familiarità. Lei indossa un abito a sottoveste nero con diamanti grossi come sassolini alle orecchie. È più giovane dei suoi genitori, ma il suo abbigliamento costoso rientra nella loro classe economica. Più li osservo, però, meno sono sicura che siano solo amici.

Un uomo con pantaloni con le pince e una polo passa accanto al mio tavolo e sale i gradini del lounge, verso la donna e Jaeger. La bella bruna mette una mano possessiva sul braccio di Jaeger, presentandoli.

Do un'occhiata a Gen, che ride a qualcosa che le ha detto un cliente. Non sta prestando attenzione al quadretto dei tre e non riesco a capirne il motivo. Io vorrei staccare dal pavimento il tavolo della roulette e abbattere la donna con cui è seduto Jaeger come fosse un birillo, e Gen è tranquilla, beata. Che diavolo?

Jaeger stringe la mano all'uomo e gli dà un biglietto da visita.

Ha con sé i biglietti da visita? Per i totem?

Jaeger indossa pantaloni scuri e una camicia bianca con il primo bottone slacciato che lascia intravedere la maglietta sotto. Non l'ho mai visto vestito in quel modo e l'immagine mi disturba. Le spalle larghe tirano il tessuto sul petto, mettendo in evidenza i muscoli, eppure mantiene un aspetto professionale. Di solito fa sembrare incredibilmente sexy i jeans sbiaditi e le t-shirt, ma, vestito in quel modo, è all'altezza di un modello di *GQ*.

La donna che è con lui sembra un po' troppo vecchia, ma devo ammettere che stanno bene insieme e mi rode dentro. L'unica cosa positiva che riesco a pensare in questo momento è che Gen e io usciremo presto stasera e il nostro turno sta per finire.

Si avvicina il nuovo gruppo di mazzieri e io finisco la mano. Prima di scendere nel seminterrato, vado da Gen. «Hai quasi finito?» Non guardo Jaeger, seduto nell'angolo.

Gen appoggia quattro bicchierini di liquido verde brillante sul suo vassoio. «Solo un minuto, devo solo consegnare questi. Sei ancora d'accordo di andare al club?»

Nonostante uno sforzo erculeo, non riesco a fare a meno di dare un'occhiata a Jaeger. L'uomo che era con loro se n'è andato e la donna ha le dita appoggiate sull'avambraccio di Jaeger e sta usando il suo corpo come sostegno mentre si china verso di lui per dirgli qualcosa. «Sì. Ho bisogno di... Qualcosa.»

Gen spalanca gli occhi, approvando. «Sono *così* felice che non stia permettendo alla faccenda di Eric di abbatterti.» Va a consegnare gli ultimi drink e chiudere i conti.

Eric? No, non stavo pensando a Eric, a riprova di come fosse tenue il legame che avevo con lui e che la nostra storia non era destinata a durare.

Gen torna al bar e pulisce il vassoio. «Sei sicura che non ti dispiaccia che Nessa venga con noi?»

«No» rispondo distrattamente. «Ehi...» Indico con la spalla in direzione di Jaeger. «... Non ti dà fastidio?»

Gen dà un'occhiata. «Cosa? Jaeger e quella donna? Perché dovrebbe?»

«Pensavo che voi due, sai, usciste insieme.»

Lei mi dà una breve occhiata, poi le sue spalle si irrigidiscono come se fosse a disagio. «Siamo amici.»

Gen passa al barista una pila di biglietti da un dollaro. Le cameriere danno una percentuale delle loro mance al barista alla fine dei loro turni. Poi si volta a guardarmi. «Pronta?»

Gen e io di solito ci diciamo tutto, ma ultimamente non sembra più così. Ognuna delle due sembra che stia nascondendo qualcosa. Io non sono pronta a rivelare i miei sentimenti per Jaeger e da un po' ho la netta sensazione che Gen mi stia nascondendo qualcosa.

Ci cambiamo nel seminterrato del Blue, dove scopriamo

che Nessa ha invitato qualcun altro alla notte tra ragazze, la bella ragazza di Lewis, Mira.

Dovrebbe essere interessante.

Ho i tacchi alti, jeans aderenti e una canottiera blusante, scollata. Anche Gen indossa jeans aderenti, ma il suo top è meno rivelatore. Le sue tette sono più grandi delle mie, ma si rifiuta di metterle in mostra.

L'unico modo di arrivare al nightclub del Blue è attraverso il lounge. Mi dico che non sbircerò, ma ovviamente lo faccio. Jaeger è ancora seduto con la donna carina, ha la testa china verso di lei mentre lei si appoggia al suo braccio e gli parla all'orecchio.

Stringo i pugni, con le unghie che si ficcano nel palmo. Non ha fatto caso nemmeno una volta a Gen o a me questa sera. Non avrei mai pensato che Jaeger fosse un donnaiolo, ma flirtare con me, poi uscire con Gen e adesso questa donna più vecchia? Che diavolo!

Entriamo nel club e mi inonda il pulsare costante della musica dance, distraendomi in modo meraviglioso. L'unica cosa che potrebbe rendere meno vivida l'immagine di Jaeger e della donna appoggiata a lui potrebbe essere un bicchierino di Cuervo, o di Patrón, se sono in vena di viziarmi, e, accidenti, è proprio il giorno giusto.

Fortunatamente sono con tre donne attraenti. Non ci vuole molto prima che gli uomini comincino a offrirci da bere. Mira può anche essere ostile, ma è incredibilmente bella e attira l'attenzione sul nostro separé. Prima di accorgermene, ho già buttato giù cinque shot. Sento una piacevole calore e torpore agli arti.

Scivolo fuori dal sedile. «Vado a ballare. Qualcuno vuole venire?»

Gen scuote la testa, mezzo accasciata, con le palpebre

calanti. Non è più solo un po' brilla, si sta avvicinando a essere completamente sbronza.

Si può dire che io non sono la donna più convenzionale al mondo, ma Gen lo è e vederla ubriaca è divertente da morire. Prendo il telefono e le faccio una fotografia.

Lei apre la bocca al rallentatore. «Ehiii!»

Prima che afferri il mio telefono e cancelli la foto meravigliosa in cui l'ho colta sbronza marcia, me ne vado ancheggiando a tempo di musica.

Non m'importa di essere sulla pista da ballo da sola, tutto ciò che mi interessa e che non sento niente. Assolutamente niente.

Niente umiliazione per come mi ha scaricato Eric, nessuna paura per il futuro, nemmeno l'intrico di emozioni che risveglia Jaeger.

Una nuova canzone comincia in coda all'altra e chiudo gli occhi, muovendomi al suo ritmo. Pochi secondi dopo perdo l'equilibrio e sbatto le palpebre, allargando le braccia. Cerco un orizzonte visuale sopra le teste dei corpi in movimento per fermare il giramento di testa. Poso lo sguardo sul grande bar affollato sulla destra. Una bionda alta con un vestito rosso guarda dalla mia parte e i nostri sguardi si incrociano. Assomiglia tantissimo alla sorella di Jaeger.

Chiudo gli occhi e mi giro. Quando li riapro, la sosia di Kerstin è andata via, insieme al mio equilibrio. Barcollo di lato come una bambina con i tacchi alti. Un paio di braccia mi chiudono da dietro.

Giro la testa indietro e verso l'alto. Sono sicura che il tizio che mi sta sostenendo sia attraente, ma la pista da ballo è buia e ci sono luci stroboscopiche blu e viola. Visto tutto quello che ho bevuto potrei sbagliarmi completamente. Comunque non è che gli uomini attraenti abbiano mai fatto qualcosa di buono per me.

Il tizio sorride e mi mette il braccio intorno alla vita. Mi volto e gli metto le mani intorno al collo. Lui mi tira immediatamente vicina finché i nostri fianchi si strofinano e l'odore forte di colonia e di sudore mi soffoca mentre ondeggiamo a tempo di musica. L'umidità trasuda sulle mie dita attraverso la sua camicia e, anche se non è cattivo, il suo odore non è comunque piacevole.

Senza aspettare che finisca la canzone, mi svincolo da lui, evitando le mani lunghe e attraverso la folla fino all'uscita più vicina della pista da ballo. Finisco in una parte completamente diversa del club, piena di divani in stile lounge e tavolini quadrati.

Dove sono?

Mi guardo attorno cercando le mie amiche e riconosco qualcun altro. Seduto al tavolo davanti a me c'è uno dei dirigenti che si ferma dopo il lavoro a guardare Gen nel lounge. Uno dei viscidi.

Lui e il tizio con cui è spesso, da lontano, si assomigliano. Non riesco a capire se sia il tizio che ho visto uscire dal motel con la cameriera oppure se è l'altro. Hanno entrambi capelli corti, professionali e lineamenti simmetrici. L'unico motivo per cui riesco a distinguerli da un milione di altri professionisti stilosi è perché sono giovani per essere dirigenti del casinò e portano entrambi gli anelli con lo stemma del Blue.

Ho visto solo pochi dirigenti con quell'anello. Zach, il mazziere amico di Nessa, mi ha messo al corrente del protocollo del Blue e come diano ai dirigenti anelli d'oro con gli zaffiri per premiarli per una prestazione esemplare. I due li indossano ed è uno dei motivi per cui so che uno dei due era quello che usciva dalla stanza del motel mentre facevo compere.

Sono brilla e frustrata, stufa di uomini predatori. E dato

che ho perso la capacità di filtrare le parole, mi avvicino e dico: «Ehi, tu sei il tizio che adocchiava la mia amica».

L'uomo mi guarda lentamente dalla testa ai piedi, soffermandosi sul seno. «E adesso sto guardando te.» Alza un angolo della bocca in un sorriso affascinante che deve colpire nel segno molto spesso con le donne. «Ho visto in giro anche te. Come ti chiami, bella ragazza?»

È viscido, ma il suo sorriso sembra schietto. E ha detto che sono carina. Devo sentirmi molto giù perché è bastato un minimo di attenzione da parte sua per abbassare la guardia. Domani lo rimpiangerò, ma per ora sono avida di complimenti come qualunque altra donna. Inoltre so come gestire il suo tipo. «Cali.»

«Cali. Io sono Drake.» Socchiude gli occhi come se stesse cercando di capire come sono, ma forse è solo perché sto ondeggiando. «Vuoi unirti a me?»

Drake, il troll, è piuttosto carino visto da vicino, capelli scuri e occhi colore del whisky invecchiato. Direi che va per i trenta. È tirato a lucido ed elegante nella sua camicia e pantaloni su misura. Diverso dai ragazzi con cui sono uscita. Più maturo. Da uomo di mondo.

Un'immagine di Jaeger nel suo abbigliamento da *GQ* mi lampeggia nella mente come una luce stroboscopica. Ma Jaeger e io non siamo mai usciti insieme, quindi non conta. Stringo i pugni.

«Mi sembra che abbia bisogno di bere qualcosa» dice.

Giusto. Non ho bisogno di un drink, ma me ne piacerebbe uno.

Mi siedo e Drake fa segno a una cameriera. «Che cosa vorresti bere?»

Glielo dico e arriva a tempo di record. Visto il mio livello di ebbrezza, che diventa sempre più apparente ogni volta che tento di fare qualcosa di normale, tipo camminare, chiedo alla cameriera di portarmi anche dell'acqua e sorseggio il mio cocktail. Bere è bello e tutto, purché non si arrivi al vomito. L'acqua aiuta a evitarlo. Sono brilla e non riesco a pensare troppo a fondo; basta così.

Drake mi chiede del mio lavoro al casinò e se mi piace vivere al Lago Tahoe. Seguo il flusso della conversazione finché si arriva all'argomento delle escursioni estive e parlo della battuta di pesca.

La mano di Drake mi stringe la spalla da dietro lo schienale. «Cali, stai bene?»

Alzo gli occhi e sbatto le palpebre. Immagini di Jaeger nella barca, i discorsi allusivi sulla pesca portano a un'immagine più recente che non riesco a togliermi dalla testa: lui con una donna più vecchia che gli sta appiccicata come una cozza.

Non siamo ancora usciti insieme ma in qualche modo devo averlo lasciato entrare, perché vederlo con Gen o chiunque altro non dovrebbe disturbarmi tanto. «Sì...» Deglutisco il sapore amaro in bocca. «Bene.» Il mio sorriso vacilla.

Drake non sorride a sua volta, anche se la sua espressione resta gentile. «Vorresti andare via?»

Fuggire via dal casinò e da Jaeger?

Annuisco con impazienza.

Capitolo Quattordici

I pensieri razionali si muovono come melma, mentre nella mia testa si susseguono a velocità doppia le immagini di Jaeger in technicolor.

Drake indica la porta posteriore. «Andiamo?»

Lo seguo stordita fuori dal club. È stato gentile. Magari l'ho giudicato male. Potrebbe sentirsi solo come il resto di noi, seduto nel lounge di Gen, in attesa che arrivi qualcuno di speciale.

È solo nel momento in cui la porta del club si chiude e l'aria fresca mi accarezza le braccia che mi rendo conto che non posso andarmene senza Gen. E che forse andar via con qualcuno che ho appena conosciuto non è una grande idea.

«Aspetta.» Mi fermo e mi guardo attorno, con il cuore che comincia a battere forte. Non riconosco questa parte del parcheggio. «Sono venuta con delle amiche. Dobbiamo tornare dentro.» Allungo la mano verso la maniglia, ma la porta è chiusa dall'interno.

«Le tengono chiuse, dovremo entrare attraverso il casinò.»

E vedere Jaeger con quella donna? No, grazie. Mi avvolgo le braccia intorno alla vita, rabbrividendo forte.

Quando esito, Drake mi mette la sua giacca sulle spalle. «Hai un telefono?»

Ho lasciato la borsa a Gen, ma ho il telefono nella tasca posteriore. Lo prendo.

«Puoi contattare le tue amiche da qui e dire loro che ti porto a casa, oppure possiamo tornare dentro. Decidi tu.»

Quel lento insieme di ingranaggi che è il mio cervello pieno di alcol filtra questa informazione, elaborando un lieve senso di disagio in fondo allo stomaco. Probabilmente non è una buona idea andare a casa con un tizio di cui diffidavo la sera prima. Ma le luci nel parcheggio sono forti e danno un senso di sicurezza. E non volevo assolutamente passare davanti a Jaeger con la sua donna.

Il percorso fino a casa mia è breve. Potrei chiamare un Uber, ma Drake è proprio qui. Inoltre, non ho la borsa e i soldi.

Drake lavora nella direzione del casinò, è stato nientemeno che premiato per le sue prestazioni stellari. Che pericolo potrebbe rappresentare?

Mando un messaggio a Gen. *Mi faccio dare un passaggio da un collega. Portami la borsa quando esci. Ci vediamo a casa. Fatti dare qualche numero di telefono, per favore!*

Non aspetto la sua risposta. Se sarà preoccupata per me controllerà il telefono.

Drake mi porta verso un'auto nera sportiva. Non ho idea di che marca sia, in questo momento quel tipo di particolare va oltre le mie capacità cognitive.

Apre la portiera del passeggero e io mi accomodo sul sedile di pelle beige, togliendomi la giacca che mi aveva prestato e drappeggiandola sulla console centrale.

«Dove vivi?» mi chiede dal sedile di guida.

Sento un'altra fitta di disagio, come se sotto la nebbia alcolica, il buonsenso sia in attesa. Non mi piace l'idea di dare il mio indirizzo a un estraneo ma voglio veramente andare a casa. Inoltre Drake lavora al casinò. Se volesse il mio indirizzo potrebbe trovarlo. Gli do le informazioni e lui programma il navigatore.

Qualche minuto dopo, siamo nel mio vialetto. «Grazie per il passaggio» gli dico e apro la portiera per scendere. «Avevi ragione, non mi sentivo bene.»

«Prego.» Scende dall'auto contemporaneamente a me.

Non dovrei preoccuparmi. È buio qui fuori e probabilmente vuole accompagnarmi alla porta, ma mi preoccupo. Temo di avergli dato l'idea sbagliata.

Vado dietro la siepe dove nascondiamo la chiave di scorta. Non posso evitare che mi veda farlo. È così o restare chiusa fuori. Mi prendo un appunto mentale di cambiare il posto al sasso nascondi chiave, domani mattina.

Quando torno, Drake mi sta aspettando sulla soglia buia di casa.

Gen e io ci siamo dimenticate di lasciare le luci accese prima di uscire. Non sarebbe un grosso problema, tranne che avere le luci spente può sembrare romantico e non è assolutamente quello che voglio.

«Grazie ancora per il passaggio. Penso di essere a posto, adesso.»

Drake si avvicina e appoggia piano la mano sul mio fianco. Appare il suo affascinante sorriso. «Che ne dici di farmi entrare per un momento?»

Faccio un passo indietro, con le spalle che sfiorano la porta. «Non stasera. Un'altra volta magari.»

Lui annuisce lentamente. Non riesco a vedere chiaramente i suoi occhi al buio, ma percepisco i calcoli che sta facendo dietro la sua pausa. «Un bacio della buonanotte, allora?»

Si china in avanti e appoggio in fretta le mani sul suo petto, cercando di allontanarlo. «Non...»

Drake abbassa la testa. Le mie braccia non sono una barriera, visto che è trenta centimetri più alto di me. La sua bocca preme sulla mia anche se lo sto spingendo via. Sembra non notarlo, o non gli importa, dato che è troppo occupato ad afferrarmi il collo e a infilarmi la lingua in bocca.

Dentro di me risuonano i campanelli di allarme e sento il sudore lungo la spina dorsale, nonostante la serata fresca.

Il mio cervello si muove velocemente, registrando ogni respiro, la mano rude che mi afferra il polso, inchiodandolo dietro di me in un gesto che forse vuole essere sexy, oppure un'aggressione. Comunque sia non è benvenuto. Il corpo di Drake mi spinge contro la porta. L'unico suono sono i nostri piedi che si spostano e il rumore della bocca di Drake mentre lottiamo per ottenere il controllo.

Un rumore di passi rapidi penetra nel mio panico.

«Via!» urla una voce profonda e familiare un secondo prima che Drake mi venga strappato di dosso.

Jaeger è in piedi tra di noi, con la schiena verso di me. Non so come sia arrivato qua, o perché sia qui, ma il mio sollievo è inimmaginabile.

«C'è qualche problema?» Drake sposta in avanti il colletto, con noncuranza. Jaeger deve averglielo tirato indietro quando lo ha afferrato.

Drake si avvicina, attento a non arrivare a portata di mano di Jaeger. «La signora è venuta a casa con me. Non vedo come possa essere affar tuo.»

«È casa *sua* e ti ha chiesto di *andartene*» dice Jaeger. «Fuori dalle balle!» Allunga un braccio all'indietro e me lo mette sulle spalle, tirandomi vicina. Il mio cuore rallenta, il respiro si calma.

Il tono minaccioso di Jaeger mi stupisce, ma il mio corpo si curva istintivamente contro il suo. Francamente, sono sorpresa che qualcuno sia riuscito a creare questo livello di rabbia in lui. È un gigante gentile. Ma, oddio, fa paura quando è arrabbiato.

«Cali...» Drake si sposta di lato e mi afferra il polso, tirandomi verso di lui.

Strattono via il braccio. Ma quest'uomo vuole morire? Oppure è semplicemente arrogante e pensa che un uomo grosso due volte lui non possa toccarlo? «Per favore, vattene» dico a Drake.

Lui stringe le mascelle, come se si rifiutasse di rinunciare a un giocattolo.

Jaeger emette un sospiro furioso, mi spinge dietro di lui – *che diavolo* – e dà un pugno in faccia a Drake. *Porca paletta.*

Drake finisce a terra, rotolando, afferrandosi la faccia. Non c'è sangue, ma deve aver fatto male.

Jaeger si china sopra di lui. «Non. Toccarla. Quello era una colpetto di avvertimento. Il prossimo non sarà così.»

Drake si alza in fretta e si toglie la polvere sottile di Tahoe dai pantaloni. Mi dà un'occhiataccia. «Non è quello che avevo in mente per stasera» dice e se ne va. Mette in moto la sua costosa auto sportiva e sgomma via nel vialetto schizzando ghiaia e aghi di pino.

Jaeger mi alza il mento con un dito, studiandomi il volto. «Stai bene?»

Annuisco, chiedendomi che cosa diavolo è appena successo. «Che cosa ci fai qui?» L'auto di Drake svolta l'angolo in fondo alla mia strada e le luci posteriori spariscono. «Come facevi a sapere...»

Jaeger si strofina una mano sul volto ed espira forte. «Kerstin. Mi ha detto che eri uscita dal club ubriaca, con un tizio.» Il suo volto si contorce per la rabbia. «A che cosa diavolo stavi pensando, Cali?»

Non ho mai visto prima d'ora questo lato di Jaeger, quello furioso, protettivo ed è assolutamente sexy. Non che voglia attizzarlo inutilmente...

Non stavo pensando quando sono uscita dal club con Drake. In effetti, cercavo apposta di non pensare. A Jaeger. Ma non è una cosa che ho intenzione di dirgli. «Ho commesso un errore.»

«Hai commesso un errore? Tu...» Jaeger si allontana di un passo e si infila le dita tra i capelli corti. «Capisci che cosa... Che cosa avrebbe potuto farti quello stronzo psicopatico?»

Sì, certo che lo capisco e sto cercando di non immaginarlo. L'ultima mezz'ora mi ha fatto passare la sbornia. Mi strofino gli occhi e vado alla porta, la apro ed entro, con le dita e le braccia che tremano. Jaeger si ferma sulla soglia. «Puoi entrare» gli dico.

Lui entra e chiude la porta.

Riempio un bicchiere d'acqua dal rubinetto della cucina e glielo offro, ma lui scuote la testa. Bevo parecchi sorsi, pulendomi la bocca dal sapore di Drake.

«Mi dispiace di aver urlato.» Jaeger sospira di nuovo, teso. «Ma non puoi andare a casa con gente che non conosci. In effetti, non andare a casa con nessuno a meno che sia un amico.»

Mi volto in fretta. Sono stata stupida ad andare a casa con Drake e ho imparato una dura lezione questa sera, ma perché Jaeger si sente in diritto di dirmi che cosa fare? «E tu? Hai portato a casa la tua amica prima di venire qua? È giusto per te uscire con una persona a caso ma non per me?»

«Io non sono una ragazza di nemmeno cinquanta chili» ringhia. «Avrebbe potuto farti molto male, Cali.»

Prima di stare con Eric, una volta o due avevo lasciato una festa con ragazzi che avevo appena incontrato. Ma in quei casi, conoscevo i confratelli del tizio o avevamo amici in comune. C'erano dei pericoli al college, certo, ma vivevamo in una bolla dove la gente si conosceva. I rischi erano minori.

Jaeger ha ragione. Stasera ho ignorato i miei istinti e ho trattato Drake come un ragazzo del college. È stato stupido e pericoloso, ma non dà il diritto a Jaeger di trattarmi come una bambina. «Ho detto che ho commesso un errore. Non ricordo di avere un secondo fratello maggiore. Comunque, perché mi hai seguito?»

Lui si siede al centro del divano, occupandone due terzi, con le gambe allargate come fanno gli uomini, perché non indossano le gonne né sentono il bisogno di nascondere le loro parti intime. China la testa contro il muro di cuscini dietro di lui e fissa il soffitto. «Pensavo che quel tizio potesse essere pericoloso.»

Mi guardo intorno. «E tu come facevi a saperlo?»

Lui mi dà un'occhiataccia. «È un uomo e tu avevi bevuto. Non volevo correre rischi.»

Aggrotto le sopracciglia. La reazione di Jaeger nei confronti di Drake è stata piuttosto accesa per un amico, come se la questione lo riguardasse personalmente. Perché diavolo aveva lasciato la sua compagna per seguirmi a casa nell'eventualità che Drake fosse un serial killer?

«E la tua amica?»

«*Cliente*. È una cliente, Cali.»

«Aveva le mani lunghe per essere una cliente. Ti palpeggiano tutte le tue clienti?»

Jaeger mi fissa in volto. Si mette diritto e mi afferra per

la vita, tirandomi tra le sue ginocchia finché non ho altra scelta che non sedersi sulla sua gamba o cadergli addosso. Scelgo la gamba, scivolando sul divano accanto a lui, con le gambe che gli pendono in grembo.

Mi tiene con un braccio dietro la schiena. «Mi hai spaventato a morte stasera.» I suoi occhi verdi sono intensi e preoccupati.

«Mi dispiace» dico, sorpresa.

Jaeger mi preme la faccia sul suo petto, tenendomi la testa. «Promettimi che non farai più una cosa simile.»

Gli prometterei qualunque cosa, purché continui a tenermi così. «Non lo farò più. È stata una cosa assolutamente stupida» borbotto, passando il naso sulla sua camicia e respirando il suo profumo pulito.

Jaeger si tira indietro e i nostri occhi si incontrano per un lungo momento. La loro intensità mi fa accelerare il respiro. Lui abbassa lentamente la testa finché uno sbuffo d'aria dal suo naso mi solletica la pelle. Mi sfiora la bocca con le labbra, un tocco delicato che è esattamente l'opposto dell'azione violenta di Drake. La gentilezza di Jaeger rivela calore e desiderio e qualcosa di più profondo che non riesco a capire bene. Ma lo voglio.

Se pensavo che l'attrazione tra di noi fosse potente, l'elettricità che generano le sue labbra è bisogno puro, pressante. Gli afferro la camicia con le mani.

È quello che volevo. Tutta la notte, tutta la settimana, fin da quando ci siamo conosciuti.

Jaeger si tira indietro, mantenendo qualche centimetro di distanza tra di noi. Il suo fiato mi sfiora il mento, mi accarezza lentamente l'attaccatura dei capelli con il pollice. «Va bene? Dopo...»

Mi chino in avanti e, per tutta risposta, incollo le labbra

sulle sue. Che l'abbia ammesso a me stessa o no, sono settimane che aspetto questo bacio.

Jaeger infila le dita nei miei capelli, piegando la testa per un contatto migliore e sto annegando.

Sento la pressione che aumenta nel basso ventre, il corpo che si arcua verso di lui. Gli avvolgo le braccia intorno alla schiena ampia e lo tiro verso di me finché ricadiamo sui cuscini con lui sopra di me.

Il suo peso è una sensazione meravigliosa. Non mi sta schiacciando né forzando, è solo sufficiente per aumentare la mia eccitazione. Sono perduta in un mare di sensazioni e tutto ciò che stiamo facendo è baciarci. Gli stringo i fianchi con le gambe, attirandolo più vicino.

Mi sfugge dalla gola un gemito gutturale e Jaeger sposta le mani dai miei capelli al collo, al petto, appoggiandole al seno. Toglie la bocca dalla mia e mi lascia una scia di baci sul mento e lungo il collo. «Cali» sussurra, con le mani sul mio seno e strofinando il pollice sul capezzolo.

È solo quando dice di nuovo il mio nome che il desiderio si attenua a sufficienza da registrare che sta tentando di comunicare qualcosa non solo con il corpo. Lo guardo negli occhi.

«Quando tornerà Gen?» mi chiede.

Che co...? Gen? Merda.

Mi sento invadere dal panico e non perché mi preoccupa che Gen entri e ci veda, anche se sarebbe possibile. Ho dimenticato tutto su Gen e Jaeger e la possibilità che ci sia qualcosa tra di loro. Dopo tutte le volte in cui ho incoraggiato Gen a uscire e aprirsi, sto pomiciando con un uomo che potrebbe effettivamente piacerle.

Che cosa sto facendo? Mi dimeno sotto di lui, furiosa con me stessa all'idea che Jaeger possa stare giocando con me. Gen è la mia migliore amica. Basta. Devo scoprire che cosa sta succedendo tra di loro.

Cerco di raccogliere il resto delle mie cellule grigie che si sono disperse nell'attimo in cui Jaeger si è steso sopra di me con il suo corpo grande e caldo. «Non lo so, ma era piuttosto sbronza quando sono andata via. Probabilmente tornerà a casa presto.»

«Forse dovrei andare.» Si alza e si sistema i pantaloni e mi rendo conto in quel momento che presentano un rigonfiamento grande e impressionante. Distolgo lo sguardo.

Se gli chiedo adesso di Gen non so se sarò in grado di distinguere la verità da una bugia. Dovrò affrontare l'argomento da sobria, quando non sto reagendo appassionatamente al mio salvatore. «Probabilmente è una buona idea.»

Capitolo Quindici

Questa mattina la mia testa sembra sia stata sbattuta un migliaio di volte contro un masso, ma sono riuscita a controllare la nausea grazie a qualche oliva verde e del pane tostato. Gen, al contrario, non se l'è cavata così bene. È in bagno e sta vomitando l'anima.

«Come va, Gen?»

Lei non risponde, quindi apro uno spiraglio e la controllo. È abbracciata al WC, con la guancia appoggiata al bordo. Spalanco la porta. «Non hai un bell'aspetto. Vuoi che ti porti al pronto soccorso?»

«No» dice senza muoversi. «Ho solo bisogno di passare un po' di tempo tranquilla con il WC.»

Prendo due lavette dall'armadietto e le bagno nell'acqua fredda. Poi gliene appoggio una sulla nuca.

Gen mugolo. «Che sollievo.»

«Ecco.» Le porgo l'altra. Lei agita il braccio alla cieca. Le afferro le dita e le indirizzo verso il tessuto.

Tengo d'occhio Gen per il resto della giornata. Alla sera sta mangiando ma si sente ancora piuttosto di merda.

Man mano che passa la giornata, ciò che avrebbe potuto succedermi ieri sera con Drake se Jaeger non si fosse fatto vivo mi torna in mente con tutta la forza. Non farò mai più una cosa simile. E poi, con Jaeger? Non stavo pensando. Stavo solo agendo di istinto, permettendogli di controllare le mie azioni. Se ci fosse qualcosa tra Jaeger e Gen, questa volta potrei essere *io* l'altra donna. Gen è appena riuscita a fidarsi di qualcuno dopo quello che le ha fatto lo Stronzo. Il livello di slealtà in questa situazione sarebbe infinitamente peggiore.

Non le ho parlato di Drake perché farlo avrebbe significato dirle perché Jaeger si era fatto vivo. Gen va a letto presto e decido di raccontarle tutto quando non starà così male. Ho bisogno di arrivare a fondo di cosa c'è effettivamente in ballo tra lei e Jaeger. Lei non parla, ma non riesco a togliermi dalla mente che mi stia nascondendo qualcosa.

* * *

Il giorno dopo, Gen è già uscita quando mi sveglio. Ha lasciato un biglietto per dirmi che aveva delle commissioni da fare. Le mando un messaggio dicendole di non preoccuparsi, che avrei trovato un passaggio per andare al lavoro con uno dei mazzieri. Non voglio aspettare a parlarle di Jaeger, ma rimandare di qualche ora finché entrambe finiremo di lavorare non mi ucciderà.

Mi avvicino al bancone delle sarte al Blue e do il mio biglietto all'addetta per ritirare la mia uniforme.

«Scusa, tesoro» mi dice la donna. «Il capo vuole che vada dal supervisore. Ascensori fuori dalla hall, secondo piano. Ti indirizzeranno da lì.»

È strano. Ho sempre avuto a che fare solo con il capo mazziere e il direttore di sala che si occupa dei nuovi assunti. Non sono mai andata al piano di sopra con i pezzi grossi, la gente che sorveglia il Casinò Real World attraverso le telecamere di sicurezza.

Faccio un cenno di conferma all'addetta e salgo le scale fino al piano del casinò e poi alla parete di ascensori appena fuori dalla hall.

Fuori dall'ascensore, il secondo piano dell'edificio non potrebbe essere più diverso dal resto del casinò. Una sezione di cubicoli occupa una notevole parte dello spazio, così istituzionale e strana rispetto all'arredamento di alto livello dell'area giochi e quella dei clienti, eppure comunque a un livello stellare rispetto alla vernice ingiallita e agli armadietti di metallo del seminterrato. Ci sono uffici su tre lati, uno con una grande porta e la scritta SECURITY al centro di un'intera parete.

«Sono Cali Morgan» dico alla receptionist. «La sarta mi ha detto di salire.»

La receptionist tamburella le unghie rosso vivo che spariscono per un attimo mentre rimette dietro le orecchie i capelli lunghi fino alle spalle, di un colore rosso violaceo che non esiste in natura. Quelle unghie tornano a farsi vive e prende un post-it dalla scrivania. «Da questa parte.»

La seguo lungo il corridoio. Il trucco pesante e i capelli sono tipici di un casinò, ma la camicia e la gonna che indossa la mantengono rispettabile. Tirerò a indovinare, ma direi che una volta lavorava al piano casinò.

Passiamo davanti all'area della security e arriviamo a un diverso corridoio con uffici più spaziati. La receptionist bussa a una porta con la targa ROBERT MIDDLETON, GIOCHI su un lato ed entriamo.

Nell'ufficio, un uomo di mezz'età con capelli biondo sabbia e una fossetta sul mento batte gli ultimi tasti sul computer. «Grazie.» Fa un cenno alla receptionist e lei si chiude la porta alle spalle.

Ho una strana sensazione.

Che cosa potrei aver fatto di sbagliato, o di giusto, per mandarmi qui? Non sono il mazziere più veloce, ma finora nessuno si è lamentato. Non ho mai sbagliato a contare e so che altri novellini lo hanno fatto. Se sbagliare un conteggio o mescolare male le carte fosse causa di licenziamento, metà dei mazzieri estivi sarebbe già stata eliminata.

Robert Middleton si alza a metà dalla sedia e mi fa segno di sedermi. «Lei dev'essere Calista. Si sieda per favore.» Non uso mai il mio nome completo, ma non lo correggo. Qualcosa nella sua voce mi dice che si tratta di qualcosa di serio.

Lui è seduto su un'imponente sedia di pelle con una grande finestra panoramica che dà sulle montagne e sul lago alle spalle. Sento il sangue che scorre veloce e il cuore che mi batte in gola. Questo è veramente un pezzo grosso. Perché mi ha fatto venire?

Chinandosi sui gomiti, Robert Middleton unisce la punta delle dita. Non ha la giacca ma indossa una camicia elegante con una cravatta grigio talpa a righe, legata così stretta che la pelle del collo ricade sopra il colletto. «Arriverò diritto al punto. Dobbiamo licenziarla.»

Resto a bocca aperta, con gli occhi spalancati. *Cosa?*

Cioè, mi era passato per la mente, visto dove sono, ma non avevo realmente pensato che fosse possibile. In vita mia non ho mai ricevuto un voto inferiore a dieci meno men che meno mi hanno licenziato da uno stage o da un posto di lavoro.

«Non capisco» riesco a dire.

«È molto semplice. Lei è un'impiegata estiva. Abbiamo un periodo di prova di tre mesi per tutti i dipendenti. Se in un momento qualunque durante questi tre mesi riteniamo che la collaborazione non sia vantaggiosa, il casinò può mettervi fine senza giusta causa. Mi è stato riferito che la sua condotta non è consona alla nostra cultura e che lei starebbe meglio altrove.»

Ha una perfetta faccia da poker. La sua espressione non mi rivela niente. «A quale condotta si sta riferendo? Non sto cercando di essere polemica, solo non capisco che cos'ho fatto che possa portare a una decisione simile.»

«Preferirei non entrare nei particolari, né sono obbligato a farlo. Il licenziamento ha effetto immediato.» Si alza e gira intorno alla scrivania, indicando la porta, e una zaffata di dopobarba mi fa rivoltare lo stomaco. «Per favore, torni alla reception. L'addetta ha una serie di documenti da farle compilare.»

Non so come riesco ad alzarmi, con le gambe che tremano. Robert Middleton tende la mano. La guardo per un momento, poi reagisco e gliela stringo. La sua stretta di mano è salda e decisa. «Buona fortuna, signorina Morgan.»

Non è possibile che stia succedendo. Perché *sta succedendo?*

Ho la bocca asciutta e le lacrime che bruciano in fondo agli occhi, ma vado alla scrivania della reception dalla donna con i capelli viola.

Quando finisco di compilare i moduli, entro in ascensore, scortata da un addetto alla sicurezza, come se fossi una criminale. La receptionist ha detto che la guardia è una prassi, ma non mi sono mai sentita peggio.

La guardia mi accompagna attraverso il casinò, oltre Gen che sta consegnando i drink nel lounge. Non mi vede, ma Mason sì. Alza gli occhi dal bar, confuso.

Conosco la sensazione. Ingoio il groppo che ho in gola e continuo a camminare, mortificata. Mi hanno detto di non parlare con nessuno e l'ultima cosa che voglio è annunciare al mondo che cosa sta succedendo.

Quando la guardia mi lascia nel garage, le lacrime che ho trattenuto cominciano a scendermi sulle guance. Continuo a camminare lentamente, scioccata e stordita, verso la fila di auto, cercando quella di Gen, e poi mi fermo.

Merda.

Gen ha le chiavi e la receptionist ha detto che non avrei potuto tornare fino a domani, quando avrebbero reso noto che il mio impiego era finito.

Cammino fino al bordo del garage che dà sulle file di auto di sotto e appoggio la testa sulle sbarre di metallo. Che cosa posso fare? Avevo bisogno di questo lavoro per la scuola. I miei risparmi di quest'estate avrebbero coperto solo una frazione del costo del primo anno, ma comunque... Dovrò chiedere un prestito più alto e ci potrebbe volere tutta la vita per ripagarlo. Sarei una schiava societaria ben pagata.

Le opportunità di frequentare la Facoltà di Legge di Harvard non arrivano tutti i giorni. Dovrei essere grata. Eppure non è così. Non mi sembra un sogno. Mi sembra un peso.

Capitolo Sedici

Sono seduta nel mio punto preferito in cortile, su un lettino dove sono da mezz'ora, a fissare gli alberi. Non mi sono nemmeno tolta la borsa dalla spalla. Sembra troppo faticoso. Non riesco a rendermi conto del fatto che sono appena stata licenziata. Non ha senso.

Sento una vibrazione sulle costole, dov'è appoggiata la borsa. Prendo il telefono. «Pronto?»

«Cali, stai bene?» la voce di Gen è acuta, sembra nel panico. «Mason mi ha detto che sei uscita dal casinò scortata da una *guardia di sicurezza*.»

«Già» dico con la voce soffocata. La pioggia di lacrime è finita, ma la mia voce non ha recuperato del tutto.

«Che cos'è successo? Dove sei?»

«A casa. Ho preso un Uber.» Faccio un respiro profondo e mi strofino il naso, che probabilmente è rosso vivo per tutto quel piangere. «Sono stata licenziata.»

«*Cosa?* Perché?»

Sto per dire *non lo so*, quando nella mente lampeggia il ricordo dell'altra sera. No. Non lo avrebbe fatto... O sì?

Drake era incazzato quando se n'è andato. Abbastanza da vendicarsi?

«Non lo so.»

«È folle, Cali. Non possono licenziarti. Non hai fatto niente di male.»

Passo mentalmente in rassegna tutti gli avvenimenti della mia ultima sera di lavoro e il tempo passato al club. Avevo fatto qualcosa che i dipendenti non dovrebbero fare? Ogni fine settimana, il casinò dà ai dipendenti dei buoni da spendere ai bar del Blue. L'amministrazione non ha niente contro il bere o giocare nella loro struttura. Probabilmente sarebbero contenti se bruciassimo tutto il nostro stipendio proprio lì.

Avevo bevuto e ballato, niente di male. Il problema grosso era stato farsi dare un passaggio da Drake e il fatto che Jaeger gli aveva dato un pugno, *a un dirigente del Blue*.

Se la sarebbe presa con me? In questo modo? L'orgoglio maschile fa fare cose stupide. Certo non conosco Drake abbastanza bene da dire che non mi avrebbe fatto licenziare. Ha dimostrato di essere uno stronzo, forse anche peggio. Oddio.

E non posso dire niente a Gen per il momento, perché non le ho ancora raccontato di Drake e Jaeger e di ciò che è successo l'altra sera. È troppo da dirle al telefono mentre sta lavorando e voglio farlo di persona. «A quanto pare i dipendenti sono in prova per i primi tre mesi. Al casinò non serviva un motivo per licenziarmi. Il capo del reparto Giochi ha detto...»

«Hai parlato con qualcuno al *piano di sopra*? Non si occupano mai di noi.»

«Beh, questo tizio l'ha fatto. Ha detto che non sono adatta alla cultura del casinò.»

«Stai scherzando? Sei un genio e presto sarai una

studentessa di Harvard. Per non parlare poi del fatto che sei bella e di classe. Che cosa stanno cercando? Qualcuno senza buone maniere e che non ha finito le superiori?»

Uhm, teoria interessante. Alcuni dipendenti rispecchiano esattamente quella descrizione. «No, non penso sia quello, ma dubito che scoprirò mai la verità. Non hanno l'obbligo di dirmela.»

«È così strano... E non è giusto.» Sospira forte. «Dimentica il Blue, Cali. Chi ne ha bisogno? Hai un futuro brillante davanti a te.»

Stringo le labbra e respiro dal naso tenendo dentro il groppo che ho in gola. «Giusto.» Avere un lavoro mentre cercavo di capire che cosa fare per i miei studi era un cuscinetto e adesso non c'è più.

Gen torna a lavorare, ma mi promette di venire subito a casa dopo il suo turno. Parlare con lei ha avuto l'effetto positivo di risvegliarmi dallo stato catatonico che avevo nel portico.

Ho passato solo trenta minuti nel casinò, ma i miei vestiti e i capelli hanno comunque l'odore di bruciato delle sigarette. Voglio togliermi di dosso il ricordo di quel posto. Prendo i miei pantaloni di felpa più morbidi e una t-shirt e faccio una doccia.

Con i capelli bagnati sciolti sulla schiena, faccio zapping tra i canali TV, cercando un volgare reality-show che possa far apparire normale la mia vita.

Il mio telefono vibra. È un messaggio di Jaeger.

Jaeger: *Hai già mangiato?*

Cali: *No. Come hai avuto il mio numero?*

Jaeger: *Gen. Ti piacciono i burrito?*

Oh, accidenti. Gen sa che mi sta messaggiando? Dev'essere così se gli ha dato il mio numero.

Mi ha colto in un momento vulnerabile. Non posso dire di no. Voglio vederlo. Non succederà niente con Gen che sta per venire a casa, anche se non era stato un deterrente l'ultima volta. Caccio quel pensiero in fondo alla mente.

Cali: *Pollo, per favore.*

Venti minuti dopo bussano alla porta e il mio cuore manca un battito. Probabilmente è Jaeger, ma guardo comunque fuori dalla finestra. Ho già avuto troppe sorprese e, con i sospetti che ho su Drake, tutto è possibile.

Il pickup argento di Jaeger luccica alla luce del portico. Apro la porta e lo trovo lì, in blue jeans e una maglia grigio mélange, con un sacchetto di carta marrone in mano.

«Ehi.» Guarda i miei pantaloni di felpa e sogghigna.

Dopo il mio messaggio, ho arrotolato i pantaloni in vita per non avere l'effetto sedere calante, ma nell'insieme sto veramente da schifo. «Entra.»

Jaeger appoggia il sacchetto sul ripiano. «Bicchieri?»

«Dietro di te.» Indico l'armadietto giusto e prendo i piatti, poi apparecchio nella nicchia.

Jaeger si avvicina con un bicchiere e due bottiglie di Dos Equis. Ne versa una a me e lui beve dalla bottiglia.

Bevo una lunga sorsata, con le bollicine che mi bruciano il naso ipersensibile. Non è più rosso vivo, ma è ancora chiuso per tutto quel piangere. «Ahhh.» Anche così, Dos Equis è un sorso di sole. «Ne avevo bisogno.»

Jaeger sorride e toglie dal sacchetto quattro pacchetti avvolti in carta bianca. Ne mette tre sul suo piatto e uno sul mio. Nessuno di noi perde tempo prima di buttarsi sul cibo.

«Allora,» dico tra un boccone e l'altro, «immagino che Gen ti abbia detto quello che è successo.»

Lui annuisce. «Mason ha visto che ti scortavano fuori. Ho parlato con Gen.»

Sento la faccia che si scalda. Questa intera serata è stata un enorme calcio in culo. Non ho certamente fatto niente che giustifichi il fatto di essere licenziata, ma è comunque imbarazzante, come vedersi rifiutare la carta di credito alla cassa perché qualcuno l'ha clonata. Il dito è puntato verso di me.

«Gen ti ha mandato a controllarmi?»

Lui alza gli occhi «No, mi sono mandato da solo.»

«E lei che cosa ne pensa?»

Lui mi fissa per un momento, perplesso. «Non gliel'ho chiesto.»

Non sembra sentirsi in colpa, solo pragmatico. Do un altro morso al mio delizioso burrito, studiando senza farmi vedere il suo bel volto e le spalle larghe. Dalla salsa so che ha preso i burrito nella mia *taqueria* preferita. «Grazie, apprezzo che tu sia venuto.»

Jaeger smette di masticare per un attimo. Mi fissa per un momento prima di alzare la birra e bere. «Che cosa farai? Hai intenzione di cercare lavoro in un altro casinò?»

«Avevo ottenuto quel posto tramite uno dei contatti di mia madre. Mi aveva parlato delle assunzioni per l'estate e ha messo una buona parola per me. La stagione è già avanzata. Dubito che ci siano ancora posti disponibili.» Appoggio il mio burrito mezzo mangiato e mi pulisco la bocca con un tovagliolo. «Dovrei partire presto per l'università. Ho abbastanza soldi da parte per superare l'estate. Mia madre abita a Carson City. Potrei sempre passare un po' di tempo per lei. Me l'ha chiesto più volte.»

Jaeger finisce il suo burrito e attacca un taco, tamburellando le dita sul tavolo. «Quindi hai del tempo libero.»

Non so perché sembri contento.

Non c'è niente di positivo nell'essere licenziati. «Immagino di sì.»

Jaeger guarda il mio burrito mangiato a metà. «Hai finito? Pronta per il dessert?»

«Hai portato il dessert?»

«Ovvio.»

Finisce di mangiare il suo taco e lava i piatti. Sto ritirando le posate con la schiena rivolta verso di lui quando sento un fruscio provenire dal magico sacchetto di carta di Jaeger. Mi volto per vedere che cosa sta combinando.

Mette sul tavolo un barattolo.

È... «Mi hai portato le olive verdi?»

Jaeger spinge il barattolo verso di me.

«Come facevi a saperlo?»

«Sono uno che osserva.» Deve aver visto l'espressione sul mio viso. «Le ingurgitavi come fossero acini d'uva quella prima sera al casinò.»

È la cosa più dolce che un uomo abbia mai fatto per me. Vorrei avvolgergli le braccia intorno, buttarlo sul mio letto e scatenarmi con lui. Afferro il ripiano e rallento il respiro. «Grazie.»

Jaeger apre il barattolo. Prende un'oliva e la tende verso di me. Apro le labbra e lui m'infila l'oliva in bocca. La mia lingua sfiora le dita mentre escono.

Lui mi fissa la bocca mentre mastico. «Ancora?» chiede distrattamente.

Annuisco. «E tu? Dov'è il tuo dessert?» Estraggo un'altra bellezza verde dal barattolo.

Jaeger si schiarisce la voce. «Guardarti mangiare è il dessert» dice in tono malizioso.

Sono nei guai. Come faccio a restargli lontana quando fa così? Le mie mutandine sono evaporate solo guardandolo, poi è divertente e dolce e mi porta le olive verdi. Non ho difese.

«Ma ho portato qualcos'altro per me. Ti dispiace se usciamo sul portico di dietro?»

Un cambio di scenario sarebbe una buona cosa. Fuori – lontano dal letto – ancora meglio.

* * *

Quando Jaeger mi chiede di portare fuori il sacchetto di carta mentre lui va al suo pick-up, non mi aspettavo che tornasse con un mini-grill.

Che diavolo? «Non puoi avere ancora fame dopo la cena. Hai mangiato mezza mucca in *carne asada*.»

Lui ridacchia e appoggia il grill sul cemento. Prende un accendino insieme a uno spiedino estensibile dalla tasca posteriore.

È arrivato completamente attrezzato.

Accende il combustibile dentro il grill e aspetta che si scaldi, poi toglie una confezione di marshmallow dal sacchetto di carta. Adesso so che cosa sta succedendo e mi piace il suo modo di pensare.

Mi siedo sul mio lettino e aspetto che Jaeger arrostisca un marshmallow. È uno di quelli che lo preferisce "dorato tutto intorno", mentre io li mando a fuoco e aspetto di vedere che cosa succede.

Quando Jaeger ritiene che il marshmallow sia arrostito alla perfezione, ho già l'acquolina in bocca. Toglie lentamente la palla dorata dallo spiedino e lo metto su un quadrato di cioccolato tra due cracker dolci.

Da quando lo conosco, è sempre stato un perfetto gentiluomo. Non cercherà di mangiarlo senza offrirmene un po'...

Con una lentezza deliberata, si porta lo *s'more* alla bocca...

Piagnucolo e lui mi guarda, con le sopracciglia alzate, come se sapesse che sono sul punto di placcarlo per rubargli il cibo. «Ne vorresti un pezzetto, Cali?»

Mi sta prendendo in giro. Ho avuto una delle peggiori settimane della mia vita e mi sta prendendo in giro.

Raccolgo una pigna e gliela tiro sul petto. Lui la evita facilmente e ride.

«Fammi dare un morso, accidenti!» dico.

Lui scuote la testa. «Prepotente.»

«Sì, sono prepotente. Che ti sia di lezione.»

Sul suo volto appare un sorrisetto. Ho le mani sudate al pensiero della malizia che nasconde. Invece di passarmi lo *s'more*, si china in avanti finché è a trenta centimetri di distanza e lo solleva verso la mia bocca.

Lo guardo con gli occhi stretti e un sorriso sulle labbra. «Ti piace imboccarmi.»

Lui fissa la mia bocca e annuisce. «Mmm-mmm.»

È provocante. Mi piace. È un gioco che si può fare in due. Lecco il cioccolato che gocciola lungo il suo dito indice, prendendomi tutto il tempo. L'espressione di Jaeger diventa tesa e il suo sguardo è fisso sulla mia lingua che scorre lungo il suo dito. Do un morso allo *s'more* e mi lecco le labbra. «Mmm, buono.»

Lui apre leggermente le labbra. «Hai un po'...» Indica il lato della mia bocca.

Lecco intenzionalmente l'altro lato.

Jaeger mi guarda negli occhi. «Mi stai prendendo in giro?»

Annuisco lentamente.

Jaeger espira lentamente e mette lo *s'more* sopra il sacchetto di carta. «Non mi piace quando mi prendono in giro.» La sua faccia è senza espressione e per un momento penso che sia serio.

Prima di sapere che cosa sta succedendo, Jaeger abbassa lo schienale del mio lettino finché sono stesa diritta e mi sale sopra, bloccandomi le mani sopra la testa.

Strillo. Mi afferra entrambe le mani con una delle sue, lecca il lato della mia bocca dove c'era il cioccolato e mi fa il solletico sulle costole con l'altra.

«Cosa? Non ti piace la punizione per le ragazze maliziose che prendono in giro gli uomini?»

Sto sorridendo perché, nonostante la mia tristezza, mi sto divertendo. Mi diverto sempre con lui. «Questa non è una punizione.»

Lui fa un sorriso sbarazzino. «No, immagino di no. Io faccio l'amore, non la guerra.»

I suoi occhi diventano seri e si china, baciandomi dolcemente. Sa di cioccolato e di qualcosa di delizioso che associo a lui. Gli metto le braccia intorno al collo e lui si appoggia meglio.

Mi piace il modo in cui mi tiene, il modo in cui i suoi baci sono deliberati, non sciatti e veloci, solo per arrivare in fretta da qualche altra parte.

Jaeger sposta i fianchi tra le mie gambe e a me manca il fiato, con le gambe che diventano molli intorno alla sua vita. Jaeger geme nella mia bocca e preme di nuovo.

Il lettino crolla, beh, la metà in basso, almeno, e le nostre gambe sbattono sul terreno.

Jaeger scoppia in una risata. «*Merda*. Stai bene?» Non sembra che abbia intenzione di spostarsi e sono contenta. Mi piace esattamente dov'è.

Guardo il danno. I sostegni della parte in basso sono

piegati in due. «Merda, come farò a spiegarlo a Gen?» Lo stringo più forte in modo che capisca che non sarò molto contenta se cercherà di spostarsi.

Jaeger mi bacia l'angolo della bocca e mi passa la mano lungo le costole, fino allo stomaco. «Incolpa me. Dille che mi sono seduto io» mormora.

La sua lingua trova l'interno della mia bocca e le sue mani vanno su e giù lungo il mio corpo per la mezz'ora seguente su quel lettino rotto, finché sento un suono rivelatore oltre la recinzione.

Sento un'ondata di senso di colpa e spingo via piano Jaeger. «Gen è a casa» sussurro. «Dovremmo alzarci.»

L'ho fatto di nuovo. Come ho potuto? Devo sapere senza alcun dubbio che non c'è niente tra Gen e Jaeger. Non penso che ci sia qualcosa, ma devo esserne sicura.

Jaeger grugnisce e mi dà una beccatina sulla bocca prima di alzarsi.

«Che cosa c'è tra Gen e te?» sbotto. La risposta di Gen non mi ha dato la rassicurazione che cercavo l'ultima volta in cui gliel'ho chiesto e Jaeger è qui adesso, e non sono più nelle condizioni di vulnerabilità in cui ero quella notte, dopo il tentativo di Drake di forzarmi. Il mio cervello è leggermente annebbiato, dopo tutti quei baci, ma non posso rimandare ancora.

Jaeger ritira tutto l'occorrente per fare gli *s'more*, con la testa piegata di lato, come se fosse confuso. «Che cosa vuoi dire?»

«Voglio dire, voi due... Uhm... State insieme?»

Jaeger resta impietrito. «*Cosa?* Perché ti è venuto in mente?»

«Sei uscito con lei l'altro giorno. Mi chiedevo... Lei ha detto di no, ma devo esserne sicura.»

Lui distoglie gli occhi come se stesse riflettendo, poi

scuote lentamente la testa. «Volevo la sua opinione su qualcosa su cui sto lavorando. Non è... No. Cali, non sto con Gen. Non riesco a credere che l'abbia pensato dopo...» Alza la mano e poi la lascia cadere. «Non lo farei mai, io non sono così.»

Gli credo ma non posso dire di conoscerlo bene. «Tu come *sei*?»

Jaeger resta in silenzio per un momento, rimettendo a posto il coperchio del grill. «Non voglio mentirti. Per un certo tempo, ho fatto sesso tutto le volte che potevo, ma era un po' di tempo fa. C'erano delle cose... Cose che cercavo di affrontare. Ovviamente non nel modo giusto, ma l'ho superato e non sono più così. Non ero veramente io.» Mi fissa negli occhi. «Ma anche allora, non avrei mai fatto sesso con una ragazza per poi cambiare idea e corteggiare la sua migliore amica.» Si strofina la guancia. «Inoltre non sono mai uscito con più di una ragazza per volta. Troppo complicato.»

Quindi non scopava più di una ragazza al giorno, ma probabilmente non c'era un grande intervallo tra l'una e l'altra. Posso accettarlo. Era più giovane. È un po' da puttaniere, ma non mi aspettavo niente di diverso da un ragazzo poco più che ventenne abbastanza sexy da avere chiunque volesse. Purché non sia più così.

Non sono vergine, ma sono un tipo fedele e nonostante ciò che Jaeger può pensare di me dopo aver permesso a Drake di accompagnarmi a casa, non sono promiscua. Posso anche pomiciare, ma niente sesso. Quello è riservato alle relazioni serie. È la mia regola, se volete forse un po' da puritana.

Gen apre la porta sul portico. «Eccoti qui. Ehi, Jaeger, non sapevo che avessi intenzione di venire.» Guarda il lettino con le gambe piegate su cui sono seduta. «Mangiato troppo stasera, Cali?»

«Ehi!» le tiro una pigna in testa, ma è più lontana di Jaeger e la mia mira non è esattamente accurata. Gen non fa nemmeno il gesto di schivarla perché la pigna cade lontano. Okay, atterra nella contea vicina.

Jaeger scuote la testa e si alza, tenendo il grill caldo per i manici, il sacchetto di carta sotto il braccio. «Mi sa che dovremo lavorarci.»

«Pensavo avessi detto che non avevo il permesso di lanciare mai nient'altro.»

«E mi hai ascoltato?»

Merda. Ha ragione.

Jaeger va verso il cancello posteriore. «A più tardi, Gen. Cali, ci vediamo domani.»

Domani?

«Alle undici del mattino» mi dice dal vialetto.

Credo a ciò che ha detto Jaeger di lui e Gen, quindi, se non stanno insieme, che cosa sta succedendo? C'è qualcosa che Gen non mi sta dicendo.

Capitolo Diciassette

La mattina seguente Gen ringhia. «Accidenti accidentaccio.» Ha rovesciato circa un milione di Cheerios sul pavimento della cucina.

Alcuni rotolano fuori dalla cucina e io li ributto dentro con un calcio. «Sarà meglio ripulire.»

Lei mi guarda attraverso il ripiano, con le palpebre a mezz'asta e una ciocca di capelli che spunta diritta da un lato. «Perché sei alzata? Sei disoccupata. Non dovresti dormire fino alle due o alle tre? O cercare un lavoro?»

Me lo merito. «Touché. Jaeger mi ha detto di essere pronta alle undici, ricordi?»

Lei borbotta una risposta. Qualcosa sulle coinquiline rumorose e svegliarsi troppo presto.

Oops. Forse ho fatto un po' di rumore, ansiosa com'ero di prepararmi per il mio appuntamento.

La macchina del caffè versa un fiume di bontà nella caraffa. È quasi pronto ma... Al diavolo. Il malumore di Gen è al massimo e richiede un'azione evasiva.

Prendo la caraffa, è una di quelle che bloccano automaticamente il flusso, e gliene verso una tazza. «Ecco.»

Lei ne beve un sorso, con la paletta per la spazzatura in mano. «*Ahh, gracias.*»

Il mio telefono suona. Prendo la borsa dal ripiano e tiro fuori tutto finché lo trovo, proprio in fondo.

«Ehi, sorellina.»

«Tyler?» È strano. Dev'essere tornato a Boulder ma di solito non lo sento per qualche settimana dopo una visita. «Che c'è?»

«Sono ancora in giro.»

«Che cosa significa?»

«Beh, uhm, sono con la mamma.»

Tyler viene a trovarci in estate, ma mai per più di un paio di settimane.

«Hai perso il lavoro?» dico in fretta, completamente nel panico. Perfetto, fottutamente perfetto. Non possiamo rovinare entrambi il nostro futuro. Distruggerebbe la mamma.

«Rilassati. Non ho perso il lavoro. Avevo solo bisogno di una pausa da Boulder.»

A Tyler Boulder piace moltissimo. «Okaaay. Che programmi hai?»

«Beh, stavo pensando che potrei tornare lì per un po'. Mi annoio a Carson. La casa nuova della mamma è carina, ma qui è tutto troppo piatto. Un mio amico nelle Nevada Keys vuole mostrarmi nuovi sentieri per le bici. Potrei stare da lui, ma ha una ragazza, e sai...»

«Troppo affollato.»

«Giusto, allora che ne pensi? Posso accamparmi nel vostro soppalco? Vi starei fuori dai piedi. Promesso.»

«Resta per tutto il tempo che vuoi. Non devi fingere di essere invisibile. Mi piace averti intorno, ma non dire a nessuno che te l'ho detto.»

Tyler fa una bella risata. «Il tuo segreto è al sicuro con

me. Ma potresti cambiare idea se vedo qualcuno che ti annusa intorno. Sono sempre il tuo fratellone.»

Ed è amico di Jaeger. Le cose potrebbero diventare complicate. Che cosa penserebbe Tyler di noi e di qualunque cosa sia quello che c'è tra di noi? «Ho ventun anni, Tyler. Puoi anche dimenticare le cavolate da fratello maggiore. Non sono vergine.»

Fa un lungo sospiro. «Fingerò di non averlo sentito. E puoi dire a Gen che terrò d'occhio anche lei. Ogni maschio che entri nella vostra residenza dovrà superare il Tyler Detector.»

«Sarà uno spasso» dico seccamente.

«Sapevo che saresti stata d'accordo.»

* * *

Jaeger viene a prendermi, puntuale, e viene portando doni.

«Come facevi a sapere che mi piacciono i cappuccini?»

Mi sorride dal posto di guida. «Le olive verdi sono stata una deduzione. Per i cappuccini ho tirato a indovinare.»

«Hai buon gusto.»

Questa volta quando mi guarda, l'effetto è devastante. «Sì, è vero.»

Sento le guance che si scaldano e guardo fuori dal finestrino, nascondendo il rossore che so di avere. Essere una bionda fragola non mi evita tutte le conseguenze dei capelli rossi. Ma almeno sono riuscita a evitare le lentiggini.

«Allora, che cosa facciamo?» Abbiamo superato Stateline. Dovunque stiamo andando, non è in città.

«Ti sto portando a casa mia. Vorrei mostrarti quello che faccio.»

Abbiamo parlato un po' di noi ieri sera, ma mostrare le cose è sempre meglio. Ho un'idea di ciò che fa per vivere, vedo da sempre le sculture in legno fatte da artigiani locali sparse dovunque lungo la Superstrada 89, ma, se vuole mostrami le sue, ci sto.

Qualche minuto dopo, Jaeger svolta in un lungo viale di ghiaia, con pini altissimi che si stagliano maestosi ai lati. In fondo si apre una radura, con una casa accanto a un edificio squadrato con il tetto spiovente. Oltre le due strutture si intravede il lago tra i pini. La maggior parte della gente con una proprietà come questa avrebbe fatto tagliare gli alberi per ampliare la vista sul lago, ma Jaeger l'ha lasciato piuttosto al naturale.

È una bella casa. Veramente bella. Non pensavo che Jaeger vivesse con i suoi genitori, ma avevo immaginato che vivesse in appartamento in affitto, come Mason. Quanto può veramente guadagnare un intagliatore di totem?

Jaeger scende dal pick-up e gli gira attorno, chiudendo la portiera dietro di me. «Diamo un'occhiata dentro, prima. Ho il pranzo pronto.» Si dirige verso la casa.

Che cosa sta succedendo? Cappuccini, olive verdi e pranzi in casa. Roba da occasioni speciali.

Mi sta *corteggiando*?

I miei ricordi dei rituali di corteggiamento sono nebulosi. Eric non aveva fatto molti sforzi da quel punto di vista. Sia Gen sia Jaeger hanno negato che ci sia qualcosa tra di loro, quindi quella non è una barriera. Jaeger è amico di Tyler e, ovviamente, mio fratello non me la farà passare liscia, ma con lui posso farcela. Eric e io oramai siamo storia e mi sono quasi ripresa del tutto dal fatto di essere stata scaricata. Da tutti i punti di vista, dovrei saltare addosso a Jaeger con il mio solito abbandono, eppure c'è qualcosa che mi frena.

Non voglio che sia una storia per ripicca, vero, e mi preoccupa un po', ma non tanto quanto prima. Jaeger è diverso. Siamo diversi. Se lo permetterò, potrebbe diventare una cosa seria. Ma in questo momento la mia vita è confusa. Non so che cosa voglio fare per la scuola, ma so anche che non voglio incasinare ciò che c'è adesso tra me e Jaeger. Perché mi piace. Tantissimo.

Jaeger sale i gradini fino a un piccolo portico coperto con tronchi come travi di supporto e un ampio camino di pietra con un grill incorporato. Le finestre panoramiche danno sul lago. Apre la porta ed entriamo in casa sua.

Non è ciò che mi aspettavo.

L'esterno è spettacoloso, ma chiunque può affittare una casa bella da vedere da fuori. L'interno e quello che ci fai sono una cosa completamente diversa, specialmente quando si tratta di uomini. Non c'è il minimo accenno di shabby-chic mascolino in nessuna parte all'interno della casa di Jaeger, nemmeno qualcosa appeso storto al muro, quasi obbligatorio. Un divano a L, moderno, marrone scuro guarda il camino che ha di fianco un'enorme TV. Le opere d'arte nella stanza sono vere, colorate ma mascoline, intonate all'arredamento. C'è un tavolo da pranzo simile a quello su cavalletti nella casa dei genitori di Jaeger, tranne che questo è intagliato in stile Missione.

Jaeger va oltre l'isola della cucina e apre il frigorifero di acciaio inox. «Posso offrirti qualcosa da bere?»

Ho la bocca secca, ma non per la sete. Il nervosismo sta avendo la meglio. Chi è questa persona con la bella casa, che mi sta corteggiando come nessuno mai prima? E sono pronta per lui?

È tutto ciò che non avevo mai saputo di volere.

Pensavo di essere sicura di me, fin troppo, ed è stato così che sono finita con Eric. Eravamo finiti in una relazione seria perché *io* mi ero intestardita e avevo deciso che avrebbe funzionato. Ero tra i primi della classe, destinata a una grande carriera. Un uomo non è sicuro? Lo affascini finché lo diventa. Per Eric era facile stare con me. Non mi lamentavo quando usciva con i suoi amici. Non avevo mai chiesto perché non mi avesse mai presentato alla sua famiglia. Lui non aveva bisogno di lavorare per far funzionare la nostra relazione. Ci pensavo io.

Ma questa cosa con Jaeger è diversa. Siamo sullo stesso piano dal punto di vista emotivo e intellettuale e questo mi rende nervosa. Che cos'ho da offrire? Non ho un lavoro, il futuro è incerto... Era tutto uno spasso, certo, quando pensavo di avere un vantaggio su di lui, professionalmente parlando, ma sto cominciando a farmi domande sulla faccenda dell'intagliatore di totem.

«Solo acqua, grazie.»

Jaeger mi porge un bicchiere e prende una ciotola di ceramica azzurra dal frigorifero con un'insalata freschissima con fettine di fragole e un piatto di carne cruda.

Accende il grill del fornello e allarga le fette di carne. «Mettiti comoda» dice voltando la testa. «Ci vorranno dieci minuti. Mangeremo e poi ti farò vedere il resto.»

Mi guardo attorno, la casa è pulitissima. Fa sembrare una baracca il cottage dove viviamo Gen e io. «Ti dispiace se esco? Vorrei dare un'occhiata al lago.» E fare qualche respiro profondo.

Jaeger mi guarda, sembra che approvi. «È il motivo per cui ho scelto questo posto. Per il panorama.» Sorride e si pulisce le mani con uno strofinaccio, con le spalle tese. Mi chiedo se non sia nervoso anche lui. «Verrò a cercarti quando è pronto.»

Arrivo alla fine del cortile e i miei polmoni si riempiono dell'aria fresca che odora di pini, sentendomi di nuovo ancorata. Supero il laboratorio e sono curiosa, veramente curiosa, ma non provo a sbirciare.

Di fronte al lago, su una spiaggia sassosa, c'è un dondolo di legno coi cuscini imbottiti. Mi siedo e raccolgo le gambe sotto di me, stringendo insieme le mani.

Stare con Jaeger è facile. Non devo studiare strategie per fare in modo che voglia passare del tempo con me. È lui che lo fa succedere. Non ho mai avuto niente per cui non abbia dovuto lavorare sodo. La scuola era più facile per me rispetto ad altre persone, ma comunque vi dedicavo tutto il mio tempo e la mia energia. Questa cosa con Jaeger è naturale e mi spaventa a morte.

Non so quanto tempo sia passato quando il dondolo si muove da solo. Alzo gli occhi e Jaeger si siede accanto a me, mettendomi la mano sulla caviglia. Guardiamo insieme il lago senza parlare. Non mi sono mai sentita così calma e in pace con un'alta persona.

Jaeger si china verso di me, con il mento sopra la mia spalla e strofina il naso contro il lobo del mio orecchio. «Che ne pensi?»

Immagino stia parlando del panorama e non della mano sulla mia gamba, fonte di distrazione. «Mi piace moltissimo.»

Lui si sposta e mi fa sedere in braccio a lui, chiudendomi le braccia attorno. «Voglio che tu sia felice qui.»

Mi blocco. È tanto. Troppo. Io non ho niente da offrire.

Jaeger aggrotta la fronte, come se sentisse i miei pensieri. Mi bacia la guancia e poi la bocca, passandomi le mani sulle braccia, come per calmarmi. Mi appoggio a lui, rilassandomi. Quando il bacio diventa più appassionato, sento la pressione che cresce dentro di me. Gli metto le braccia intorno al collo, passandogli le dita nei capelli corti e morbidi.

È lui il primo a interrompere il bacio, ma non si tira indietro, continua a tenermi stretta. Sento il battito nel collo sotto le mie labbra. «Sarà meglio che andiamo altrimenti vorrò restare qui per troppo tempo e il nostro pranzo si rovinerà.» Mi alza il mento e mi dà una beccatina sulle labbra. «Il seguito alla prossima puntata» dice con uno sguardo d'intesa e mi conduce in casa, mano nella mano.

La tagliata di manzo con l'insalata è deliziosa. Jaeger sa seriamente come cucinare mentre io mantengo da sola il reparto surgelati del supermercato. Finiamo il pasto con un bicchiere di vino rosso e poi mi fa fare il giro della casa.

Ho già visto il salone, che include la zona pranzo, la cucina e il soggiorno. Lungo il corridoio, da un lato c'è la stanza padronale mentre dall'altra parte della casa ci sono una seconda camera e un ufficio con un divano, un flipper e un'altra grande TV. In altre parole, un tipico rifugio per maschi.

È più in linea con quello che mi aspettavo dalla casa di un ventiquattrenne. Medaglie e qualche trofeo sono ammucchiati a casaccio in una vetrinetta, insieme ad altri cimeli maschili, come palle da baseball firmate e un paio di boxer con il segno di rossetto.

«Bei boxer.»

«Ah, sì... Sono di un po' di tempo fa.»

«Tuoi, presumo?»

Lui annuisce, sorridendo imbarazzato.

«Ma non il rossetto, spero?»

Jaeger mi afferra la mano e mi tira contro il suo petto. «Una delle tante celebrità che sono passate in città.»

Aggrotto la fronte, immaginando le vacanziere in cerca di qualcuno con cui fare sesso che vedevano Jaeger; nessuna se lo sarebbe lasciato scappare.

Mi bacia sulla bocca e ho le labbra chiuse, rigide. «Non sono fiero di alcune delle scelte che ho fatto in passato, ma è tutto alle mie spalle ora» dice.

Quali scelte? E che cosa significa? Questo appuntamento sembra serio, come se cercasse di dirmi qualcosa.

«Vieni. Ti mostro il mio laboratorio.»

Jaeger mi tira verso la porta posteriore, lungo un sentiero lastricato e dentro un grande spazio chiuso pieno di macchinari e un qualche tipo di conduttura che spunta dal tavolo al centro. Accanto alla parete c'è un divano dall'aspetto comodo e in fondo all'edificio ci sono un paio di porte.

Indica le porte. «Una di quella è un bagno, l'altro un essiccatoio con i ventilatori.

In un angolo del laboratorio c'è un traliccio di legno intagliato di due metri e mezzo. «È veramente bello.» È più grande di qualunque cosa a cui stesse lavorando, e molto più bello.

«È un arco nuziale che sto costruendo per la figlia di un cliente.» Mi appoggia gentilmente la mano in vita e mi guida più avanti. «Ho costruito degli armadietti e altre cose, ma il mio pane quotidiano è qui.»

Una serie di doghe nella parte bassa di una delle pareti è piena di dozzine di tavole di legno incise, quadrate e rettangolari, di tutte le misure. Lì vicino, appeso alla parete c'è un espositore con un drappo di velluto nero quadrato. Jaeger prende una delle incisioni più piccole, circa sessanta per sessanta centimetri, e la mette sull'espositore.

La fisso per un lungo momento senza dire niente perché ho la gola chiusa e non so che cosa riuscirei a dire. Ho visto opere d'arte nei musei e dagli artigiani locali (ci sono un mucchio di negozi in città). Ma non ho mai visto niente di simile all'incisione davanti a me.

Di primo acchito, vedo tre cervi in varie pose, come se l'artista li avesse copiati da una fotografia. Guardando più da vicino, la vena del legno è parte integrante del disegno, anche se la vera e propria incisione riguarda solo i cervi e non l'ambiente intorno a loro. L'incisione non è melensa o a buon mercato. È bella. Elegante. Natura incisa sulla natura e non riesco a smettere di fissarla.

«Beh, che ne pensi?»

«Io... Wow. Non è come avevo immagino. È vera arte.» Sembra un po' patetico, ma mi dispiace dover ammettere che è la verità.

Lui ridacchia e rimette al suo posto l'incisione. «Pensavi a qualcosa di scadente?»

«Pensavo che intagliassi totem e li vendessi sul ciglio della strada.»

Jaeger scuote la testa. «Cali, hai così poca fiducia in me?»

«Ehi, come avrei potuto sapere che facevi cose così?» Agito le braccia. «Non conosco nessuno che abbia un talento simile.»

Lui mi solleva e mi bacia sulle labbra. «Pensi che abbia talento?»

Ho i piedi a più di mezzo metro da terra. Sarei stupida a discutere con lui in una posizione così vulnerabile. Storco le labbra. «Sai che hai talento.»

Lui ride ancora e mi sfiora la pelle sensibile del collo con le labbra. «Mi piace sentirtelo dire.»

La sua bocca sul mio collo mi fa venire i brividi sulle braccia. Lo guardo negli occhi. «Le tue opere sono belle, Jaeger.»

Un'ora più tardi, dopo aver visto parecchi dei suoi progetti, con Jaeger che mi tiene per mano e ogni tanto ruba un bacio, mi lascia a casa con un ultimo bacio bollente sulla soglia e mi promette qualcosa di speciale per domani.

Entro nella nostra minuscola casa in affitto, con la testa che gira. Quindi è questo che significa perdere la testa. Sto fluttuando e, senza Jaeger che mi tiene ancorata a terra, mi sembra che potrei andare alla deriva. Che cos'è successo alla mia sostanza?

Sono ancora lì sospesa in soggiorno qualche secondo dopo, quando entra Tyler. Lascia cadere con un tonfo il suo borsone nello stesso punto della volta precedente: proprio in mezzo al passaggio. Fissa fuori dalla finestra sul davanti. «Che cosa stavi facendo con Jaeg?»

Mi lascio cadere sul divano. «Ci frequentiamo.»

Tyler apre la bocca stringendo gli occhi. «Che cosa intendi dire con "ci frequentiamo"?»

«Usciamo insieme, ci vediamo, sai quel rituale che fanno gli uomini e le donne?»

Tyler si avvicina. Eccolo, il discorsetto "non puoi uscire con il mio amico". «Cali, capisco che stai passando un brutto momento. Conosco la sensazione.»

Davvero? Non sa che ho perso il lavoro. Deve riferirsi alla mia rottura, ma che ne sa Tyler di rotture? Non ha una ragazza fissa dal tempo delle superiori.

«Ed è il motivo per cui devi stare alla larga da Jaeger. È un bravo ragazzo. Non merita che lo usi solo come un sostituto. Ha già dovuto sopportare abbastanza dalle donne in passato.»

Lo fisso, sbalordita. Eccola di nuovo, l'allusione al passato di Jaeger, che lui dice essersi messo alle spalle, ma che ho l'impressione abbia lasciato il segno. «Stai dicendo che Jaeger dovrebbe stare alla larga da *me*? Che cos'è successo al Tyler Detector e tenere gli uomini alla larga dalla tua innocente sorellina? Io *sono* una brava ragazza.»

Tyler si siede accanto a me sul divano e il suo peso mi fa rimbalzare sul cuscino. «Sì, ma come ho detto, sei...» Agita le mani. «... Incasinata. Instabile, in questo momento.»

Scuoto la testa, esasperata. «Grazie, Tyler. Avevo veramente bisogno che mio fratello mi si rivoltasse contro nel momento del bisogno.»

Lui mi dà una spintarella alla spalla. «Non mi sto rivoltando contro di te. Ma conosco Jaeg. So che cos'ha passato. Mancavano pochi mesi alle Olimpiadi quando ha avuto l'incidente. Non anni, Cali, mesi. Allenarsi per tutta la vita e poi perdere tutto. E poi ha avuto a che fare con... Beh, comunque, tutta quella roba l'ha incasinato.»

Tyler si strofina la bocca e scuote la testa. «Ho visto come ti guardava a casa dei suoi genitori. È un tipo serio e gli piaci. Se tu non fai sul serio, lascialo stare.»

L'ultima cosa che voglio è ferire Jaeger, non che mi sembri possibile. Mi sembra abbastanza autosufficiente e non gli manca l'attenzione femminile, se penso all'attraente cliente che ho visto drappeggiata addosso a lui. Ma capisco quello che dice mio fratello. In questo momento sono un po' fuori fase, in caduta libera per così dire. Okay, non so che direzione prenderà la mia vita e sono completamente fuori di testa.

Il problema è che rinunciare a Jaeger farebbe male a me. Sono felice solo stando con lui, per non dire che i suoi baci trasformano le mie gambe in budini. Mi ero sentita malissimo quando avevo pensato di averlo perso a favore di Gen. Non voglio passarci di nuovo. «Mi dici perché sei venuto in città, Tyler? La verità.»

Lui si alza e fruga nella sua borsa, con movimenti rigidi e scattosi. «Stessa situazione con una ragazza. Niente di cui voglia parlare.»

Hanno spezzato il cuore al mio fratellone. Sarebbe la prima volta.

Appoggio la testa sullo schienale, con una smorfia. Ho lo stomaco annodato. «Beh, sei il benvenuto, puoi restare quanto vuoi.» Gli do un'occhiata e vedo che mi sta fissando.

«Che cosa c'è che non va? Sei malata?»

Guardo il soffitto scuotendo la testa. «Sono una fallita, Tyler. Non l'ho ancora detto nemmeno alla mamma, ma ho perso il lavoro.» Lui inarca un sopracciglio e io gli faccio segno di non chiedere. «Storia lunga.»

Tyler si siede di nuovo accanto a me. «Non sei una fallita. Sei intelligente quasi quanto me e questo ti rende una delle persone più intelligenti del pianeta.»

La fiducia in se stessi è una cosa di famiglia.

In confronto con Jaeger e di ciò che è riuscito a fare dopo le avversità, sono una fallita. Al momento non ho niente da offrire, solo fardelli.

Prima di uscire, Jaeger mi ha detto di aver comprato la casa e il laboratorio con i soldi che ha guadagnato. Quella bella casa e la proprietà sono *suoi*. È ricco, e io pensavo che fosse un venditore da strada. Avevo immaginato di essere superiore con la mia laurea, ma non è così.

Non posso restare per sempre a Lago Tahoe. A mia madre verrebbe un infarto e finirei per fare uno dei tanti lavori non specializzati disponibili.

Sarebbe qualcosa se ottenessi la laurea in Legge. Non sarei una fallita senza futuro. Avrei qualcosa da dare in una relazione. Eric mi ha dato il benservito quando avevo davanti a me un futuro brillante. Come potrebbe sopravvivere una relazione con qualcuno come Jaeger?

Senza la laurea in Legge non sono nessuno.

Capitolo Diciotto

Il giorno dopo faccio il bucato e aspetto che Jaeger mi chiami o mandi un messaggio. Sì, è così che sono diventata. Sono seduta ad aspettare che un ragazzo mi chiami. Gen sta pranzando con Nessa e Tyler è andato a casa di un amico. Non avere un'auto è un bel problema ora che Gen e io non abbiamo gli stessi orari.

Piego i vestiti sul letto e do un'occhiata al telefono ogni paio di minuti. Suona, o meglio vibra, e mi lancio sopra al letto, quasi facendo la ruota, per prenderlo dal comodino.

Faccio un respiro profondo ed espiro lentamente. Jaeger non ha bisogno di sapere che mi sono lanciata per rispondere. «Pronto?» dico con calma.

«Ehi, Cali.»

Che diavolo? «*Eric?*»

Sorpresa?

Già. Abbastanza.

«Volevo sentirti, sapere come sta andando.» Sembra contento, cosa che mi irrita. Non che voglia che sia infelice, ma non ha bisogno di infierire dopo il modo in cui mi ha trattata.

«Sto bene, Eric. Va tutto bene.»

«Splendido. Le cose vanno bene anche qui. Finirò il college alla fine del mese e ho appena accettato un lavoro in una start-up nella Silicon Valley. Ottimi benefit, vacanze pagate, tutto, insomma. Sono previsti anche alcuni viaggi. È un'ottima opportunità, con grandi spazi di crescita.»

Quel fallito del mio ex ha una vita e ha chiamato per vantarsi? «Buon per te, Eric» dico, tentando di sembrare sincera

«Quando parti per Harvard?» mi chiede tutto allegro.

Mi strofino la fronte con il pugno. «Uhm, non lo so ancora. Immagino che andrò.» Dovrei andare. Devo andare se voglio farmi una vita.

«Che cosa significa "immagino"?»

«Beh, stavo prendendo in considerazione di non andare. Non sono sicura che sia la strada giusta per me.»

«Sei pazza?» La sua voce diventa acuta alla fine. «Stai scherzando, vero?»

Che diavolo? A Eric non sono mai interessati i miei programmi. Finché non ha rotto con me e aveva indicato che i nostri diversi futuri erano uno dei motivi.

«Stavo pensando di rimandare o forse tentare qualcos'altro.» Non ho idea di che cosa potrebbe essere quel qualcos'altro, ma con Eric che si comporta da sputasentenze non voglio apparire più ancora come una fallita e ammettere che non ho un piano. «Molto probabilmente finirò per studiare Legge.»

«Sì, bene, in bocca al lupo» dice poco sinceramente. «Devo andare. Devo dare gli esami finali e cercare un posto nella penisola. Io e un paio di amici vivremo insieme. Sarà fichissimo.»

Ha appena usto la parola *fichissimo*?

Eric è riuscito a farcela, devo dargliene atto. Il mio ex e

io ci siamo scambiati i ruoli. Favoloso. Proprio... Fantastico. «Okay, congratulazioni per il tuo nuovo lavoro.»

«Grazie. Ci vediamo in giro.»

Davvero? Ne dubito. Chiudo la telefonata e getto il telefono sul letto, piantandomi a faccia in giù sul materasso.

La rivincita è una *stroooonza*.

* * *

Jaeger infila nello zaino i sandwich e le bevande che ha comprato nel piccolo supermercato della marina. Ha chiamato poco dopo Eric e mi ha sorpreso proponendomi una gita al lago Fallen Leaf.

Scendiamo i ripidi gradini fino alla spiaggia e camminiamo lungo la riva fino all'inizio del sentiero. «Oggi mi ha chiamato il mio ex» dico senza riflettere.

Jaeger mi guarda, rallentando il passo.

«Mi ha chiamato per dirmi che la sua vita va alla grande.» Mi lascio cadere sulla superficie ruvida di un masso. Ciò che devo dire non è direttamente riferito a Eric, ma è necessario prima che le cose progrediscano tra noi.

Fisso l'acqua. «Non voglio studiare Legge, Jaeger. Nemmeno in un'università che potrei permettermi. Non voglio studiarla e basta.»

Lui si siede su un masso più basso vicino a me, con le spalle che arrivano solo qualche centimetro più in alto delle mie, invece di trenta.

Mi volto e lo guardo. «Potrei finire per non essere quella che pensavi che sarei stata quando abbiamo cominciato.» Silenzio. Mi sta guardando con un'espressione tranquilla sul volto, che non mi dice niente. «A che cosa stai pensando?»

Jaeger si sfila lo zaino dalle spalle e lo mette per terra. «Penso che tu sia chi pensavo che fossi quando ci siamo rivisti e che dovresti fare quello che ti rende felice. Sei una ragazza di talento e intelligente. Puoi fare tutto quello che vuoi.»

Mi soffoco. «Di talento? Non ho nessun talento. Sono brava a scuola. Sì, sono intelligente, anche se in questo momento ho qualche dubbio. Una persona intelligente non rinuncerebbe a una delle Facoltà di Legge al top.»

Jaeger fissa l'acqua. «Sei anche un'artista. Non rinchiuderti in una scatola, Cali, e il tuo ex è un idiota.» Scuote la testa. «Meglio per me» dice sorridendo.

Jaeger allarga i piedi, appoggiando gli avambracci sulle ginocchia. «Non mi è mai importato che tu fossi stata accettata ad Harvard. Non sapevo che cos'eri prima... Beh, comunque non è quello che mi ha impressionato di te, anche se la tua intelligenza è sexy.» Rialza l'angolo della bocca in un mezzo sorriso e i corti peli biondi lungo la mandibola luccicano alla luce del sole.

Sorrido. Le sue parole sono come un balsamo caldo: tranquillizzano e confortano. Mi vede migliore di come io veda me stessa. «Che cosa intendevi dire con "sei un'artista"?»

«I tuoi schizzi.»

«I miei *scarabocchi*?»

Lui annuisce lentamente. «Sono fantastici.»

È matto? Nessuno mi ha mai detto che i miei scarabocchi sono belli, non che li faccia vedere in giro o roba simile. A Gen piacciono, ma lei pensa anche che i romanzi sui vampiri siano letteratura e canta con la radio quando trasmettono *Island in the Stream*. Gusti discutibili. Non è una fonte affidabile.

Jaeger raccoglie un rametto dal terreno e lo rigira tra le dita. «Pensavo che sciare e partecipare alle Olimpiadi fossero tutto ciò che volevo dalla vita. Che sciare fosse l'unica cosa che potessi fare. Quando quel sogno è svanito, ho pensato che non mi restasse niente. Il mio ginocchio era fuori uso dopo troppi stiramenti e la ragazza che avevo da tempo mi ha lasciato. Beh, quella si è dimostrata un'ottima cosa, ma...» Alza gli occhi. «So che cosa significa quando la vita ti dà un brutto colpo. Capisco i dubbi che ti passano per la testa. Credimi quando ti dico che il tuo ex era un idiota che non sapeva quello che aveva.»

Parole più facili da credere quando riguardano qualcun altro. Come sia possibile che una ragazza molli Jaeger mi sconcerta. Io non riesco a immaginare di rinunciare a lui. Riesco a malapena a togliergli gli occhi di dosso. «La ragazza con cui stavi? Ha rotto con te dopo l'incidente?»

«Siamo stati insieme alle superiori e durante il nostro primo anno di college. Ha rotto con me quando ero in ospedale.»

Sento la gola che si stringe. È successo tanto tempo fa, ma sono furiosa per lui. «È orribile» riesco finalmente a dire.

Lui sorride. «Già. Ma non era la persona che pensavo fosse. Avrei dovuto farla finita molto tempo prima.»

Mmm. Curiosa dichiarazione. Vorrei saperne di più, ma non ho intenzione di insistere.

«Vorrei aver fatto le cose in modo diverso allora. In effetti, quando mi sono reso conto che non avrei più potuto sciare... Ricordi che ti ho parlato di quegli anni...?»

«Quando eri un puttaniere.»

Il suo sorriso arriva fino agli occhi. «Quando ero un puttaniere.» Poi torna serio. «È stata una reazione stupida e immatura al caos che c'era nella mia vita. Al confronto, tu hai preso benissimo quello che ti è successo. Meglio di me.»

Strappo un'erbaccia. «Non sono diventata una sgualdrina.»

Rifà il suo sorrisetto. «Forse, ma non è quello il punto.

Sei una buona amica, Cali. Ti preoccupi sempre per Gen. Ti ho visto con tuo fratello e il legame che avete. Lavori sodo, altrimenti non saresti stata accettata alla Facoltà di Legge e ti ricordo quando eravamo più giovani. Sei sempre stata esuberante, con un fondo di dolcezza.» Si sposta sul masso, piantando più saldamente i piedi a terra. «Avevo una cotta per te allora» dice a voce bassa, fissando l'acqua.

Resto a guardarlo a bocca aperta.

Dopo un momento, lui mi guarda e sorride a quello che immagino sia la mia espressione sbalordita. «Non è una cosa che avevo ammesso allora. Ero giovane e stupido, pensavo di essere innamorato di Kate, o almeno, che avessi bisogno di lei. Adesso non ne sono sicuro.» Scuote la testa. «Ero occupatissimo, mi allenavo in continuazione. Sorvolavo su cose che invece avrei dovuto notare. Non mi fidavo del mio istinto. Più ti conosco, più mi rendo conto che tu sei tutto ciò che volevo e voglio. So che stai passando dei momenti difficili e, credimi, sto cercando di darti tempo, ma è difficile. Voglio stare con te.»

Smetto di respirare per un momento, con la testa che gira. Avevo capito di piacergli. Mi chiedevo fino a che punto, con tutto quel flirtare. Non ho mai pensato che il suo interesse fosse nato quand'era alle superiori... Quando io avevo la mia piccola cotta per la versione più giovane di Jaeger. «Che cosa mi stai dicendo?»

Lui abbassa lo sguardo, poi fissa l'acqua. «Solo che sono qui. Che non vado da nessuna parte.» Torna a guardarmi. «Qualunque direzione prenda la tua vita. Adesso le cose sembrano incasinate, ma supererai questo momento e avrai me.»

Nonostante la sua dichiarazione mi conforti, non riesco a fare a meno di pensare... Perché. La mia vita è un disastro. Non riesco a sopportare di non sapere dove sto andando. Ho bisogno di saperlo, altrimenti non posso vedere un futuro con Jaeger o chiunque altro.

Dio, sembro un uomo che ha bisogno della sicurezza finanziaria prima di prendere un impegno con una donna. Ma è il modo in cui sono stata educata. Mia madre ha insegnato a mio fratello e a me a essere indipendenti e provvedere a noi stessi invece di dipendere dagli altri. Non posso semplicemente cancellare quella programmazione dalla mia testa. Devo capire che cosa sto facendo prima di fare promesse. Però non voglio perdere Jaeger.

Durante il resto della camminata non parliamo più del futuro o dei sentimenti ed è un sollievo. Ho bisogno di tempo per elaborare il tutto. Jaeger mi tiene la mano mentre guardiamo una cappelletta di montagna annidata lungo il sentiero, ma non mi bacia. Questo non mi impedisce di sbavare ogni volta che si sporge su un masso accanto alle cascate, con i pantaloni corti che tirano sul suo sedere perfetto. Il mio livello di desiderio è decisamente imbarazzante.

Mi lascia a casa dopo la gita e mi dà un bacetto sulla guancia. Il gesto è amichevole e platonico e non in linea con le sue dichiarazioni. Mi sta dando spazio e tempo?

Jaeger ha detto che resterà al mio fianco qualunque cosa decida, ma l'unica cosa che dovrei fare è prepararmi per trasferirmi a Cambridge. Ci sono corsi meno costosi e più vicini ma sarei una stupida a rinunciare ad Harvard. Frequentare lì la Facoltà di Legge è ciò che farebbe una donna indipendente e intelligente. Non riesco a sopportare questa cosa fragile e in affanno che sono diventata. È l'unico modo in cui posso tornare a essere me stessa.

Capitolo Diciannove

È passata oltre un'ora da quando Jaeger mi ha lasciato a casa e Gen non è tornata dal suo pranzo con Nessa. Controllo il telefono per vedere se ci sono messaggi. Non trovandone, sto per mandargliene uno io, ma mi fermo quando sento il rumore di un'auto nel vialetto.

Mi escono gli occhi dalle orbite. Gen è sul sedile del passeggero di una jeep rossa e sta avendo un'accesa conversazione con Lewis, quello del barbecue sulla spiaggia. Il ragazzo di Mira.

Dove diavolo è l'auto di Gen?

Non riesco a credere che stia con questo tizio. È la copia esatta dello Stronzo. Gen sta intenzionalmente cercando di rovinare la possibilità di essere felice?

Mi siedo sul divano, torcendomi le mani. Pensavo che portare Gen a Lago Tahoe sarebbe stata una bella cosa. Non riesco a credere che si stia mettendo nella stessa situazione da cui era fuggita.

Gen chiude la porta alle sue spalle e vi si appoggia, con gli occhi chiusi. Mi alzo e l'aggredisco. «Che diavolo, Gen?

Che ci facevi con quel tizio?» Indico con forza la finestra e Lewis, con la testa girata mentre fa marcia indietro per uscire dal vialetto.

Gen si preme le dita sulle tempie. «Non è così male, Cali. Datti una calmata.» Alza gli occhi. «Non è quello che pensi.»

«Lo stai facendo di nuovo!» Sono stressata e me la sto prendendo con la mia migliore amica, ma non riesco a fermarmi. Lo stress su che cosa devo fare per mantenere la mia indipendenza mi sta facendo impazzire. «Non hai imparato la prima volta? Apri gli occhi, Gen, quel tizio ti sta usando!»

Gen stringe i pugni. «E tu sai tutto sugli uomini, vero? Sapevi che Eric ci aveva provato con me? Voleva venire a letto con me, Cali.»

Le sue parole mi spiazzano. «*Cosa?*»

«Mi dispiace. Avrei dovuto dirtelo prima.»

Il telefono di Gen vibra. Lei lo controlla e poi si precipita nella nostra stanza mentre io resto sulla porta, stordita. Si toglie le sneaker – *ha i vestiti bagnati?* – e prende un paio di sandali dall'armadio insieme a un top e dei pantaloni.

«Ho cercato di dirtelo quel giorno al Lago Eagle,» continua, «ma hai detto che le cose andavano bene tra voi.» Si siede e si mette i sandali, poi si ferma, con le mani appoggiate alle gambe. «Quando tu ed Eric avete rotto, mi sono detta che sarebbe stato come prenderti a calci mentre eri a terra. Non volevo darti un altro dolore. Sono andata nel panico ed è passato altro tempo.»

Sono pietrificata. «Di che cosa stai parlando?»

Gen si toglie la maglietta e indossa il nuovo top e parla con le braccia che sputano dai buchi delle maniche. Poi si volta a guardarmi. «Ricordi quando ho portato Eric in negozio a prendere la crema solare mentre tu eri nella doccia, il primo fine settimana in città?» Annuisco. «È venuto dietro di me mentre eravamo lì e mi ha messo le braccia intorno alla vita. Mi ha baciato il collo.»

Piego in avanti la testa, come fossi un segugio. «Che cazzo! Perché me lo stai dicendo solo adesso?»

«Mi stavo riprendendo dopo lo Stronzo e non pensavo chiaramente. Mi ha scombussolato. Temevo che ti saresti fatta l'idea sbagliata e che pensassi che l'avessi incoraggiato io. Tu non sai com'è.»

«Stai scherzando? Stai seriamente dicendo che gli uomini che ci provano con te sono un problema così grosso da obbligarti a tradire la *tua-fottuta-migliore amica?*» Non riesco a evitare le parolacce. Vengono a galla quando sono furiosa.

Lei scuote la testa, con il dolore negli occhi. «Non è quello che è successo. Non è quello che ti stavo dicendo.»

«Che cosa volevi dirmi?»

Gen afferra la borsa e se la mette a tracolla. Le guance sono rosate, conseguenza, immagino, di quello che stava facendo con il suo nuovo ragazzo (un altro traditore) e il top rosa, gli shorts e i sandali sono perfetti per il suo corpo alto e snello. In questo momento quasi la odio.

Gen stringe nella mano la lunga cinghia della borsa. «Ha detto che era sempre stato attratto da me.» Distoglie gli occhi, ha la voce bassa, con le labbra che si muovono appena. «Che le cose tra di voi stavano perdendo smalto e che eravate praticamente diventati solo amici.»

Mi siedo sul materasso, con la testa tra le mani. *Bastardo*. Non riesco a credere che mi abbia chiamato e gli abbia permesso di farmi sentire una fallita. Non mi interessa che tipo di lavoro ha ottenuto o quanto sia bella la sua vita. È un pezzo di merda.

Alzo gli occhi. «Che cosa gli hai detto?»

«No! Gli ho detto di no! Non l'avevo mai voluto. Mi ha fatto sentire... Sporca. Non avrei mai...»

Ecco che cosa la preoccupava il giorno della gita, appena arrivati a Tahoe. Non stava pensando al suo ex, ma a quella testa di cazzo del mio ragazzo che le aveva fatto un'avance.

Si avvicina e mi appoggia la mano sulla spalla. «Cali, dobbiamo parlare, ma devo andare o farò tardi al lavoro. Mi dispiace. Okay?»

Non alzo gli occhi. Non rispondo. Gen sospira ed esce dalla stanza. La porta d'ingresso si chiude un momento dopo, sottolineando la fine di questo momento.

Quando siamo arrivate a Tahoe, Gen era quella distrutta e io ero il suo sostegno. Adesso siamo entrambe a pezzi e c'è un solco tra di noi.

Che cosa sta succedendo?

Non riesco a credere che sto mettendo in dubbio la lealtà di Gen. C'è sempre stata per me. Non è colpa sua se Eric era un coglione. L'ha messa in una posizione difficile. Chissà che cosa avrei fatto io al suo posto.

* * *

Più ore passano, più rimpiango la mia rabbia nei confronti di Gen. Ho reagito in maniera esagerata e ho sfogato il mio dolore su di lei. Ero tesa e agitata prima che arrivasse, per ragioni che non avevano niente a che vedere con lei. Avrebbe dovuto dirmi di Eric, ma chiunque avrebbe esitato. Chi avrebbe voglia di dire a un'amica che il suo ragazzo ci aveva provato con lei?

Potrei aspettare che torni a casa per parlare con Gen, ma non mi sembra abbastanza. Non mi eccita affrontare le occhiate critiche dei miei vecchi colleghi al Blue, ma non posso lasciare che le cose restino in sospeso. Cercherò di trovare Gen durante la sua pausa e mi scuserò per come ho reagito.

Vado in soggiorno mentre Tyler sta entrando.

Mi fa un cenno di saluto e si toglie le scarpe. Lascia cadere le chiavi sul tavolo della cucina e prende una birra dal frigorifero, poi si spaparanza sul divano e accende la TV su una gara di motocross. Indossa la stessa maglietta che aveva ieri.

Sembra che ci sia qualcosa che non va, ma dato che in questo momento ho già fin troppi problemi miei, decido che quelli di Tyler possono aspettare. «Posso prendere in prestito la tua auto per un po'?»

Mi dà una breve occhiata. «Certo, che c'è?»

«Niente, ho solo bisogno di parlare di una cosa con Gen.»

Tyler raddrizza una gamba, si toglie le chiavi dalla tasca e me le tira. «Quando tornerai a casa?»

«Tra un'ora, nonna.»

Lui ridacchia. «Non fracassare le mie ruote.» Sbuffo. La Land Cruiser di Tyler ha circa trent'anni. Se avessi un incidenti sarebbe perché lo sterzo fa schifo.

Parcheggio nel garage del Blue e vado alla porta più vicina al cocktail lounge dove lavora Gen, sperando di evitare la gente. Mason mi vede per primo, sorride e poi si guarda intorno nervosamente. Seguo il suo sguardo: Jaeger sta abbracciando Gen in un angolo del lounge.

I miei piedi smettono di muoversi e sento il cuore che sprofonda nello stomaco. Gen ha le braccia intorno alla vita di Jaeger e lui le tiene la testa contro il petto, confortandola come ha fatto con me. Cerco di deglutire, ma ho la bocca secca.

Non so che cosa sia reale. Pensavo di sapere... Pensavo

di aver sbagliato a scagliarmi su Gen. Adesso niente ha più senso.

L'uomo che pensavo tenesse a me come non aveva fatto nessun altro sta abbracciando la mia migliore amica. Proprio quando lei mi ha detto che il mio ex ragazzo mi ha tradito con lei. E c'era questa distanza tra me e Gen...

Jaeger aveva detto che non c'era niente tra lui e Gen, ma guardandoli adesso è difficile crederlo.

Che cosa ci faccio qui? Devo schiarirmi la testa, pensare razionalmente.

Voltandomi di colpo, finisco contro un corpo, con le braccia in un groviglio contro altre braccia, dure. Drake usa la mia perdita di equilibrio per sollevarmi dal pavimento del casinò tenendomi per la vita, con un braccio dietro le mie spalle.

«Lasciami andare, Drake» ringhio, mentre mi porta verso la nicchia degli ascensore.

«Dobbiamo fare un discorsetto, bella ragazzina.» La sua voce è tranquilla, ferma, ma mi sta facendo un pizzicotto sulla spalla e mi fa male alle costole stringendo forte.

Se tenterà di trascinarmi nell'ascensore urlerò come una pazza.

Drake si ferma in un'area relativamente silenziosa accanto agli ascensori, bloccandomi la vista del resto del casinò con il torace. «Sono sorpreso di vederti, Cali. Non pensavo che avresti mostrato la faccia dopo essere stata licenziata.» Sento l'odore di alcol della vodka uscire dalla sua bocca.

Lui incrocia e braccia sul petto e scuote la testa. I suoi occhi mi lasciano per un attimo per guardare furioso alle sue spalle: Jaeger chino in atteggiamento protettivo su Gen.

Il fiato tossico di Drake e l'immagine dell'uomo di cui mi sto innamorando con la mia migliore amica mi fanno risalire la bile in gola. Appoggio le mani sulla parete alle mie spalle e ingoio il sapore amaro che ho in bocca. E mi rendo conto un attimo dopo di come mi fa apparire debole.

Raddrizzando le spalle e dico: «Che cosa vuoi?».

Lo sguardo che mi rivolge Drake è spietato. «Il tuo amico qui non potrà fare la stessa mossa dell'altra sera.» Picchietta due dita sulle tempie, poi le alza verso il soffitto. «Io sono gli occhi dentro il Blue. Una mossa fuori luogo e lo farò buttare fuori.» Piega di lato la testa. «Potrei lasciarmi convincere a mettere una buona parola per te. Aiutarti a riavere il lavoro.» Mi guarda dalla testa ai piedi, suscitando brividi di ribrezzo. «Se avessi la giusta motivazione.»

Stringo le labbra e trattengo un conato di vomito. «Sei una persona orribile. Devo essere stata ubriaca fradicia per lasciare che mi accompagnassi a casa. Lasciami in pace, Drake.» Cerco di passargli accanto ma mi afferra il braccio e stringe finché le mie dita diventano insensibili.

«Ricorda chi comanda qui.» Mi scuote, facendomi male al braccio. «Mostra un po' di rispetto.»

Spalanco gli occhi a quella minaccia. Non sono una dipendente. Non ho diritti. Questo è il mondo del Drake, la sua parola contro la mia. Ciò che mi sta facendo è sbagliato e sarebbe palese in qualunque circostanza, ma come faccio a sapere che non mi abbia trascinato in un punto dove nessuno può vederci? O che non manometterà le riprese della sorveglianza? «Hai reso l'idea. Lasciami andare.»

Drake mi lascia andare il braccio e si impasta un sorriso affascinante sul volto. «L'offerta di aiutarti è ancora valida.»

Non mi fido a rispondere, temendo che qualunque cosa mi esca dalla bocca peggiori la situazione. Vado verso l'uscita, guardandomi alle spalle per assicurarmi di non essere seguita.

Dentro il garage, corro all'auto di mio fratello e blocco la portiera appena sono salita. La stretta al petto per aver trattenuto il fiato si allenta, sostituita da una forte fitta di dolore quando mi tornano in mente le immagini di Gen e Jaeger. L'abbraccio poteva essere un gesto innocente, ma dopo ciò che Gen mi ha detto questo pomeriggio, mi sembra di non sapere più niente.

Spingo la testa contro il poggiatesta. Pensavo che tornare a Lago Tahoe mi avrebbe aiutato a risolvere i miei dubbi riguardo all'università. Ma qui è tutto orribile.

Devo andarmene, lontano da tutto.

* * *

La porta del cottage sbatte alle mie spalle, ma lo sguardo di mio fratello rimane fisso sulla TV. Non si è mosso dal suo posto sul divano. L'unica differenza tra quando sono uscita e adesso è che sta guardando un film sul surf invece del motocross.

«Tyler, devo andarmene.»

«Okay» dice senza alzare lo sguardo. «Non ho intenzione di andare da nessuna parte. Prendi pure l'auto.»

«No, intendo dire che devo andarmene dalla città, a trovare la mamma. Mi ha chiesto più volte di andare.»

Tyler alza la testa. «Uh, okay. Quando hai intenzione di andare?»

Chiudo gli occhi per un istante e inspiro. «Adesso?»

«Adesso. Intendi dire adesso, in questo momento?»

Annuisco.

Tyler spegne la TV e appoggia il telecomando sul bracciolo. «Che cosa c'è, Cali? Che cos'è successo?»

«Di tutto. Non hai mai semplicemente sentito il bisogno di andartene dalla città?»

Tyler guarda nel vuoto. «Sì.»

«Bene, adesso è uno di quei momenti. Non posso restare qui un altro minuto.»

Tyler si dà una pacca sulle ginocchia e si alza. «Okay, allora. Fai i bagagli. Chiameremo la mamma mentre siamo per strada.»

Mi si riempiono gli occhi di lacrime. Ho un fratello meraviglioso. Tyler sa che c'è qualcosa in ballo, ma non fa pressioni per avere i particolari. Mi sta concedendo spazio.

Se piango mi chiederà il perché. Sbatto forte le palpebre e ringoio le lacrime. Salgo in camera per preparare una borsa.

Un'ora dopo, parcheggiamo nel vialetto della casa a un piano di mamma, a Carson City. È buio e non c'è molto da vedere, ma il quartiere sembrava tranquillo e sicuro mentre lo attraversavamo. La mamma apre la porta e poi la zanzariera. Fa il primo passo sul cemento e si ferma, stringendosi addosso l'accappatoio «Qualcuno è malato o sta morendo?»

«Stiamo bene, mamma» dico mentre risalgo il vialetto.

«Tutto bene, allora. Tyler, mostra a tua sorella la stanza degli ospiti. Tu puoi dormire sul divano.»

«Il divano?» si lamenta. «Mamma, la settimana scorsa avevo la stanza degli ospiti. Adesso sono relegato sul divano?»

«Preferiresti dormire sul pavimento? No? Allora piantala di piagnucolare e aiuta tua sorella con il bagaglio.»

Tyler si butta il mio borsone sulla spalla e sparisce dentro casa.

Mia madre mi afferra la mano prima che passi. «Parleremo domani di quello che sta succedendo.»

Riesce sempre a capire quando c'è qualcosa in ballo. Mi conosce e ha molto intuito. E ho bisogno di lei in questo momento, molto più di quanto voglia ammettere.

Capitolo Venti

La piccola casa di mia madre ha la moquette azzurra e i ripiani di piastrelle marroni, ma è sua. Si capisce che l'adora dal modo in cui svolazza per la cucina la mattina dopo. Sta preparando le sue famose uova al formaggio mentre Tyler continua a dormire. Quando io e la mamma ci siamo svegliate e abbiamo cominciato a fare rumore in cucina, Tyler è barcollato nella stanza degli ospiti e, presumo, si è buttato sul letto che avevo appena lasciato.

La mamma mi mette davanti una tazza di caffè e dei toast facendo scivolare le uova dalla padella sul mio piatto. «Okay, Calista. Parla.»

Non sono sicura se sia la sua voce, o il fatto che abbia usato il mio nome completo, o le tracce del suo profumo, ma gli occhi cominciano a riempirsi di lacrime che scendono lentamente tra il naso e la guancia.

Lei fa il giro del tavolo, mi sposta il sedere usando il suo e mi abbraccia. «Shh, non può essere così brutta, tesoro.»

«È brutta» dico. Si sono accumulate tante cose brutte che non so da dove partire. Comincio con la cosa più ovvia.

Ho continuato a ripensarci, ma il mio istinto non ha cambiato rotta. «Non voglio studiare Legge.»

Mamma si blocca per un attimo, poi mi accarezza il braccio. Su e giù, su e giù.

«Adesso mi odi?»

«Perché dovrei odiarti?»

«Perché non sto sfruttando tutto il mio potenziale.»

Mamma scuote la testa. «Cali, sei sempre stata all'altezza del tuo potenziale. Non hai mai fallito in niente di quello che ti eri prefissata.»

«Eric mi ha scaricata.» Tanto vale buttar fuori tutte le cose umilianti.

Lei sbuffa. «Non mi era mai piaciuto.»

«No?» Le studio il viso. «Non avevi mai detto niente.»

«Volevo che lo capissi da sola. Una madre non dice alla figlia di non frequentare un ragazzo. È il modo più sicuro di spingerla tra le sue braccia.» Mi dà una spintarella e ammicca. «Parlo per esperienza. Almeno tuo padre mi ha dato te e Tyler. Vi ha anche dato un cervello di prim'ordine. Grazie al cielo hai ereditato il mio buon senso.»

«Mamma, tu sei intelligente.»

Lei sorride. «Sì, tesoro.»

Sbuffo. Detesto quando mia madre si auto denigra. Ha avuto una vita difficile. Merita più di quello che ha avuto. Di sicuro non si merita una figlia che faccia casini.

Prende la sedia accanto a me, restituendo alla mia chiappa il suo posto sulla sedia. «Che cosa hai intenzione di fare? Vuoi restare qui per un po'? Ho parlato con Connie. Mi ha detto che hai perso il lavoro al casinò.»

Sputo nella tazza il sorso di caffè che avevo in bocca e mi stringo le narici. Un po' del liquido mi è risalito nel naso. «Te l'ha detto?» La voce mi è uscita come uno squittio acuto. «E non mi hai detto niente?»

«Ho pensato che prima o poi me l'avresti detto tu.»

Non riesco a credere che non mi stia facendo una predica.

Mi dà un'occhiataccia. «Non ti avevo avvertita che quel posto è un cesso? Quella gente non sa che cos'è la moralità.»

Ecco la predica che mi aspettavo. Va tutto bene nel mondo. Sono solo sorpresa che non mi stia accusando di aver preso una decisione sbagliata riguardo all'università. Vorrei che avesse avuto questo atteggiamento lassista quando avevo sedici anni. Avrebbe dato la colpa a Tommy Parson per essere entrato dalla mia finestra invece di mettermi in castigo per *averlo permesso*.

«Mamma, io lavoravo in un casinò. Tu hai lavorato lì. Non tutti quelli che ci lavorano hanno una scarsa moralità.»

«Beh, ci sono eccezioni.» Mi toglie una ciocca di capelli biondo fragola dagli occhi. «Quindi hai perso il lavoro, il tuo ragazzo e non vuoi frequentare la Facoltà per cui hai lavorato una vita. È tutto?»

«Merda, mamma. Dovevi proprio elencare tutto in quel modo?»

«Niente parolacce, bimba» mi rimprovera, ipocritamente. È da lei che ho imparato le parolacce.

«C'è un'altra cosa da aggiungere alla lista. Non ne sono sicura, ma Gen ha qualcosa in ballo.»

Lei si tira indietro come se fosse presbite. «Sta bene?»

«Non lo so. Mi sta nascondendo delle cose. Ho appena scoperto che Eric ci ha provato con lei mentre stavamo insieme. Gen era incasinata in quel periodo, quindi in un certo senso capisco perché non mi abbia detto niente finora. Dice di non avermene parlato perché temeva che pensassi che l'avesse incoraggiato lei. Le avevo appena detto che le cose tra me ed Eric andavano alla grande, quando in realtà non era così.»

Mamma mangia un boccone delle uova che si stanno raffreddando sul piatto e io guardo le mie. Nessuno sa fare le uova al formaggio come la mamma. Sono il cibo perfetto per i momenti difficili. Ne mangio un boccone.

«Cali, sembra che Gen sia stata messa in mezzo e non volesse perdere la tua amicizia.»

Prendo un'altra forchettata di paradiso formaggioso. «Lo so ma...» La mamma beve un sorso di caffè, poi appoggia la tazza, aspettando. «... Era con Jaeger e lui la stava abbracciando e, mamma, mi ha fatto stare male.»

«Jaeger? Il ragazzo che era amico di tuo fratello...»

«Sì, sì.» Mi metto in bocca un'altra forchettata di uova.

«Uh-uh. Okay. Allora adesso stai con Jaeger.»

«No, mamma! Non stiamo parlando della mia vita amorosa.»

Lei spinge il piatto verso il lavandino. «Ne sei sicura? Mi sembra che ci sia qualcosa in ballo.»

«È questione di *fiducia*. Non so di chi posso fidarmi. Gen mi aveva detto che non stava con Jaeger, anche se erano usciti insieme e poi la scopro che lo abbraccia, dopo aver scoperto che lei mi aveva mentito riguardo a Eric.»

«E non hai più fiducia nel tuo futuro. Penso di avere capito.» Lava i piatti nel lavandino: niente lavastoviglie nella sua nuova casa. Mette il mio toast su un tovagliolo e prende il mio piatto vuoto. «E che mi dici di Jaeger? Ti fidi di lui?»

Premo il dito sul tovagliolo, raccogliendo briciole di toast e leccandole. «Vorrei, ma sono andata nel panico quando li ho visti insieme. È in parte per quello che sono venuta qua.»

Era la ragione principale. Quella e perché Drake mi aveva spaventata a morte, ma non ho intenzione di dirlo a mia madre. Vorrebbe sapere che cosa c'è in ballo con Jaeger.

Ciò che abbiamo è nuovo e fragile. Non sono ancora pronta a parlarne. E la faccenda di Drake farebbe sì che chiami tutti quelli che conosce al casinò per toglierlo di mezzo, cosa che in effetti non sembra malaccio. Ma non ho bisogno che mia madre combatta le mie battaglie.

«Dovrei parlare con Jaeger di quello che ho visto, ma mi sembra di aver bisogno di allontanarmi. Schiarirmi le idee, sai. A parte chiedermi che cosa stessero facendo lui e Gen, Jaeger è un artista realizzato con un mucchio di soldi e io ho appena perso un lavoro di merda in un casinò. Se darò retta ai miei dubbi riguardo alla carriera legale, posso aggiungere l'abbandono scolastico alla mia lista.»

Mia madre sbuffa. «Oh, i soliti drammi. Non puoi abbandonare la scuola se non l'hai frequentata. Cerca di capire che cosa vuoi fare e non preoccuparti di quello che pensano gli altri. Tuo fratello e io ti sosterremo. Preferiremmo vederti fare qualcosa che ti piace invece di qualcosa che detesti. Hai idea di come sia difficile vivere con te quando non sei felice?»

«Mamma!»

«È la verità. Sei una persona appassionata, tesoro.» Ho la faccia in fiamme. L'ultima cosa che voglio è mia madre che parla di me e di passione nella stessa frase. «Puoi essere appassionatamente incazzata o appassionata a qualcosa che ti rende felice. Puoi scegliere.»

Una delle mie maggiori preoccupazioni era deludere mia madre se non avessi frequentato Harvard o qualche altra Facoltà di Legge altrettanto prestigiosa, ma si sta comportando in modo sorprendentemente tranquillo riguardo a questa cosa. Dovrebbe farmi sentire meglio. Tranne che non voglio finire in un limbo.

Ho degli obiettivi nella mia vita e il successo è uno di quelli. A che servirebbe frequentare l'università se non mi piace dove finirò? Perché so con certezza che non voglio fare il mazziere per il resto della mia vita.

* * *

Quel pomeriggio, Tyler e io siamo distesi sui lettini di alluminio nel cortile posteriore mentre mai madre prepara il barbecue. È il normale protocollo per la nostra famiglia. Mia madre cucina, Tyler e io mangiamo. Nessuno dei due sa far bollire l'acqua (okay, sappiamo farlo, ma non ci piace). È sexy da morire che Jaeger sappia cucinare, per me frequentarlo significa autoconservazione. Vantaggi a parte, mi è molto caro e voglio credere di aver mal interpretato ciò che ho visto. Probabilmente è vero, dato ciò che pensavo di Gen in quel periodo, ma non sono pronta a esaminare la questione. La paura è una stronza volubile.

Intingo una patatina concava nella salsa e ne carico il più possibile per far incazzare mio fratello. Lui aggrotta la fronte e versa altra salsa dal barattolo nella ciotola. «Se la mangi tutta, vai tu a comprarla» mi dice.

Centro! Un punto per Cali.

Studio la patatina che ho in mano. «Tyler, tu pensi che io sia un tipo artistico?»

Lui mastica un sandwich di patatina e salsa a due strati che si è preparato. «Certo. Fai quegli schizzi.»

«Scarabocchi.»

Se non disegno divento nervosa. Gli scarabocchi sono la mia terapia ma non ho mai pensato di farli per lavoro finché Jaeger non mi aveva detto che avevo talento. Gli artisti sono poveri, giusto? Beh, tranne Jaeger. Sembra che lui se la cavi bene. E anche se non fosse così, gli piace quello che fa. Mi sto rendendo conto solo adesso che conta moltissimo.

Mi fa pensare... Se scegliessi un corso d'arte, potrei

riuscire a usarlo in qualche modo? Dovrei trovarmi un lavoro in città e seguire le lezioni di giorno.

Non è la peggiore delle idee.

La mamma fa ruotare gli spiedini di pollo sul barbecue arrugginito. Indossa una maglietta con il collo a V e pantaloni corti turchesi. Le sue gambe pallide sembrano maledettamente toniche per una quarantottenne. Si mette una ciocca di capelli color fiamma dietro l'orecchio. «Hai pensato a quello che vorresti fare, Cali?»

Abbiamo parlato di Tahoe e lavori tutto il giorno. Quando Tyler si è svegliato, gli ho detto dei dubbi che ho sulla Facoltà di Legge. Lui ha fatto spallucce e ha detto che dovrei fare quello che voglio. Non un grande aiuto da parte sua.

«Mi piace la tua compagnia e tutto,» dice la mamma, «ma dovrai prendere in fretta una decisione. Puoi restare con me, ma dubito che Carson City abbia più da offrire rispetto al Lago Tahoe. Che cosa vuoi veramente?»

Appoggia le pinze da barbecue sulla maniglia del grill e si siede accanto a me. Mi tira per la spalla finché le volto la schiena e comincia a intrecciarmi i capelli. È il nostro rituale silenzioso. La mamma dice che la rilassa, ma di solito io finisco veramente per addormentarmi.

«Non frequenterò la Facoltà di Legge, mamma.» Ecco, l'ho detto. L'ho reso ufficiale. Probabilmente lo era già nel momento in cui le avevo detto che non volevo andare, ma adesso è definitivo. Non so perché ho preso questa enorme decisione adesso, con una vita sentimentale indefinita, il lavoro e l'amicizia con Gen finiti nel WC, ma farò un atto di fede e funzionerà tutto.

La mano della mamma si ferma e guardo dietro la spalla. «Sei delusa? Hai detto che non era così.»

Lei scuote la testa e scivola più vicino. «No, non sono

delusa. Voltati.» Ubbidisco e lei ricomincia a fare la treccia. «Tyler non ha studiato medicina come avevo sognato il giorno in cui è venuto a casa, in prima media e ha elencato il nome di tutte le ossa del corpo umano, ma insegna biologia e vive in un posto che lo rende felice.»

Tyler si agita per un momento sul lettino e mi chiedo che cosa ci stia nascondendo. C'è una storia dietro a questa lunga visita.

«È quello che voglio per te, tesoro» continua la mamma. «Fidati quando ti dico che non saresti felice se dovessi lavorare nei casinò per il resto della tua vita.» Con la coda dell'occhio vedo le sue spalle che si alzano e si abbassano. «Percepisco un senso di panico quando dici che starai al lago? Sì. È bello ma lo stile di vita in quella città può essere brutale. La gente viene cercando l'utopia e finisce a bolletta, con una malattia venerea e la dipendenza da droga.

Arriccio le labbra. «Che schifo, mamma.»

«È la verità.»

Penso a Drake e ad alcune altre persone con cui ho lavorato. Ha perfettamente ragione. I casinò attirano gente che cerca di fare soldi facili e non tutti sono degni di fiducia né hanno saldi principi morali. Mi mette la punta della treccia davanti alla spalla e si alza. «Non voglio che tu ti senta sola in questa vita. Finché avrò aria nei miei polmoni, ci sarò sempre per te.» Si piega e mi bacia la fronte. Il suo profumo e il tocco delle sue labbra morbide sono un balsamo per i miei nervi tesi.

Capitolo Ventuno

Passo i due giorni successivi al ripiano della cucina di mia madre usando il laptop per ricercare corsi di arte e design a Lago Tahoe. Più penso a una carriere artistica, più mi sembra giusta. Jaeger mi ha messo la pulce nell'orecchio durante la nostra gita al Fallen Leaf Lake e, ripensandoci, anche Gen mi aveva parlato più volte dei miei disegni, ma non l'avevo mai presa sul serio. Non ero pronta.

Adesso sì.

Una volta abbattuti i muri dello stretto corridoio che era la strada verso il mio futuro, si sono aperte le possibilità. Alternative che non avevo mai preso in considerazione, ma che erano probabilmente già lì e aspettavano di essere esplorate. Non c'è un momento migliore di tentare qualcosa di nuovo di quando non hai niente da perdere.

Ho mandato un messaggio a Gen appena arrivata per dirle che sarei stava via, ma non ho contattato Jaeger, a parte dirgli che sono fuori città. Mi ha chiamato più volte e ha lasciato tre messaggi. Non ho risposto nemmeno a uno. Devo capire me stessa, prima di affrontarlo. L'ultima cosa che voglio è perderlo, ma riordinare la mia vita ha la priorità.

Quando Tyler e io torniamo al lago, ho pagine su pagine di informazioni sui corsi e anche colloqui telefonici programmati con una coppia di artisti locali. Non so assolutamente niente di che cosa serva per vivere in questo campo. Spero che parlare con altri artisti possa aiutarmi e volevo farlo senza coinvolgere Jaeger, anche se è un artista anche lui. Questo cambio di carriera non riguarda lui. Mi ha dato l'idea, ma deve venire da me, qualunque cosa succeda tra lui e me.

Sto disegnando come una matta e adesso che mi ci sono buttata vorrei aver preso in considerazione una carriera artistica molto tempo fa. Mi spaventa ancora a morte. L'arte non richiede una predisposizione agli studi, che è ciò su cui mi sono sempre basata per andare avanti. L'arte richiede creatività e immaginazione. Una carriera in questo campo è un atto di fede che potrebbe rendermi veramente felice, o che potrebbe farmi sbattere il muso. Ma visto che il mio naso ha già avuto un incontro intimo e personale con la fogna, grazie al mio ex e al Blue Casinò, cos'è la cosa peggiore che potrebbe capitarmi?

Da quando mio fratello e io siamo tornati, un paio di giorni fa, sia Gen sia io siamo state occupate. Non abbiamo discusso del litigio che abbiamo avuto prima che partissi e non le ho chiesto perché Jaeger la stesse abbracciando al casinò. Il fatto che mi abbia nascosto la faccenda di Eric per tanto tempo mi fa esitare. Ragione di più per parlarle, perché non abbiamo mai avuto problemi di fiducia tra di noi e dobbiamo rimetterci in carreggiata.

Ma prima... È passata quasi una settimana da quando sono scappata dal casinò e ho finalmente raccolto il coraggio di andare a trovare Jaeger.

Non sono molto sicura dell'indirizzo della sua casa, dato che ci sono stata una sola volta. Sbaglio strada due volte e finalmente trovo il viale giusto al terzo tentativo. Avrei potuto chiamarlo prima, ma l'ho evitato per una settimana e voglio veramente vederlo di persona per spiegarmi.

Sono fortunata, perché il suo pick-up è nel viale.

Il mio cuore accelera e mi tremano le mani. Normalmente sono brava quando c'è un confronto, ma affrontare Jaeger mi spaventa. Ora che ho avuto un po' di tempo per pensarci, lontana dalla vicenda, c'è una buona probabilità che abbia mal interpretato ciò che ho visto tra lui e Gen al casinò, ma c'è anche la possibilità che avessi ragione. È per quella possibilità che sono un fascio di nervi. Perché tengo a Jaeger e vorrei continuare quello che abbiamo cominciato.

Parcheggio la vecchia Land Cruiser di Tyler accanto al pick-up di Jaeger e scendo, aspirando grandi boccate di aria profumata di pini e terra, ancorandomi. È tardo pomeriggio, il sole è basso nel cielo e proietta lunghe ombre nel cortile davanti alla casa. Una lama di luce appare oltre il dondolo sul quale Jaeger mi ha baciato, rendendomi ancora più nervosa e speranzosa che tutto finisca bene.

Ho il cuore che batte come un tamburo mentre salgo i gradini verso la porta e busso. Mi tiro indietro i capelli e li intreccio dietro al collo per toglierli dalla faccia.

Dopo una lunga pausa, busso di nuovo e mi volto a guardare il pick-up nel vialetto per confermare che non ho solo immaginato che Jaeger fosse qui.

Quando non c'è risposta, mi sporgo con cautela e guardo dentro la finestra. Il soggiorno è quasi buio e senza vita.

È andato da qualche parte senza il pick-up?

Quando sono scesa dal Land Cruiser, avevo le orecchie che risuonavano ancora per il rumore del catorcio di Tyler ma adesso sento gli uccelli e gli insetti e un basso ronzio che arriva dal laboratorio. Sta lavorando?

Giro intorno alla casa e percorro il sentiero lastricato. Il suono di un attrezzo diventa più forte.

Non mi sorprende che nessuno risponda quando busso sulla porta del suo laboratorio, con l'attrezzo che fa tanto rumore all'interno. Abbasso la maniglia ed entro lentamente.

Jaeger mi volta la schiena. Indossa i blue jeans e una maglietta larga in vita che aderisce ai muscoli delle schiena e delle braccia. Sta lavorando con qualcosa che sembra un'enorme macchina per cucire, con un seghetto al posto di un ago. Concentrato, sta manovrando con attenzione il legno davanti a sé.

Il bisogno di correre da lui e abbracciarlo è quasi travolgente. Voglio annusarlo, toccarlo, stargli vicino. Ma non so a che punto siamo o che cosa ho visto al casinò. Inoltre, non voglio che si tagli un dito. Lanciarmi su di lui mentre usa una sega probabilmente non è la migliore delle idee.

Jaeger spegne la macchina, si accuccia per sistemare qualcosa sotto il tavolo e si toglie dai capelli i trucioli di legno. Cadono come neve e mi chiedo se è quello il motivo per cui tiene i capelli corti.

L'aria nel laboratorio odora di legno bruciato e di un accenno del dopobarba di Jaeger. Respiro a fondo e lui si blocca. Spinge in cima alla testa gli occhiali di protezione e si gira.

«Ehi» dico.

Con un'espressione impassibile, Jaeger non si muove per un momento. Sembra sbalordito di vedermi lì. Si toglie lentamente i guanti e li infila nella tasca posteriore, con gli occhi che si scuriscono.

Faccio qualche passo verso di lui. «Mi dispiace di non aver chiamato. Io-io avevo bisogno...»

Smetto di parlare quando mi guarda dalla testa ai piedi con riverenza e apprezzamento. Il suo sguardo si ferma sulla mia bocca e l'espressione famelica nei suoi occhi mi fa contrarre i muscoli nella pancia.

Come fa? Solo un'occhiata e vorrei saltargli addosso e baciarlo dappertutto. Okay, forse lo volevo dal momento in cui sono entrata, ma il modo in cui mi sta guardando intensifica il desiderio.

Jaeger si strofina la fronte e si appoggia al tavolo.

«Dovevo chiarire alcune cose» finisco, incrociando le braccia per evitare che il cuore che batte forte esca dal petto.

Lui segue la mia mossa, con lo sguardo allineato al mio seno, prendendosi tutto il tempo per tornare alla mia faccia. Ragazzaccio, che mi mette idee sconce in testa. Okay, in verità erano già lì.

Non divagare! «Non ero sicura di potermi fidare di te.»

Lui scuote in fretta la testa. «Cosa?»

Dio, la sua voce profonda e rombante. *Concentrati!* «Ti ho visto con Gen» dico in fretta. «Al casinò. La stavi abbracciando.»

Jaeger aggrotta la fronte e guarda in basso, come se stesse riflettendo. «Quando?»

«Una settimana fa. Ero andata a trovarla e tu eri lì. Vi stavate abbracciando.»

«Cali, non ho idea... Aspetta, vuoi dire quando quel pezzo di merda l'ha toccata?»

Uh? Qualcuno ha toccato Gen? Cioè l'ha palpeggiata?

Non ho idea di che cosa stia parlando Jaeger, ma è triste. La prossima cosa che ho in programma di fare è sedermi con

Gen e capire che cosa sta succedendo. «Di che cosa stai parlando?»

«Un collega al casinò l'ha palpeggiata... Non so. Dovrai parlare con lei per conoscere i particolari. È successo quando sono andato a chiacchierare con Mason. Era scossa. Le ho parlato e l'ho abbracciata.»

«È tutto?»

Jaeger fa un respiro profondo. «È per questo che mi stavi evitando? Pensi ancora che ci sia qualcosa tra me e Gen?»

Sbatto parecchie volte le palpebre. Perché sembra così stupido e ridicolo quando lo dice lui? La mia logica sembrava perfetta una settimana fa. «Non è brutto come sembra. Le cose succedono. Gen e io stiamo avendo dei problemi di fiducia.»

«Ma puoi fidarti di *me*.» Nella sua voce ci sono rabbia e frustrazione.

Ha ragione, non ho nessun motivo per non fidarmi di lui. «Mi dispiace. Ma, sai, mi sconvolge vederti con qualcun altro. E la mia amica poi?»

Jaeger attraversa in fretta la stanza e io faccio un passo indietro. Non penso che possa farmi del male, ma l'istinto mi dice di togliermi dalla strada di un maschio grosso e determinato. Lui si ferma bruscamente, mi afferra per i fianchi e mi tira verso di sé. Sposto in fretta le mani sulle sue braccia per mantenere l'equilibrio e perché è sexy e i suoi bicipiti mi attirano. Se il momento non fosse così inopportuno, gli strofinerei il naso sul petto.

«L'unica donna cui penso sei tu.» Mi spinge indietro e mi mette una mano dietro la testa prima che sbatta contro la parete. «Sono stato piuttosto chiaro riguardo alle mie intenzione verso di te.» Jaeger passa le mani lungo la parte posteriore delle mie cosce, poi mi solleva le gambe e se le avvolge intorno alla vita.

Gli afferro le spalle e lui mi preme contro la parete, ancorandoci. «Sto cominciando a capire» dico con il tono più calmo che riesco a trovare. In realtà il mio cuore si sta scatenando dentro il mio petto, come un animale selvaggio, e sto tremando come una vergine sul punto di essere deflorata.

Jaeger mi passa il naso lungo il collo facendomi il solletico. «Sei sicura? Vuoi che sia ancora più chiaro?» Porta le mani verso il mio sedere e lo strizza.

Sospiro tremante. «Male non farebbe» dico con un filo di voce.

Jaeger mi bacia il collo, affondando la lingua nell'incavo della gola. La barba che sta ricrescendo mi graffia la pelle mentre sposta la bocca verso le mie labbra. «Ti desidero» dice prima di appoggiare la bocca sulla mia per un bacio appassionato, ardente.

Gemo e lo bacio con tutto quello che ho trattenuto, tutto ciò che non ho detto e che mi ribolle dentro dal momento in cui ci siamo incontrati.

Mi stringe tra le braccia, con il petto che si alza e si abbassa più in fretta, e spinge la sua erezione nel punto in cui la voglio, procurandomi una fitta di piacere.

Oddio. Quello, di nuovo.

Usando le sue spalle come leva, imito i suoi movimenti, ma non basta. Non riesco a raggiungere tutto ciò che voglio premuta contro la parete e voglio di più. «Andare...» dico tra un bacio e l'altro. «... Qualche altra parte.» Muovo i fianchi per spiegarmi con gli ormoni che mi hanno tolto la capacità di parlare.

Jaeger capisce in fretta, perché mi mette un braccio

intorno alla schiena e l'altro sotto il sedere staccandomi dalla parete.

Lo bacio, lo lecco e lo distraggo come meglio posso. È la ragione per cui Jaeger sta camminando alla cieca, ma sono un tantino impaziente. Afferro la sua maglietta e la tiro verso l'alto ma, accidenti, si blocca sulle braccia. Jaeger ha bisogno delle braccia per tenere me, problema ovvio se funzionasse più di un decimo del mio cervello. «Via» borbotto.

Dove mi sta portando? Spero che sia vicino e non in casa. C'è quasi un campo da calcio tra il laboratorio e la casa. Una di queste belle superfici di legno sarebbe...

Di colpo sto cadendo e afferrando la sua maglietta e non molto altro. Atterro su dei cuscini morbidi. Tocco la superficie sotto di me. Il vecchio divano di pelle. Eccellente.

Jaeger mi segue. *Adesso stiamo arrivando al punto.*

Mormoro la mia approvazione sul nuovo posto e gli tiro la maglietta sopra la testa, passandogli le mani lungo le spalle larghe e il torace muscoloso fino agli addominali scolpiti. La sua mano si ferma sul seno che sta esplorando e Jaeger sospira piano, con gli occhi verde bosco che lampeggiano.

Appiattisco la mano, con le dita rivolte a sud, e la infilo nei boxer di maglia. Il dorso della mano sfiora la sua erezione e sento le farfalle che prendono il volo nel mio stomaco.

Jaeger appoggia la fronte sulla mia. «Cali» dice con la voce profonda, in tono di avvertimento

Allargo le dita in basso e le infilo tra i peli dell'inguine, tirando la pelle e i posti che si stanno tendendo e dove la pressione sta crescendo. Lo so perché la pressione sta aumentando anche dentro di me.

Le sue braccia si tendono e tremano ai lati della mia

testa. Sta trattenendo il fiato. «Ecco» dice. «Stiamo insieme, okay? Ci dobbiamo fidare l'uno dell'altra.»

Annuisco e gli lecco il labbro inferiore con la punta della lingua.

La mia maglietta oltrepassa la testa quasi nello stesso momento in cui si abbassano i miei pantaloni. Sono nuda in due secondi netti, con il corpo di Jaeger tra le mie gambe mentre prende in bocca il mio capezzolo. Gemo e gli aggancio le gambe intorno alla vita, strofinandomi contro i muscoli del suo stomaco. Se non fossi così ubriaca di ormoni mi potrebbe sembrare tutto un po' sfrontato, perfino per me, ma è Jaeger e francamente non me ne importa niente.

Lo voglio.

Mi mette una mano sul sedere prima di infilare un dito dentro di me. Dentro e fuori va quel dito grosso e mascolino e a ogni terzo affondo Jaeger lo curva e lo passa sul mio punto più sensibile.

Lo voglio. Adesso.

Lo tiro verso l'alto mettendogli le mani sotto le ascelle, ma è come cercare di spostare un autotreno. Passa un'ultima volta la lingua intorno al mio capezzolo, toglie il dito con un paio di ultimi passaggi sopra quel punto che mi fa respirare affannosamente e sposta le mani lungo il mio corpo, mandando messaggi indecenti a ogni poro.

Accidenti. Ha ancora i pantaloni!

Gli slaccio il bottone e li spingo verso il basso usando i piedi. Jaeger li scalcia via e si sistema tra le mie gambe, continuando a baciarmi.

Le mie ginocchia ricadono di lato quando la grossa punta strofina la mia entrata. Gli stringo il sedere. È enorme e setoso e lo voglio dentro di me.

Jaeger interrompe il bacio. «Pillola?» mi chiede.

«Sì. Ti sei fatto controllare?»

«Sì, un anno fa. L'ultima volta in cui sono stato con qualcuno.»

Aaaalt. Woah, cosa?

Lui entra di qualche centimetro e perdo completamente il filo di quel discorso. Un'altra spinta dolce e mi sta allargando.

Jaeger alza la testa e mi guarda negli occhi mentre ondula piano, andando più in profondità con ogni movimento. Ho le gambe molli, che tremano per il piacere. I nostri respiri si mischiano, sono aggrappata a lui, con le braccia come due sottili parentesi intorno al suo corpo massiccio mentre si nuove sopra di me.

Sto respirando a brevi sbuffi quando mi colpisce il primo spasmo. Lo sguardo di Jaeger diventa vacuo e sfuocato, come se sentisse il mio orgasmo che cresce e aumentasse il suo piacere. Un altro spasmo e poi mi scuoto quando il piacere esplode.

In qualche posto nella nebbia euforica che continua ad avvolgermi, sento che Jaeger sta aumentando il passo. Affonda la testa di lato e mi bacia il collo. Grugnisce vicino al mio orecchio con un suono così profondo e sexy che mi travolge in fretta un altro spasmo. Spinge i fianchi parecchie altre volte e poi rallenta, respirando in fretta, con il corpo che si scuote ancora ogni paio di secondi dopo l'orgasmo.

Jaeger mi passa le mani sotto le spalle e mi prende la testa, mettendola sotto il suo mento mentre il suo respiro si calma. Mi mette il braccio intorno alla schiena e mi tira vicino, girandosi sul fianco, con me incollata contro di lui.

Resto immobile, ascoltando il suo cuore che batte forte contro il mio orecchio, completamente in pace.

Non era sesso, era... Non lo so. O forse lo so ma non voglio pensarci.

Le palpebre si chiudono e cedo al sonno.

Capitolo Ventidue

Mi sveglio con il panorama del lago attraverso la finestra ai piedi del letto. Una luce morbida filtra dalle creste delle montagne. Lenzuola morbide sotto le mani. *Che ca...*

Sono nella camera di Jaeger? L'ultima cosa che ricordo è il divano nel suo laboratorio.

Arrossisco. Quel divano finirà nella storia. Almeno nella mia. Wow... Solo wow. Non che abbia una vasta esperienza, ma mi piacerebbe pensare di aver fatto del buon sesso con i pochi partner che ho avuto. Nessuno di loro era riuscito a darmi un orgasmo durante il normale sesso. Ma penserò più tardi a questa importante scoperta.

Come diavolo sono finita qui?

Mi guardo attorno. La stanza è accogliente, con una cassettiera in stile Missione e lenzuola semplici ma costose, se posso basarmi sulla sensazione che provo toccandole. Non ricordo di essermi vestita e di aver camminato fin qua. Tecnicamente, non sono vestita, me ne rendo conto, mentre passo la gambe nude sulle lenzuola morbide. Quell'uomo mi ha messo fuori combattimento facendo l'amore con me? Che cosa diavolo è successo?

E oddio. Mi siedo e mi tiro il lenzuolo azzurro fino al petto. Perché sto chiamando il sesso *fare l'amore.* Eric e io non l'avevamo mai chiamato così. Mi infilo il tessuto sotto le gambe e intorno alla schiena, come per proteggermi.

Jaeger esce dal bagno, con un asciugamano blu scuro intorno alla vita e goccioline d'acqua sulle spalle. Resto a bocca aperta e il respiro diventa affrettato. Il vapore della doccia e il profumo del suo dopobarba fluttuano verso di me. Jaeger è come un afrodisiaco ambulante.

Guarda il lenzuolo avvolto intorno a me. «Buongiorno. Tutto bene?»

«Sì, ma...» Mi guardo intorno. «Come abbiamo fatto a finire qui? Sono piuttosto sicura di essere stata sobria quando sono venuta a trovarti questo pomeriggio, quindi...»

«*Ieri* pomeriggio.»

Merda, è mattino? Scuoto la testa. «Non posso aver perso i sensi.»

Jaeger sorride. «Eri stanca, ti ho portato qui io.»

Mi passano per la mente ricordi dell'orgasmo più incredibile. È stato lui. Mi ha tolto tutte le energie e un pezzetto della mia anima.

«E non mi sono svegliata?»

Jaeger scuote la testa, guardandomi di nuovo, solo che questa volta c'è calore nei suoi occhi. «Sei ancora stanca?» Me lo chiede con cautela, come se stesse cercando di essere sensibile verso i miei bisogni, ma l'uomo dietro la domanda sembra pronto a saltarmi addosso, prova ne è la massiccia erezione che sta crescendo sotto l'asciugamano.

È pericolosa, questa attrazione. Dovrei stare attenta.

Scuoto la testa e lui si avvicina, togliendosi l'asciugamano una volta arrivato al letto. Lunghe gambe muscolose, calore e un profumo allettante, pulito e virile mi stordiscono. Toglie il lenzuolo e si sdraia accanto a me.

Ho la pelle d'oca. Le mani fredde e sudate. Non voglio altro che toccare ed essere toccata. Voglio baciargli la bocca, le palpebre, le tempie, il punto sopra il cuore.

Dio, sono nei guai.

* * *

«Dove diavolo sei stata?» chiede mio fratello quando entro dopo essermi finalmente scollata dal letto di Jaeger.

Non è stato facile. Quell'uomo è persuasivo. Sinceramente penso che avrebbe potuto continuare per tutto il giorno. Che cos'è successo ai tempi di recupero?

Gen ci guarda dalla cucina. È sveglia, con occhi vispi, a riprova di quanto sia avanzato il pomeriggio.

«Ho passato la notte a casa di amici.»

Gen spalanca gli occhi per un attimo. Il cipiglio di mio fratello peggiora.

«Cali, se hai intenzione di fare sesso con qualcuno, rispondi al tuo maledetto telefono» dice.

«Oh mio Dio. Abiti qui. Non ho bisogno di dirti dove vado. E come fai a sapere che sono rimasta da un uomo? Avrei potuto essere con un'amica.»

«Nessuna delle tue amiche abita qui...»

«Mi sono fatta dei nuovo amici.»

«... E sei arrossata. Rossore post-coito.»

Cazzo! Con le labbra strette, mi precipito nella stanza da letto e chiudo la porta facendo un respiro profondo.

Solo mio fratello, il biologo, poteva notare e definire tecnicamente il colorito luminoso.

Un minuto dopo sento bussare. «Cali, posso entrare?» dice Gen.

Raccolgo i capelli in uno chignon, apro la finestra e mi sventolo con le mani, raccogliendo i rimasugli della mia dignità. «Entra» dico.

Lei si chiude la porta alle spalle e si siede sul letto. Si guarda le mani unite in grembo. «So che non abbiamo parlato molto. Io lavoravo e tu stavi passando un momento difficile. Mi sembra di averti trascurata.»

Gen sa di ogni ragazzo che ho baciato da quando ci siamo conosciute. Non ha mai saputo niente di seconda mano e anche se mi sembra giusto tenere per me ciò che è successo tra me e Jaeger, è chiaro che c'è tensione tra di noi e la nostra amicizia ne soffre.

Mi siedo davanti a lei. «È così che mi sento anch'io. Come se ti avessi trascurata.»

Gen sorride mestamente. «Non è così. Tu sei quella forte. Mi sono tirata indietro perché io... Beh, voglio essere forte. Sono io che...»

«Certo che sei forte.»

Gen scuote la testa. «No. Tu dici quello che pensi e sai difenderti. Voglio farlo anch'io. Non voglio più avere paura.»

Gen è riservata e meno schietta di me – come la maggior parte della gente –ma non sapevo che avesse paura. «Che cosa sta succedendo?»

Lei mette le mani sotto i gomiti e si china in avanti. «Sai che non parlo con mia madre?»

Annuisco. L'argomento di sua madre non viene toccato a meno che insista io e anche allora non ottengo niente di sostanziale.

«Non voglio incolpare mia madre per come sono e per le scelte che ho fatto, ma alcuni dei complessi che ho sono causati dal nostro rapporto. È... insolito. Ma non è quello il punto. Il punto è che non voglio più avere paura.»

Si infila una ciocca di capelli scuri dietro l'orecchio. «C'è stato un incidente un paio di settimane fa al Blue. Uno dei dirigenti ha infilato di forza le mani nei miei shorts e mi ha toccato. Avrebbe fatto di più se qualcuno non l'avesse interrotto. Ho paura di dire qualcosa al casinò. Temo che ciò che è successo a te, essere licenziata, succeda anche a me. Ci sono voci...»

Agito freneticamente le mani. «Aspetta, aspetta, *cosa?* Jaeger ha accennato qualcosa su un coglione che ti aveva toccata. Non ha detto che si trattava di uno dei dirigenti o che cosa aveva fatto.» Ripenso a tutto e i pezzi vanno al loro posto. «Chi era, Gen?»

«Alcuni dei dirigenti si fermano nel mio lounge dopo il lavoro. Uno di loro mi ha chiesto di servire un piccolo gruppo che stava ospitando. Se n'è approfittato, mi ha messo in una situazione scomoda.»

«*Chi era?*»

«Drake Peterson.»

Merda, merda.

«Sapevo che non avrei dovuto salire lì da sola, ma volevo i soldi extra...»

Scuoto la testa. «È stata colpa mia.» Avrei potuto mettere in guardia Gen su Drake se le avessi detto che cosa aveva fatto. «Drake mi ha accompagnato a casa la sera in cui siamo andate al club e ci ha provato pesantemente. È arrivato Jaeger e l'ha convinto ad andarsene.» *E l'avrebbe pestato a sangue se fosse rimasto.*

Confusione e preoccupazione si fanno la guerra sul viso di Gen. «Non lo sapevo... Ma non è colpa tua. È ciò che sto tentando di dirti. Io mi appoggio a te per combattere le mie battaglie quando in realtà a volte è colpa mia se mi metto in quelle situazioni. O forse faccio in modo da diventare un bersaglio.» Aggrotta le sopracciglia e stringe i pugni. «Non ho usato giudizio con Drake. E, Dio, Cali, anche *tu*. Che cosa diavolo stavi pensando... Andare a casa con lui!»

«Non stavo pensando. E Jaeger mi ha già fatto la predica.»

Gen stringe gli occhi, studiandomi il volto e il collo, molto probabilmente vedendo il *rossore post-coito* come l'ha elegantemente chiamato mio fratello. «Eri con Jaeger la notte scorsa?» mi chiede gentilmente. Annuisco e lei mi dà una botta scherzosa sul ginocchio. «La prossima volta, chiama o manda un messaggio. Eravamo preoccupati.»

Non c'è animosità nella sua espressione ed è un sollievo. Mi sono fidata di ciò che Jaeger ha detto di loro, ma non si sa mai. Gen avrebbe potuto provare qualcosa per lui. Come me.

Non chiamare è stato brutto. Avrei chiamato se non fossi praticamente svenuta per via del sesso bollente, da perdere la testa.

«Allora, che cosa sono le voci di cui stavi parlando?» dico, cercando di distogliere la mente da Jaeger, dove è decisa ad andare, e tornare alla conversazione che stavamo avendo.

«Mi hanno chiesto come mai eri stata licenziata.»

Lo fa sembrare così grandioso. «Continua.»

«Dicono che uno dei dirigenti ce l'ha con certe persone.»

«È praticamente quello che mi hanno detto quando mi hanno licenziato, solo in modo più sottile. È fatta, Gen, non ho intenzione di tornare.»

«Giusto, ma se è già successo prima...»

«Da parte di Drake?»

Lei si blocca. «È stato Drake a farti licenziare?»

«È quello che penso» dico facendo spallucce. «È

successo dopo averlo respinto. E Jaeger, beh, Jaeger si è assicurato che lo ricordasse.»

Avevo già sospettato che fosse stato Drake a farmi licenziare. Sentire che cosa aveva fatto a Gen, il modo in cui mi aveva minacciato quando era andata a trovarla e avevo visto Jaeger che la confortava... Doveva essere stato subito dopo che Drake l'aveva toccata.

È una persona orribile. E sembra avere un'influenza molto forte sulla direzione. Mi avevano licenziato solo perché lo aveva chiesto lui. Non m'interessa il vecchio lavoro, sto voltando pagina, ma sono preoccupata per Gen.

«Gen, è una faccenda seria. Qualunque cosa tu faccia riguardo a Drake, ci saranno delle ripercussioni. Devi decidere che cos'è meglio per te. Anche se mi piace pensare il contrario, non ho tutte le risposte.» Mi premo le dita sugli occhi e sospiro. «Al momento non sono sicura di averne nemmeno una.»

«Hai ragione.»

Alzo gli occhi perché *ahi*.

Gen nota la mia espressione. «No, non quello. Sei intelligente, Cali e di solito hai delle belle idee, ma devo fare le mie scelte. Posso farcela. Avevo già deciso che non vale la pena di perdere il lavoro per il mio orgoglio.»

«Hai intenzione di restare lì? Senza dire a nessuno che cos'è successo?»

Lei annuisce. «Per ora sì. Andrò a parlare con la direzione se Drake alzerà anche solo un mignolo verso di me, ma andrò a orecchio. Ti ha fatto licenziare e non dubito che farebbe licenziare anche me. E io ho bisogno di questo lavoro.»

L'idea che Gen resti al Blue dopo quello che Drake aveva fatto a ognuna di noi mi spaventa. E se la toccasse di nuovo, o peggio? Dovrebbe nascondere le molestie sessuali per mantenere il lavoro. È orribile.

Ma ho smesso di dire a Gen che cosa deve fare. È più forte di quanto pensi. Almeno sta facendo ciò che è giusto per lei e non ciò che altri pensano debba fare. È più di quello che ho fatto io riguardo al lavoro negli ultimi anni.

«Ehi.» Gira intorno al letto e si siede accanto a me. «Sono contenta che ci stiamo di nuovo parlando.» Sento i muscoli che si sciolgono e mi chino verso di lei, appoggiandole la testa sulla spalla. «Qualunque cosa succeda, è dieci volte peggiore se non posso parlarne con te.»

«Idem.»

Capitolo Ventitré

Fuori, in cortile, disegno l'ultima forma sul mio schizzo. È la scena di una barca a remi sulla riva del lago con il sole che sorge sullo sfondo. L'acqua è fatta da cerchi ondulati e, se la guardo con la coda dell'occhio, sembra che si muova.

Sto chiamando i miei disegni *schizzi* invece di *scarabocchi*, dopo aver parlato, ieri, con un'artista professionista. La giuria è ancora incerta se credere o meno che riuscirei in una carriera artistica.

Per la prima volta nella mia vita non sono sicura di riuscire. Fa paura, eppure è anche sorprendentemente liberatorio. Non ho deciso di dedicarmi all'arte perché dovrei, ma perché mi piace veramente e mi rende felice.

Ieri sera sono andata online e mi sono iscritta a un corso d'arte nel Community College e a un corso di CAD. Ho imparato, durante una delle mie ricerche di mezzanotte su Internet, che alcuni dei miei schizzi potrebbero essere usati per creare tessuti – chi lo sapeva? E l'uso del CAD è d'obbligo quando si tratta di tessuti.

Ondate di calore si alzano dal portico di cemento al sole

della tarda mattinata. Sono solo le undici e sto già sudando con i pantaloni del pigiama e il reggiseno del bikini.

Vibra il mio telefono. Lo prendo da dove è migrato sotto la gamba sul lettino. Sorrido come una stupida quando vedo di chi è il messaggio.

Jaeger: *Cena questa sera?*

Cali: *Certo.*

Jaeger: *Ti porto al Tao. Vestiti in modo adeguato. Verrò a prenderti alle cinque. Ho qualcosa da mostrarti.*

La mia mente va immediatamente verso territori indecenti. Ma non avrebbe in mente di fare *quello* e poi aspettarsi che sia presentabile, no? Tao è il miglior ristorante in città.

Che cosa posso indossare? Prendo il mio schizzo e torno in casa. Per una volta c'è silenzio. Sia Gen sia Tyler sono usciti, per diverse ragioni.

Spostando gli appendini nel mio armadio, non trovo niente che non mi metterebbe in imbarazzo in un bel ristorante. Mi restano un paio d'ore prima del mio appuntamento con Jaeger. Andrò a vedere nei negozi locali se c'è un nuovo top che rientri nel mio limitatissimo budget.

Le mie riserve finanziarie stanno calando, ma non mi devo più preoccupare per la retta di cinquantamila dollari l'anno. Mi servirà un lavoro per pagare il vitto e l'alloggio e i corsi a cui mi sono iscritta, ma sono ottimista, non credo che sarà un problema con l'esperienza che ho fatto al Blue.

Più tardi quella sera, m'infilo le scarpe con i tacchi, i pantaloni neri e una blusa azzurra con le maniche corte e il dietro a nastri incrociati che ho trovato in saldo nella mia boutique preferita. Il colore dà risalto ai miei capelli e mi illumina gli occhi. Il davanti è piuttosto scollato. Mostra una rispettabile quantità di seno, ma visto che indosso un reggiseno push-up il risultato è tutt'altro che modesto. Ho sentito una fitta di rimorso quando ho speso quei soldi, ora che non ho un lavoro, ma adesso che finalmente ho un piano comincerò immediatamente a cercarne uno.

Entro nel soggiorno, dove Gen e Tyler stanno discutendo per il telecomando.

«Sei qui senza pagare l'affitto!» dice Gen. «Non puoi avere anche il controllo del telecomando.»

«Stiamo guardando *Che cosa farebbe William Pelt!* Tanto varrebbe evirarmi, qui, adesso.»

Gen alzo un dito con gli occhi chiusi. «A è un'immagine disgustosa. B William Pelt è un giocatore di hockey. È un *atleta*. Tu adori gli sport!»

Tyler mi guarda come se fosse esausto.

«Non mettetemi in mezzo» dico. «Gen, se non ti lascia guardare il tuo show, lo vedremo su Netflix più tardi. William Pelt è seeexy.» Non quanto Jaeger, ma ovviamente nessuno è sexy come lui.

«Tyler,» canticchia Gen, «se me lo lascerai guardare, ti preparerò i popcorn.»

Tyler allunga in fretta una mano e le fa un pizzicotto sotto il braccio. Gen urla e lui afferra il telecomando mentre lei non può difendersi. «Bella mia, dovrai offrire molto di più dei popcorn se lo rivuoi indietro.»

Gen gli dà un'occhiataccia, massaggiandosi l'ascella. I pizzicotti di Tyler fanno un male cane. Lui si mette più comodo. «Hai la mentalità di un sedicenne. Come fanno i tuoi studenti a prenderti sul serio?»

«Ho quel che basta per pagare i conti» dice, facendo zapping tra i canali.

«Lo ritiro. Non sedici, direi dieci anni perché non sento dichiarazioni così infantili dalla quinta elementare.» Gen sospira e controlla con impazienza l'orologio sulla parete. Deve cominciare presto un altro episodio. «Bene, farò una lavatrice.» Tyler continua a cambiare canale. «Due lavatri-ci?» Poi Gen si illumina e incrocia le braccia. «Ti organizzo un appuntamento con una delle cameriere di sala al Blue.»

Tyler smette di cambiare canale e la guarda in faccia. Io prendo la borsa e gli rubo un biglietto da venti mentre non sta guardando, ovviamente perché non vorrebbe che restassi per strada senza soldi. Sono previdente, quindi gli sto facendo un favore. «Continua a parlare» dice Tyler.

«Una di quelle carine.» L'espressione di Gen è di totale innocenza, come sa fare solo lei, ma io la conosco. Potrà non avere preso tutti dieci a scuola come Tyler e me, ma è astuta.

Tutte le cameriere eccezionalmente belle al Blue sono stupide come bisce (non che le ragazze carine siano per forza deficienti). Gen è l'esempio perfetto di bellezza e intelligenza, ma nel caso delle altre cameriere del Blue lo stereotipo si adatta perfettamente.

«Ci sto» dice Tyler e le passa il telecomando. Lei fa un balletto della vittoria seduta sul divano, completo di rimbalzi e pugni in aria. Tyler le fissa il seno e la sua espressione rapita dice che anche solo per il balletto valeva il sacrificio. Disgustoso.

Sento bussare alla porta. Il mio cuore accelera. «Okay, bambini, io vado.» Mi precipito ad aprire la porta. Non mi vergogno di Jaeger o della nostra relazione, ma preferirei non dover affrontare "i genitori" seduti sul divano.

Troppo tardi.

«E quando tornerai a casa?» chiede Tyler, che sembra aver dimenticato la sua scaramuccia. Mi volto e vedo che mi sta controllando, vede la scollatura e aggrotta la fronte.

«Se ho fortuna, non fino a domani. Ciao-ciao.» Li saluto agitando il mignolo e apro. Esco, sbatto contro Jaeger, confuso, e chiudo in fretta la porta. Mi lascio andare contro la sua superficie. «Non entrare. È pericoloso.»

Lui ridacchia. «Okay.» Mi afferra la mano e si china, baciandomi dolcemente sulle labbra. Sento le farfalle che prendono il volo, solo dopo il tocco delicato. Jaeger abbassa la sguardo sul mio top e sembra apprezzare il mio décolleté. Guarda il resto del mio abbigliamento e sorride. «Stai benissimo.»

Missione compiuta con il nuovo top. Sapevo che ne sarebbe valsa la spesa.

Jaeger indossa una camicia verde che fa risaltare il colore dei suoi occhi. È da mangiare e ha anche un profumo fantastico. Gli metto le braccia intorno alla vita e lo stringo forte. «Mi sei mancato.»

Lui abbassa la faccia sulla mia testa e respira attraverso i miei capelli. «Idem.» Allenta la presa dopo un momento. «Andiamo, ho qualcosa da mostrarti.» La sua espressione è un misto di eccitazione e timidezza. Spesso Jaeger è silenzioso, ma non l'avevo mai visto nervoso.

Che cos'è questa sorpresa?

Jaeger guida fino a casa sua e il mio sospetto originale si rifà vivo. Lo respingo in fretta. Non che il sesso con Jaeger non faccia parte dei miei programmi per la serata, ma Jaeger sta picchiettando il volante come se fosse agitato. C'è qualcosa in ballo.

Andiamo nel suo laboratorio. Lui apre la porta e si fa da parte per farmi entrare. Il sole non è ancora tramontato ma è basso nel cielo e senza le luci accese lascia in ombra il laboratorio. Jaeger accende le lampade.

«È una ripetizione dell'altro giorno?» gli chiedo scherzosa.

Lui mi guarda con desiderio palese negli occhi. «No, meglio che non mi metta strane idee in testa o non arriveremo in tempo per la cena.»

Mi appoggia la mano sulla schiena, facendo bruciare la pelle sotto, e mi guida attraverso la stanza, fino a dove tiene le sue opere finite.

Ne restano poche sugli scaffali oggi, circa la metà dell'ultima volta. Dovrò chiedergli dove vende la sua roba. Per fare ricerche.

È strano come entrambi ci siamo rivolti all'arte quando la vita che avevamo programmato non ha funzionato. Non avevo mai preso in considerazione l'arte e il disegno prima di tornare a Tahoe ma disegno sovrappensiero sin da quando ero in quarta elementare, sui tovaglioli, sui blocknotes e su qualunque pezzetto di carta mi passi per le mani. In superficie, Jaeger e io siamo così diversi. Lui è silenzioso, io sono estroversa, ma in fondo le nostre passioni sono le stesse. In molti ambiti.

Jaeger si sposta e prende una tavola da un metro e venti per un metro e venti, coperta da un telo. La appoggia alla parete e toglie il telo. Per un attimo, penso, wow, quel drappo nero mette veramente in risalto il legno e poi mi concentro sul disegno.

Che dia...? «*Jaeger?*»

L'incisione davanti a noi è il disegno astratto che avevo fatto del lago.

«Gen ha mostrato per caso a Mason il disegno che avevi fatto sul tovagliolo durante una delle vostre pause. Le ho chiesto di prestarmelo. Ho anche visto lo schizzo che hai lasciato sul divano quando sono venuto a prendere Gen. Cali, hai un talento pazzesco.»

Nei suoi occhi verde bosco lampeggia una scintilla. «Ti ho dimostrato quanto io pensi che *tu* sia speciale. Ma questo...» I suoi occhi tornano seri mentre indica l'opera davanti a noi. «... È il mio modo di dimostrarti quanto pensi che le tue opere d'arte siano speciali.»

Replicato su legno, lo schizzo ha dimensioni e profondità, con le linee esterne più in rilievo, come se il centro ti attirasse dentro.

Il tempo e il lavoro di preparazione necessari per creare questo pezzo mi sbalordiscono. Resto senza parole, cosa rara per me.

Jaeger si ficca le mani in tasca. «Beh, che ne pensi?»

«È fantastico. Il tuo lavoro di intaglio, cioè.»

«Il *tuo disegno* è fantastico.»

Non è solo Jaeger che mi dice che ho talento. Mi dice che gli piaccio, portando a un altro livello il suo corteggiamento, cosa di cui mi sono resa conto solo di recente.

Finalmente riesco a capire un paio di cose... *Gen*... Subdola migliore amica. «Ha qualcosa a che vedere con il tuo appuntamento clandestino con la mia migliore amica?»

Lui sorride, esasperato, e scuote la testa. «Volevo che Gen vedesse il primo abbozzo. Non avevo avuto il tuo permesso di usare lo schizzo. L'ho portata qui perché lo vedesse e mi dicesse se tu saresti stata d'accordo.»

E ora mi sento come una stupida. «Mi dispiace di essere saltata a conclusioni affrettate su voi due. Devo delle scuse a entrambi.»

Jaeger si avvicina e intreccia le nostre dita. «Va tutto bene, Cali. Voglio solo che tu capisca che puoi fidarti di me.»

La verità è che mi fido di lui. Jaeger è sincero e amorevole in un modo che ho raramente visto in un uomo. Merda, nemmeno in molte donne. È una brava persona.

«C'è qualcos'altro che volevo dirti. Non voglio farti pressioni, ma ho un cliente che mi ha ordinato un lavoro.

Vuole qualcosa di speciale. Mi piacerebbe fargli vedere i tuoi schizzi. Gen mi ha permesso di prendere in prestito alcuni di quelli che le hai dato, ma posso mostrare a questa donna qualunque disegno che tu voglia.»

«Sì, certo» dico esitante. Non riesco a immaginare che qualcuno possa comprare l'incisione di uno dei miei schizzi. Ma poi, è veramente questo il punto. Creare disegni che la gente voglia nelle sue case e nei suoi uffici. «Lasciami almeno trasferire quelli che hai sui tovaglioli e sul retro dei conti su vera e propria carta da disegno.»

Jaeger si mette a ridere. «Non credo che le importerebbe. Ha un occhio acuto.» Mi tira vicina finché sbatto forte sul suo petto. Mi avvolge le braccia intorno alla schiena, con le lunghe gambe contro i miei fianchi. «Riconosce qualcosa di bello quando lo vede.»

Coi tacchi sono più alta e la bocca arriva alla sua mandibola. Mi alzo sulla punta dei piedi e lo bacio sulla bocca. «Ti ringrazio per avermi fatto sentire speciale e per l'incisione.»

«Oh, quell'incisione non è per te» dice sorridendo.

Tiro indietro la testa, fingendo incredulità. «Che cosa vuol dire che non è per me?»

«Verrà messa sopra il mio letto, ma puoi venire a vederla tutte le volte che vorrai.» La sua mano scende a strizzarmi il sedere mentre si abbassa per baciarmi.

* * *

Mezz'ora dopo, arriviamo al ristorante Tao. Penso di avere incontrato un degno avversario per quanto riguarda il sesso. Non ci siamo effettivamente arrivati, anche se Jaeger era pronto e voglioso. Dopo parecchi baci e battibecchi scherzosi su chi avrebbe avuto l'incisione –ho vinto io, ovviamente –, ho messo i freni a tutto quel pomiciare. Non era il caso di entrare nel ristorante di lusso col mascara sbavato e i capelli di una che si è appena alzata dal letto. Tanto più tardi potremo ricominciare da dove ci siamo fermati.

Non vedo l'ora di avere quell'opera d'arte. Quella bellezza finirà nello chalet (il nuovo nome che abbiamo inventato Gen e io per il tugurio in cui viviamo) proprio accanto al ricamo a piccolo punto arancio e giallo di un girasole. Una fusione di moderno-naturale e di orribilmente demodé.

«Tavolo per due» dice Jaeger al maître.

«Da questa parte, signor Lang. Sono lieto di vederla questa sera.» Il maître, che indossa un completo scuro, ci saluta con calore, prende due menù e si volta per accompagnarci al nostro tavolo.

Qui lo conoscono? Jaeger viene qua spesso o cosa?

Prima che possa chiederglielo, Jaeger si alza e mi fa segno di seguire il maître, che è già arrivato a metà della stanza. Ci scorta oltre tavoli eleganti con la tovaglia bianca. Gli specchi dietro al bar fanno apparire la sala grande il doppio e catturano finestre che danno sul lago in fondo. Lampadari geometrici di legno pendono dal soffitto alto. A sinistra sono appesi dei pannelli di legno... Il loro stile mi è familiare.

Guardo sospettosamente Jaeger. Lui guarda diritto davanti a sé e gira intorno al mio tavolo per estrarre la mia sedia. È un'area intima, con la migliore vista del lago e delle montagne.

Con menu in mano, quando il maître se ne va, guardo di nuovo le decorazioni sulla parete. Sono più grandi di quelle nel laboratorio di Jaeger ma riconosco lo stile. «Jaeger, sono tuoi?»

Lui dà un'occhiata alla parete poi torna a guardare il menu come se il fatto che le sue opere siano esposte in uno dei ristoranti più chic in città non sia granché. «Tao è un cliente.»

Porca paletta. Il mio ragazzo è famoso. Beh, forse non famoso, ma è un artista importante se viene esposto in un punto centrale in un posto come questo.

Gli prendo la mano e intreccio le nostre dita mentre leggo il menu. Non ho diritto di essere qui, ma sono fiera di ciò che ha conquistato lui. Quest'estate mi ha messo di fronte a decisioni importanti e momenti dolorosamente diffi-cili, ma non rimpiango il tempo passato con Jaeger. È stato tra i migliori della mia vita.

Jaeger mi stringe le dita e sorride. «Le capesante sono eccellenti e anche il...»

«Jaeger?» Una voce femminile acuta vìola la nostra perfetta bolla.

La donna, circa della mia età, forse qualche anno in più, è dietro a Jaeger in jeans e una t-shirt. Non l'ho vista arri-vare. Già, ma quando sono con Jaeger tendo a ignorare un mucchio di attività superficiali.

La donna guarda a disagio i clienti sulla sua destra, che la stanno fissando.

Jaeger aggrotta la fronte. Si sposta sulla sedia e guarda indietro. Il lato visibile del suo volto impallidisce e allenta la stretta sulla mia mano. «Kate?»

«Possiamo parlare?» gli chiede lei. Gli sorride come per disarmarlo, ma c'è un tocco di lamentosa disperazione nella sua voce.

Nella mia testa risuonano i campanelli d'allarme.

No, non rovinarci la serata. Chiunque tu sia, vattene. Non portarmi via la cosa più bella che mi sia mai capitata.

Jaeger si volta nuovamente verso di me, con lo sguardo fisso sul tavolo. Alza gli occhi con un'espressione turbata prima di rivolgermi una specie di sorriso. «Tornerò subito, okay?»

Annuisco rigidamente. Lui mi stringe ancora una volta la mano prima di lasciarla andare. Segue la donna all'ingresso del ristorante, dove c'è sua sorella accanto al maître.

Che ci fa qui Kerstin?

Bevo l'acqua e aspetto che Jaeger torni. Passano venti minuti prima che appaia nel corridoio verso il nostro tavolo, strofinandosi la fronte. Alza la testa, con gli occhi seri. «Mi dispiace.» Deglutisce, sembra distratto. «Devo portarti a casa. Ho un problema di famiglia.»

«Va tutto bene?» Ovviamente no, ma che cosa posso dire senza far sembrare che stia ficcanasando, che è esattamente ciò che vorrei fare? Chi è questa donna? E perché mi sta scaricando per lei?

Mi alzo e prendo la borsa.

Jaeger mi accompagna fuori dal ristorante prima di rispondere alla mia domanda. Mi apre la portiera e mi aiuta a salire, appoggiandosi poi al telaio della cabina come se avesse bisogno di sostegno. «Era Kate, la mia ex-ragazza. È andata a casa dei miei genitori e c'era mia sorella. Kerstin sapeva dove avevo intenzione di portarti stasera.»

«*Quale* ex-ragazza?» Magari ce n'erano parecchie e questa era una ex qualsiasi e innocua che era per caso nello stesso ristorante. *Ex-ragazza* e *innocua* non vanno esattamente d'accordo, ma può succedere. Okay, sto cercando di negare l'evidenza.

«Cali, sei l'unica ragazza che ho da cinque anni. Kate è la mia ex. *Quella* ex. Quella che... Beh, comunque, è la persona con cui ho rotto subito dopo il mio incidente.»

«Jaeger, che cosa ti ha fatto quella ragazza? Sembri sconvolto.»

Naturalmente la sua ex doveva farsi viva una volta che

Jaeger aveva voltato pagina. È la legge di Murphy. Ma lui è con me adesso e io sono maledettamente felice con lui. Non voglio pensare esattamente a quanto sono felice perché probabilmente mi farebbe a pezzi se finisse.

«Non aveva fatto niente... No, ritiro tutto. Ha fatto un mucchio di cose allora. E non sempre a me. Solo... Non sempre mente.»

Sembra veramente sconvolto e non è da lui. «Jaeger, che cos'è successo?»

«Kate ha detto...» Si stacca dal pick-up e si mette diritto anche se sembra sul punto di cadere. «Ha detto di aver avuto una figlia e che è mia. Vuole che siamo una famiglia.»

Capitolo Ventiquattro

La mia mente si svuota completamente e poi un turbinio di fatti e domande, misti a qualche imprecazione, cerca disperatamente di uscire.

Com'è potuto succedere? Non può averlo. Io-io... A me piace. Tanto. Davvero tanto. Perché ha aspettato fino a ora per dirglielo? Non ha senso. L'ha scaricato e lui ha passato un anno facendo riabilitazione. Mi ha detto di non averla più rivista... Non avrebbe potuto sapere se era incinta.

Cazzo. Solo... *Cazzo*.

Non ricordo il viaggio verso casa. Passa in un lampo e poi c'è Jaeger che mi accompagna verso la porta. «Non preoccuparti, Cali. Andrà tutto bene. Lascia che scopra che cosa sta succedendo.» Fa un respiro tremante. «Che cosa è *veramente* successo. Perché non mi fido di lei. C'erano voci, dopo la nostra rottura, che mi fosse stata infedele. E, ovviamente, ci sono tutte le cagate che ha fatto mentre stavamo insieme. Lo scoprirò e poi ti chiamerò, okay? Solo... Me ne devo occupare.» Annuisco, lui mi dà un piccolo bacio sulla guancia e torna al suo pick-up.

Non è così che immaginavo la fine della serata. Com'è

possibile che una cosa così giusta finisca in un modo così orribilmente sbagliato? Mi hanno fatto il malocchio?

Jaeger alza gli occhi una volta salito, con un'espressione addolorata sul volto prima di accendere il motore e uscire dal vialetto.

Ingoio il nodo che mi si è formato in gola e apro la porta dello chalet. Gen sta facendo qualcosa in cucina mentre Tyler è spaparanzato sul divano.

Si alza immediatamente. «Che cos'è successo? Perché sei tornata così presto?»

Mi abbandono sulla poltrona reclinabile, fissando nel vuoto davanti a me, cercando di elaborare quello a cui non voglio credere. «L'ex di Jaeger ha interrotto il nostro appuntamento.» Agito una mano, con una sensazione folle che mi nasce in petto. «È apparsa in mezzo al ristorante. Ha detto che aveva avuto una figlia e che era di Jaeger.»

Tyler mi guarda con gli occhi fuori dalla testa. «*Cosa?*»

Gen entra in soggiorno con un guanto da forno su una mano. Gen non cucina quindi l'immagine è assurda. Proprio come il resto della serata.

Abbasso il volto tra le mani e stringo forte gli occhi. «Potremmo *non* parlarne?» Dopo un secondo mi rendo conto che abbassare la testa in quel modo permette alla gravità di attirare le lacrime più vicine alla superficie. Alzo la testa e deglutisco, sbattendo parecchie volte le palpebre.

Gen guarda Tyler, sgranando apposta gli occhi.

Tyler ha ancora la bocca aperta. Vede l'espressione di Gen e annuisce, poi prende il telefono e comincia a scrivere febbrilmente un messaggio.

«Lascialo stare, Tyler» dico. «Sta cercando di capire che cosa sta succedendo. Non lo sa nemmeno lui.»

Tyler continua a scrivere freneticamente.

Mi alzo e vado in bagno. «Vado a letto.» Mi tolgo il

trucco e poi mi trasferisco in camera, dove appendo il bel top per cui ho sprecato i miei soldi. Mi sdraio ma non riesco a dormire. Mi fa male il petto.

Sotto la porta filtra il suono di Gen e Tyler che parlano a voce bassa in soggiorno. È in quel momento che cade la prima lacrima.

No, non piangerò. Non voglio piangere per un altro uomo quest'estate. È patetico.

Altre lacrime rotolano sulle guance, atterrando sul colletto del mio comodo pigiama di flanella.

Okay, piangerò stasera, ma è tutto. Dopo stasera niente, a meno che... Per favore, fa' che non ci sia un *a meno che*. Fa' che sia tutto un grande, orribile errore.

* * *

Jaeger non mi ha chiamato per due giorni dopo il nostro appuntamento interrotto. Due fottuti giorni!

Sto morendo. Sono passata dal fissare il telefono a passare ore a disegnare sotto gli alberi, a camminare senza meta intorno al vicinato fino a finire vicino al lago. Il lato positivo è che le braccia stanno diventando muscolose per tutti i sassi che ho tirato nel lago per calmarmi.

Ogni volta che prendo il telefono per chiamarlo, ricordo che mi ha detto che mi avrebbe chiamata quando avesse capito che cosa stava succedendo. Non ha mai esitato a mettersi in contatto con me in passato. Posso solo presumere che stia ancora avendo a che fare con la sua ex. O che si stia rimettendo con lei. Ma no, quella è la ragazza che gli aveva scaricato addosso palate di merda... È difficile non pensare al peggio. Una parte di me si aggrappa alla speranza che tutto si rivelerà essere un enorme errore.

Nel frattempo, ho controllato online le offerte di lavoro

a South Lake Tahoe e ho spedito curricula e domande di lavoro. Cercare un lavoro mi aiuterà a distrarmi.

I corsi d'arte non cominceranno ancora per qualche giorno. Se lavorassi almeno trenta ore come cameriera o mazziere in un altro casinò potrei farcela con le spese per il vitto e l'alloggio e il costo del college statale. La retta qui non è astronomica come ad Harvard e in altri posti. Con i nuovi corsi, un nuovo lavoro, praticamente una nuova vita, potrei sopravvivere al cuore infranto.

Forse.

Okay, non ne sono sicura. Jaeger mi ha colto di sorpresa e adesso ho tutti questi sentimenti che non avevo mai provato prima. Se metterà fine alla nostra relazione mi spezzerà il cuore. Stranamente, andare a frequentare la Facoltà di Legge molto, molto lontano sarebbe più facile che non restare nei paraggi e vedermi strappare dalle braccia l'uomo di cui mi sono innamorata.

Innamorata? Okay, basta introspezione per questa mattina.

Entro nello chalet dal portico dove sono rimasta a disegnare per l'ultima ora. È diventato il mio office e il mio studio d'arte. «Dov'è Gen?» chiedo a mio fratello, seduto al tavolo della cucina a scrivere sul suo laptop.

«Ha detto che stava uscendo.»

«Ha detto dove stava andando?» La nostra conversazione era servita a sanare un po' della distanza tra di noi ma non avevamo avuto il tempo di parlare di tutto. In queste ultime settimane avevo immaginato che Gen passasse il tempo con Nessa, ma ora mi sto chiedendo se sia vero.

Tyler si ferma per un momento e beve un sorso di caffè dalla tazza con la scritta "La migliore mamma dei gatti al mondo". O Tyler è meno schifiltoso quando si tratta di tazze di me e Gen, oppure vuole essere ironico.

«No. Ehi, che ne pensi di quella ragazza, Nessa? È disponibile?»

Okay, questa non me l'aspettavo.

Vado in cucina e prendo gli ingredienti per farmi un sandwich. Ho un colloquio questo pomeriggio con il casinò davanti al Blue. È un posto più piccolo e sono sicura che parlerò direttamente con il Direttore dei Giochi. Sono in ansia, visto che l'ultimo Direttore del Giochi mi ha licenziato, ma questo casinò sembra che non si dia tante arie come la direzione del Blue. Forse parlare con qualcuno della direzione è un buon segno.

«Non so se Nessa è disponibile. Che cos'è successo con la cameriera del Blue che ti ha presentato Gen?»

Tyler fa una smorfia inorridita. «Merda, Cali. Quella ragazza è pazza. Si è ubriacata e mi è salita in grembo. *In un ristorante.* Mi sono sentito una vergine che difendeva la sua virtù.»

«Tu hai una virtù?»

«Immagino di sì» mi risponde orgogliosamente.

Ridacchio, inalando inavvertitamente un pezzo di pane che mi ero messa in bocca. Tossisco finché torna su.

«Attenta, sorellina. Non ammazzarti. Non è stato divertente.»

«Vorrei essere stata lì.»

«No, assolutamente. Era una maledetta piranha.»

«Una mangiauomini? Sei serio?»

«Ha cercato di slacciarmi i pantaloni!» esclama con la voce piena di stupore.

«Sei così sexy, Tyler. Come fai a gestirle?»

«Non prendermi in giro, Calzone. Tu non lo vedi perché sei mia sorella, ma sono merce bollente» dice, usando il soprannome che mi aveva dato da piccola

Lamentarsi di un orribile nomignolo porta solo a

sentirlo più spesso, quindi mi mordo le labbra. «Se è così, come mai hai avuto bisogno che fosse Gen a presentarti qualcuno?»

Tyler fa spallucce. «Gen me l'ha offerto e ho pensato di provare.» Scuote lentamente la testa. «Mai più, Cali. Mai. Più.»

Rido e vado in camera a cambiarmi e prepararmi per il mio primo colloquio. Avere Tyler intorno mi solleva il morale. Comunque vadano le cose, sono fortunata ad avere i miei amici e la mia famiglia. Vorrei solo che Jaeger chiamasse.

Capitolo Venticinque

Paul Qualcosa, il capo dei Giochi del casinò di fronte al Blue, guarda i suoi appunti con la bocca stretta. «Ah sì, Cali.» Tamburella le dita sulla scrivania e si ferma quando si rende conto di che cosa sta facendo. «Il mio assistente ha appena parlato con il suo precedente datore di lavoro. Mi scuso per averla fatta venire fin qua, ma sembra... Beh, sembra che non possiamo offrirle il posto.»

Cosa? Una mosca avrebbe potuto posarsi sulla mia lingua e non sarei comunque riuscita a chiudere la bocca. Con l'esperienza fatta al Blue, dovrebbe essere facilissimo ottenere la posizione di mazziere in questo casinò più piccolo.

Segue una lunga pausa imbarazzante, mentre tento di elaborare le sue parole. «Mi scusi, ma non capisco» dico. Il colloquio è appena cominciato. Non ho nemmeno avuto l'opportunità di incasinare una risposta. Che cosa sta succedendo?

Paul annuisce con le mani strette. Il tic accanto all'occhio non promette bene. Non è freddo e impassibile come il

Direttore dei Giochi al Blue. Questo tizio non riesce a nascondere il suo disagio.

«Dato che è venuta fin qua, le dirò che l'ufficio personale ha confermato che era stata impiegata al Blue, poi ha trasferito la chiamata a un dirigente, che non è sceso nei particolari, ma ha detto che non l'avrebbero mai riassunta. Mi scuso per l'inconveniente, ma per noi è un motivo sufficiente per non prenderla in considerazione.»

«Ma... Ma...»

Mi era stato detto che perdere il posto al Blue non avrebbe avuto conseguenze per me, visto che era una questione di idoneità, purché firmassi una lettera di dimissioni. Cosa che avevo fatto.

Paul si alza e tende la mano. «Le auguro buona fortuna, signorina Morgan.»

Le mie gambe mi sollevano, lentamente ed esitanti, come se nemmeno loro ci potessero credere. Gli stringo la mano e liscio la gonna blu scuro con le dita tremanti. Con il viso in fiamme, passo davanti alla receptionist in fondo al corridoio e premo il tasto per il pianterreno.

Come farò a trovare un lavoro se il Blue non mi dà delle referenze decenti? Le mie precedenti esperienze lavorative, in un negozio di fiorista e come tutor non mi aiuteranno a trovare un lavoro ben pagato in un casinò. Avevo ottenuto il posto al casinò tramite un'amica di mia madre. Ho bisogno delle loro referenze come trampolino di lancio.

Il giorno dopo, altri due casinò chiamano per annullare il colloquio. L'ultimo posto aveva fatto un paio di domande dicendomi che mi avrebbero richiamata dopo aver controllato le mie referenze. Non li ho più sentiti.

Un ristorante, sono disperata e ho dovuto chiamare l'amica di un'amica, aveva detto la stessa cosa che mi aveva detto Paul. Che avevano parlato con qualcuno al Blue che aveva detto di non potermi raccomandare per il lavoro.

Non aveva nemmeno mai fatto niente di sbagliato al Blue. Tranne far incazzare Drake.

Mi stava sabotando? Perfetto, veramente perfetto.

Non ho un lavoro, sto finendo i soldi e il mio futuro è incerto. Aggiungeteci il fatto che non sento il mio ragazzo da quattro giorni, da quando la madre di sua figlia è tornata in città, e sono pronta a mettere le tende vicino alla gelateria.

Ho ceduto e ho chiamato Jaeger questo pomeriggio. Mi ero detta che avrei aspettato che chiamasse lui ma non lo ha fatto e non potevo aspettare ancora. Jaeger non ha risposto, quindi ho lasciato un messaggio, ma non mi ha richiamata.

Sono stata scaricata? Di nuovo?

Quattro giorni da quando Kate aveva interrotto il nostro appuntamento al Tao e nemmeno una parola da Jaeger. Qualunque normale essere umano penserebbe che è finita. Avrei dovuto aver imparato la lezione dopo Eric, ma non riesco a capacitarmene. Con Jaeger era tutto diverso. Sospettavo già che con Eric fosse finita quando non aveva chiamato. Con Jaeger non so se riesco a credere che sia finita finché non lo sentirò da lui.

Mi sono iscritta a dei corsi, ma non ho soldi per pagarli. Mi rifiuto di scroccare soldi a mia madre, quando ha già passato anni a finanziare il mio college. Non sono nemmeno sicura che se lo potrebbe permettere, adesso che ha un mutuo da pagare.

Sono nella disperazione più nera.

Sto finendo la seconda vaschetta di gelato al burro di pecan, riflettendo come sia folle che, dopotutto, potrei finire per frequentare la Facoltà di Legge. Almeno ad Harvard ho già un prestito finalizzato che coprirà vitto, alloggio e retta.

Tutta quell'introspezione per finire dove ho cominciato? Depressa, ma sopravvissuta. Dev'esserci un altro modo.

Si apre la porta ed entra Gen. È già passata l'una di notte e indossa jeans aderenti e una canottiera. Nel frattempo, Tyler è ancora fuori con uno dei suoi amici.

Inarco un sopracciglio. Come ha osato non dirmi che sta frequentando qualcuno? «Dove sei stata? Avevi un appuntamento?»

Per un attimo, Gen sembra un'adolescente che cerca di entrare in casa di nascosto dopo il coprifuoco. Si siede sul divano, fissando il mio cartone di gelato. «Quanto ne hai mangiato questa settimana?»

Studio il cartone. «*Questa* settimana?»

Lei ride nervosamente. «Cali...»

«Cinque vaschette?»

Lei mi ficca un dito nella pancia. È piena di bontà gelata. «Penso che sia ora che la smetta. È ora che intervenga io.»

È buffo. Di solito sono io che devo intervenire quando Gen esagera con i libri sconci da cui è dipendente – la TV sconcia è okay – e il suo cattivo gusto quando si tratta di uomini.

Le do un'occhiataccia e carico il cucchiaio, ma non riesco a portarlo alla bocca. Sono sazia. Ho mangiato tanto gelato negli ultimi giorni che sono diventata immune a tutto quello zucchero, come una drogata.

«Non ho bisogno di un intervento. Ho bisogno di un lavoro. Ho bisogno di una vita.» Mi trema la voce all'ultima parola.

«Lo so, tesoro.» Mi mette il braccio sulle spalle. «Hai passato dei momenti difficili, ma è ora di riprenderti.»

«Come?» Affondo nel divano e mi rannicchio contro di

lei. Essere un fallimento fa schifo. «Non so che cosa sto facendo.»

«Sì che lo sai. Sei un'artista. Hai seguito tutti quei corsi sofisticati al college perché per te era facile ed è quello che avrebbero fatto gli altri se avessero avuto il tuo cervello. Ma adesso devi pensare a come vuoi vivere il resto della tua vita.»

Gen aveva dovuto affrontare parecchie difficoltà mentre io avevo vissuto una vita relativamente facile. I soldi erano pochi, ma a casa avevo avuto una vita tranquilla, mentre Gen aveva dovuto superare parecchie prove, nessuna delle quali facile, mentre cresceva con sua madre. Era una meraviglia che fosse diventata così normale. È più forte e saggia di quanto creda.

«Ho pensato a quello che voglio fare e non sta funzionando. Dovrei semplicemente frequentare la Facoltà di Legge» borbotto. «Non è troppo tardi. Non ho mai mandato la rinuncia.»

Gen mi prende per il mento e mi solleva la testa finché mi guarda dall'alto. «Non buttare via la tua vita solo perché sei spaventata.» Mi aveva parlato delle sue paure e di come l'avessero frenata. Sta parlando per esperienza.

Pensavo di avere già capito tutto, ma era artificiale, superficiale. Avrei dovuto concentrarmi sulla mia vita e lasciare che Gen si occupasse della sua. Se la sta cavando benissimo senza la mia interferenza.

Okay, basta compiangersi. Rimetto a forza il coperchio alla vaschetta di gelato e l'appoggio sul pavimento.

Gen mi guarda, approvando. Si sposta, battendo il piede per terra, con il mento appoggiato al pugno, come se stesse pensando.

Sembra bella e potente. La mia amica è cambiata negli

ultimi due mesi. È ancora lei, solo più sicura di sé. Io pensavo di esserlo, e magari lo sono, ma era perché gli altri mi dicevano che ciò che stavo facendo era fantastico, non perché io pensassi che lo fosse. Quando uscirò da questa impasse, sarò più forte e più sincera. Sarò più sicura di me perché ciò che sto facendo mi rende felice, non perché è quello che si aspettano gli altri.

«Scommetterei che Drake ha qualcosa a che vedere con il fatto che il Blue ti dia pessime referenze» dice. «Farai fatica a trovare un lavoro.»

«Lo so, ho già pensato anch'io che ci sia lui dietro a tutto.»

Gen stringe gli occhi e guarda distrattamente in giro. Poi annuisce come se stesse avendo una silenziosa conversazione con se stessa. «L'ho già accennato a Nessa. Ne parlerò con lei. Troveremo qualcosa.»

Chiudo gli occhi e sospiro pesantemente. È difficile immaginare che ci sia un lavoro in giro che non richieda referenze e che comunque paghi a sufficienza per coprire le mie spese. Ma per quanto la situazione lavoro mi pesi, non è la cosa che mi fa più male in questo momento.

Gen mi stringe la mano, fissandomi in volto. «Non so perché non abbia chiamato, Cali. Si sta occupando della situazione. È roba pesante. Hai tentato di parlarne a tuo fratello? Ha saputo qualcosa?»

«Jaeger è sparito. Non risponde alle telefonate. Non ha mai risposto ai messaggi di Tyler.»

«Dagli tempo. Sono solo pochi giorni, se pensi a quello che sta passando. Non dimenticare che è uno dei bravi ragazzi.»

«Lo so.» Mi si riempiono gli occhi di lacrime. Scuoto la testa. «Fa ancora più male.»

«Peggio che con Eric» dice, capendo senza che abbia bisogno di dirlo io.

«Perdere Eric non è stato niente in confronto a questo. Con Eric è stato il mio orgoglio a essere ferito ed ero triste, ma questo... Questo è come se qualcuno avesse usato un punteruolo per farmi un migliaio di buchi nel cuore.» Mi sposto e le metto la testa in grembo.

Gen me l'accarezza per parecchi secondi. «C'è solo una cosa da fare in questa situazione.»

«Chiedere un trapianto di cuore?» mormoro.

Lei allunga il braccio, schiacciandomi il cranio sulle gambe. La TV si accende e alzo gli occhi. Sta cercando su Netflix. Lo chalet è antico, ma l'intrattenimento è okay.

Ovviamente, il proprietario è un uomo.

Gen si ferma su *Che cosa farebbe William Pelt?*. «Guardiamo il sexy William per dodici o quindici ore finché il nostro cervello va in pappa.»

Non male come soluzione. Gen e io ammiriamo gli addominali di William e le sue disavventure amorose per un paio d'ore. Finisco per ridere così forte che il pancino da gelato ha i crampi.

La vita potrebbe andare peggio. Ma vorrei tanto che le cose cominciassero a funzionare di nuovo.

Capitolo Ventisei

opo la serata con Gen e la nostra maratona TV di *William Pelt*, Jaeger ha finalmente chiamato. Ero nella doccia e ovviamente l'ho mancato. Non l'ho richiamato perché Gen mi aveva organizzato di nascosto un colloquio di lavoro mentre guardavamo la TV. Ha scambiato un sacco di messaggi con Nessa e questa mattina mi sono svegliata con questo messaggio sul frigorifero: *Sallee Construction, Pinecone Chat Business Center. Colloquio con John Sallee alle quattordici. Nomina me e Nessa e non arrivare in ritardo.*

Non posso chiamare Jaeger perché devo superare questa intervista senza andare in pezzi. È la migliore opportunità potenziale che abbia avuto; dovrebbe essere un amico di Nessa, quindi potrei avere la possibilità di ottenere il lavoro. Quattro giorni sono troppi senza chiamare la tua ragazza quando sai che sta aspettando tue notizie. Non ho idea di che cosa dirà Jaeger, ma non riesco a immaginare che sia qualcosa di buono.

Non mi è sfuggita l'ironia di come questa estate sia cominciata con me che credevo di avere tutto ben chiaro in mente, decisa ad aiutare Gen, e come stia finendo a posizioni invertite.

Mi sarebbe piaciuto fare qualche domanda (o cento) a Gen sul colloquio di lavoro, ma è uscita presto. Gen, quella del *Tu-non-ti-alzerai-prima-delle-dieci*. C'è qualcosa in ballo ma è riuscita a evitare le mie domande sulla persona con cui era stata la sera prima di rientrare, la stronzetta.

Sono riuscita a ottenere un paio di particolari tramite messaggi prima che mi dicesse che stava per uscire dal campo. Nessa conosce il proprietario della Sallee Construction e Gen ha detto di portare i miei schizzi. Non mi ha detto di che lavoro si tratta, ma immagino che abbia a che fare con l'arte.

A chi importa se non è così? Sono disperata.

Mi fermo al Pinecone Chalet Business Center a un quarto alle due, con le dita incrociate. Se non otterrò questo lavoro non so che cosa farò. Mi sono auto-minacciata dicendo che sarei andata ad Harvard, ma so che non lo farò. In effetti, questa mattina ho mandato la rinuncia ufficiale. Se questo lavoro non funziona ne troverò un altro. Magari non pagherà altrettanto bene e dovrò rimandare i corsi d'arte per un po', ma sarà l'inizio di qualcosa che mi sembra giusto.

Entro nell'ufficio della Sallee Construction e divento immediatamente ottimista. La receptionist indossa un paio di jeans scoloriti e un top viola. I capelli biondi crespi sono raccolti con un elastico. Sembra un tipo pratico e amichevole, la completa antitesi della receptionist al Blue che mi aveva consegnato gli ultimi documenti. Spero che sia un buon segno.

«Solo un momento, tesoro.» Sta scrivendo con la punta delle dita dalle unghie corte e prende appunti su un registro di fianco. «Okay» dice sorridendo. «Cosa posso fare per te?» chiede, dandomi direttamente del tu.

«Sono Cali Morgan. Ho un appuntamento con John Sallee. Mi hanno raccomandato Geneviève Tierney e Nessa Villanueva.»

«Ti sta aspettando. Entra pure. Prima porta sulla sinistra.» Sorride ancora e torna a guardare il suo computer.

La porta dell'ufficio di John Sallee è aperta e mi avvicino. Sta cercando tra i documenti sulla sua scrivania. Busso alla porta.

Lui alza gli occhi, sorpreso per un attimo, prima di sorridere calorosamente. «Devi essere Cali.» Spinge di lato la pila di documenti che stava controllando, anche se non so perché. La scrivania è coperta di carte e disegni arrotolati, come il resto del suo ufficio. Spostare la carte non creerà spazio, per quello gli servirebbe un distruggi documenti. «Entra.»

Mi siedo davanti a John, tenendo la schiena diritta per riuscire a vederlo oltre la montagna di roba che ha sulla scrivania. Che sia o meno disordinato, ha una di quelle facce amichevoli con la pelle abbronzata e rughe di espressione che rispecchiano il suo sorriso.

«Allora, ho sentito che ti serve un lavoro» dice.

Perfetto, adesso sono un caso pietoso.

«E sei amica di Gen e Nessa.»

«Gen è la mia migliore amica. Siamo andate al college insieme, alla Dawson University. Ho conosciuto Nessa tramite Gen.» Non parlo del casinò. John può leggerlo nel mio CV. Non sto nascondendo il fatto di aver lavorato lì, ma non ho nemmeno intenzione di ricordarglielo. Riceverebbe gli stessi commenti che hanno ricevuto gli altri capi del personale.

Lui annuisce, fissandomi. «Gen ha detto che stai rinunciando all'opportunità di frequentare la Facoltà di Legge ad Harvard per dedicarti all'arte.»

Pensavo che John fosse un contatto di Nessa. Quando gli ha parlato Gen?

John fischia. «Sicura di volerlo fare?»

Alzo il mento. «È un anno che sto riflettendo su una diversa carriera.»

La verità è che stavo rimuginando sul fatto che è un anno che l'idea della Facoltà di Legge non mi entusiasmava. Non mi ero resa conto fino a quest'estate quanto la paventassi. Al penultimo anno delle superiori, il fatto che mi piacesse discutere con la gente sembrava un buon motivo per diventare un avvocato, ma ora non più. Mi ci è voluta una vita per rendermene conto. Sono testarda, lo so.

«Mmm-mmm. Bene...» Guarda un foglio davanti a sé. «Qui dice che hai intenzione di fare un corso di CAD.»

«Comincia stasera.»

«E che hai seguito un corso avanzato di Economia Aziendale alla Dawson e che sei esperta di matematica.»

«Matematica superiore, sì.»

Se vuole che mi occupi di calcolo avanzato, tutto bene. Se mi chiede dov'è la sinistra o di fare una semplice addizione, il mio cervello potrebbe implodere. L'unico modo in cui ero riuscita a non fare errori al casinò era stato mandare a memoria le combinazioni di carte.

«Okay, bene. Abbiamo un architetto che mi fa pressione da un po' perché assuma un'assistente con esperienza di CAD. Una volta imparato a usare il CAD, lavorerai unicamente con lui. Fino ad allora, farai un po' di tutto per l'architetto e l'ingegnere. Un'artista serve più spesso di quanto tu possa credere in questo tipo di lavoro.» Si appoggia allo schienale. «Che ne pensi, Cali? Ti sembra che vada bene?»

Sta scherzando? «Mi sembra perfetto.»

Lui ridacchia. «Bene. Potrebbero chiederti di tutto: dall'andare a prendere il caffè a disegnare le fondamenta, perciò preparati. Pagherò il salario base più l'assicurazione sanitaria. Avrai un aumento una volta completato il corso di CAD.»

John mi dà alcune cifre e, con qualche rapido calcolo sul telefonino quando torno in auto, mi rendo conto che riuscirò effettivamente a sopravvivere con il salario che ha citato. Non è quanto guadagnavo come mazziere, ma il salario aumenterà quando avrò imparato a usare il CAD e guadagnerò abbastanza da vivere comodamente.

Cosa ancora più importante, è un lavoro. Con l'assicurazione sanitaria. E potrò disegnare. In questo momento potrei baciare Gen e Nessa.

La società ha bisogno di qualcuno subito, quindi comincerò dopodomani. John ha detto di aver programmato una riunione dello staff e darà le direttive in modo che i suoi collaboratori non esagerino nell'assegnarmi i lavori. È effettivamente ansioso di avermi a bordo e non ha chiesto le referenze. Il mio legame con Gen, gli schizzi che ho portato su suggerimento di Gen e i miei voti al college sono stati sufficienti perché mi assumesse immediatamente.

Sono così eccitata che sto tremando. Arrivo allo chalet e Tyler è seduto sulla piazzola di cemento, il nostro portico anteriore. Ha le gambe stese sulla terra. Alza gli occhi e il sorriso che mi era rimasto appiccicato sul volto per tutto il viaggio svanisce.

Qualcosa non va. Ha gli occhi spiritati e la bocca tesa. Scendo dall'auto e vado da lui. «Che cos'è successo? Stai bene?»

Tyler raccoglie un ago di pino marrone e lo rigira tra le dita. «Ho parlato con un amico che si è imbattuto nella sorella di Jaeger.»

Sento il cuore che batte forte in petto.

Mi siedo accanto a lui e la polvere sulla piazzola mi sporca la gonna blu scuro che avevo messo per il colloquio. «Forza, sputa.»

Tyler piega le gambe e appoggia un braccio sul ginocchio. «L'ex di Jaeger si è trasferita da lui.»

Il dolore mi colpisce come fosse un proiettile, immediato e acuto.

Deglutisco e mi alzo in piedi barcollando, afferrandomi alla parete della casa.

Tyler alza gli occhi. «Cali?»

Apro la porta e vado in camera, chiudendo a chiave la porta.

È finita. Non ho bisogno di sentire la verità da Jaeger e permettere che le cose si trascinino come è successo con Eric. Mi ucciderebbe. Mi sembra già di stare morendo in questo momento.

Capitolo Ventisette

Jaeger chiama e mi manda parecchi messaggi dopo il mio ritorno a casa. Cancello il suo numero dal telefono.

Perché non mi ha detto quello che stava succedendo? Non meritavo di sapere che si era rimesso con la sua ex prima che lei si trasferisse da lui? Che cos'hanno gli uomini che non va?

Nei giorni seguenti, mi tengo occupata con i corsi e il mio nuovo lavoro, ma diavolo se fa male. Tanto. È come sapere che Jaeger e Kate sono insieme mi abbia carbonizzato il cuore lasciando al suo posto una brutta, nera cicatrice.

Il mio primo giorno di lavoro incontro tutti i dipendenti della Sallee Construction. Ecco in cosa consiste il mio nuovo posto di lavoro: un gruppo di uomini, la receptionist di mezz'età e io. Ottengo un mucchio di attenzione. E non posso apprezzarla perché il mio cuore non prova più niente.

Gli uomini più anziani mi trattano come se fossi una figlia, quelli più giovani mi fissano quando pensano che non li guardi. L'architetto e l'ingegnere civile sono tra gli anziani e mi tengono occupata con diversi progetti.

Ero preoccupata che sarei rimasta incastrata a portare caffè e brioche finché non avessi imparato a usare il CAD ma non è stato così. Bill, l'architetto, ha visto i miei disegni il primo giorno e mi ha immediatamente chiesto di produrre la versione artistica di un centro commerciale esclusivo per un progetto a sud dei casinò, completo con le caratteristiche del paesaggio. Ho dovuto fare ricerche sulla diversa flora regionale, il che mi ha dato delle idee per i prossimi schizzi, quando avrò del tempo libero.

Ho un corso la mattina e uno la sera e in mezzo c'è il lavoro. Non ho ancora capito come riuscirò ad andare regolarmente da un punto all'altro senza un'auto, ma tra i passaggi di Gen e Tyler e l'autobus finora me la sono cavata.

Sono quasi tutte donne nel mio corso d'arte, mentre sono tutti maschi nel corso di CAD. Ho parlato con un paio di persone di entrambi i corsi e ho trovato i gruppi completamente diversi, eppure tutti secchioni a pieno diritto. Io sono la più nerd di tutti, ovviamente, dato che frequento entrambi i corsi. Sono una nerd ad ampio spettro.

È più difficile arrivare al corso di CAD la sera, perché Gen deve lavorare e Tyler vuole avere una vita sociale. Ho chiesto in giro il primo giorno e uno dei ragazzi del mio corso che vive abbastanza vicino allo chalet ha accettato di passare a prendermi tre sere la settimana.

È mercoledì e Leo, il ragazzo del corso di CAD, mi sta accompagnando a casa.

«Hai fame?» mi chiede mentre andiamo a prendere la sua auto dopo il corso.

Leo è stato veramente carino e mi sono chiesta in più occasioni se stia cercando qualcosa di più di qualcuno con cui condividere il viaggio. Specialmente perché non avendo un'auto non posso reciprocare.

«No, ma è meglio se vado a casa. Ho un progetto in

ballo che mi richiederà un paio d'ore.» In effetti è solo lo schizzo delle cascate che abbiamo visto Jaeger e io al Fallen Leaf Lake.

Non ha senso che mi stia torturando con un disegno che mi riporta alla mente solo ricordi dolceamari. Nonostante abbia cancellato il numero di Jaeger dal telefono, i miei sentimenti per lui non si sono affievoliti, né sono cambiati. Sono testardi quanto me.

Leo mi guarda sorridendo. «Un'altra volta, allora.» È carino, con un velo di barba, capelli biondi disordinati e caldi occhi castani. È piuttosto alto, anche se un po' magrolino. Quando sono con lui non provo assolutamente niente. Nessuna scintilla, niente di niente. Tra il lavoro e i corsi sono circondata da uomini disponibili e non riesco ad apprezzarne nemmeno uno. È come se Jaeger mi avesse risucchiato tutte le sostanze chimiche necessarie a provocare l'attrazione.

Leo si ferma sul mio vialetto e mi abbasso per prendere la borsa sul pavimento, infilando dentro una matita che sporge da una tasca laterale.

«Stavi aspettando qualcuno?» mi chiede Leo.

Alzo la testa e il mio cuore manca un battito, forse due. Perché Jaeger mi sta aspettando davanti alla porta.

«No» dico con la voce un po' tremante.

Leo guarda me e poi Jaeger, con un'espressione che diventa esitante quando vede la sua stazza. «Vuoi che resti? Potrei...»

«Va tutto bene, è un amico.»

Per qualche motivo, mi sento in colpa per aver chiamato amico Jaeger, come se lo stessi tradendo con un altro quando non è così. Non posso dire che è il mio ragazzo, visto che la sua ex si è trasferita da lui. Per quanto ne so,

Jaeger è qui per retrocedermi dal rango di ragazza fissa ad amica.

Leo annuisce. «Okay allora, buona serata. Ti passo a prendere alla stessa ora venerdì?»

«Sarebbe perfetto. Lo apprezzo veramente, Leo.» Lui sorride.

Scendo dall'auto e chiudo la portiera, aspettando che Leo faccia marcia indietro. Mi saluta alzando la mano per un attimo prima di immettersi nella strada.

Sposto lentamente le spalle poi i piedi e poi gli occhi dalla ghiaia alla casa e a Jaeger che ha le mani infilate nelle tasche dei jeans. I gomiti sono piegati come al solito per adattarsi alla lunghezza delle sue braccia quando mette le mani in tasca. I muscoli sotto le maniche della t-shirt sono contratti. Ha la bocca tirata, un'espressione preoccupata, tesa.

Vado verso la porta, sorpassandolo.

Mi afferra la mano, ma la strattono via. «Cali, per favore. Dobbiamo parlare.»

«Tyler mi ha detto che stai vivendo con Kate.»

Jaeger sbatte gli occhi, sorpreso ma non turbato. Sospira. «Volevo dirtelo.»

«Che importanza ha come l'abbia saputo? È ovvio che hai voltato pagina.» Apro la porta e lui mi segue dentro. Non c'è nessuno in casa e la cosa mi infastidisce. Non voglio restare da sola con lui.

Tutte quelle reazioni chimiche che erano andate in letargo con gli altri, si sono risvegliate appena l'ho visto.

Vado direttamente in cortile. Almeno saremo all'aperto e non dovrò sentire il suo profumo, sentirlo così vicino.

«Mi dispiace che ci sia voluto tanto per chiamare. Avevo una commessa da finire e poi sono andato fuori città per un paio di giorni.»

Era andato in vacanza? Con la sua ex? Pensa che sia una spiegazione accettabile perché ha aspettato giorni per chiamarmi? «Okay, Jaeger. Perché sei qui?»

Jaeger stringe i denti. «Sto cercando di dirtelo, Cali, ma me lo stai rendendo difficile.»

«Difficile? *Io* te lo sto rendendo difficile? Vuoi sapere che cosa fa schifo? Scoprire che il tuo ragazzo ha un figlio. Vuoi sapere che cos'altro fa schifo? Che ti molli per la sua ex. Fuori da casa mia, Jaeger!»

Sono isterica. Tutto il dolore accumulato si sta scaricando su di lui. Almeno il bersaglio è giusto.

«Non me ne vado» dice con calma. «Dobbiamo parlare. Non capisci...»

«Che cosa?» alzo le mani. «Che è finita? Oh, l'ho capito quando Tyler mi ha detto che vivi con la tua ex! Non c'è molto da fraintendere.»

«Cali...» I suoi occhi sono dolci e caldi. «Se non fossi così frustrato ti bacerei. Mi è mancato il tuo spirito.»

Lo guardo socchiudendo gli occhi. «Ti sei bevuto il cervello?»

Jaeger sospira, si avvicina e mi prende in braccio. «Probabile. Mi sento un po' folle in questo momento.»

Guardo il terreno che non è più sotto i miei piedi. «Mettimi giù, accidenti, boscaiolo gigante!»

«Okay.» Si volta e rientra in casa.

«Aspetta, aspetta» dico, nel panico. Non in casa! Chi ha lasciato aperta la porta sul cortile? Cerco di liberarmi. «Fuori, Jaeger. Mettimi giù di fuori.»

Lui guarda indietro con un'espressione preoccupata. «Non sei veramente arrabbiata, vero?»

«Metterò le tue palle...»

«Okay, va bene. Volevo solo esserne sicuro.»

Mi sposta sulla spalla, mi mette una mano sul sedere e apre la porta della camera.

«Non lì. Dobbiamo restare in soggiorno. Non voglio avvicinarmi a un letto con...» Atterro sulla schiena con gli occhi storti, senza fiato. «Che. Cosa. Stai. Facendo!»

«Sto tentando di farmi ascoltare dalla mia ragazza per un minuto.» Jaeger mi salta addosso, appoggiando il peso sulle braccia di lato alla mia testa.

Ignora completamente il mio cipiglio e mi dà una beccatina sulla bocca prima di distrarsi, guardandomi come se avesse intenzione di accamparsi qui per un po'.

«Kate ha in mente qualcosa» dice. «Non posso ancora provarlo. Sono andato a North Shore dove dice di aver vissuto per un paio d'anni.»

Parla come se stessimo avendo una normale conversazione, come una coppia, non come se fosse un'intera settimana che non ci parliamo e non ci vediamo, come se non fossi incredibilmente furiosa con lui.

Forse si è *veramente* bevuto il cervello.

«Ho cercato di rintracciare i suoi amici, un vecchio datore di lavoro e non ho trovato niente. La donna con cui ho parlato alla Camera di Commercio dice che non c'è mai stata una ditta col nome che mi aveva dato dicendo che era il suo ultimo posto di lavoro.» Si china sui gomiti e mi toglie una ciocca di capelli dalla fronte.

Gli schiaffeggio via le dita.

Solo perché mi ha spiegato che il viaggio non era una vacanza con la sua ex, non giustifica la sua assenza.

Jaeger sorride per un attimo, poi la sua bocca si piega in giù. Gioca con il colletto della mia maglietta. «Kate mi ha mostrato la fotografia della bambina.» Espira bruscamente. Perfino il suo fiato odora di buono e di menta. «La bambina le assomiglia. Ma non so. Non riesco a capire se assomiglia a me. Anche Kerstin ha visto la foto e pensa che sia possibile, ma io non vedo la somiglianza. Ho detto a Kate che voglio fare un test di paternità. Prima si è infuriata, poi ha accettato... Purché viviamo insieme.» Mi guarda negli occhi e resta lì.

Ed è il motivo per cui tutta questa faccenda è incasinata. Quella tizia *vive* con lui.

Jaeger non è una cattiva persona e questo rende tutto più difficile. Sarebbe facile odiarlo se fosse egoista e terribile, ma sta cercando di fare la cosa giusta. Inoltre è estremamente sexy e, se devo essere sincera con me stessa, sono contenta che sia qui.

«Non ha soldi e dice che le hanno portato via la figlia perché non poteva mantenerla. La bambina vive con la sorella di Kate e suo marito a Reno. Per qualche ragione si rifiuta di darmi il numero di sua sorella, ma ho scoperto il suo indirizzo tramite un amico comune. Andrò là domani per sentire la campana di sua sorella. Sono sicuro che c'è qualcosa che Kate non mi sta dicendo.»

Nonostante sia furiosa, sto ascoltando e l'unica cosa che continua a girarmi per la mente è che mi ha definito "la sua ragazza" all'inizio della conversazione. Ed era serio. Nella sua mente, non è cambiato niente. «Perché deve vivere con te?»

Jaeger scuote la testa e di colpo noto le piccole rughe ai lati degli occhi e le occhiaie scure nella carne tenera di sotto. «Dice di non avere un altro posto dove andare. Se la bambina è mia, non posso non farlo. Cali. Non posso voltare loro le spalle. E questo include Kate.»

Mi dimeno e lo spingo via con tutta la mia forza. «Togliti di dosso, Jaeger.»

Lui rotola di lato. «Puoi ascoltarmi, per favore?»

Mi metto seduta. «Stai vivendo con la tua ex, stronzo!»

«Non è così. Sai che non sono così. Te l'ho detto. Sto con te adesso. *Voglio* stare con te. Io ti amo, Cali. Essere lontano da te mi uccide. L'unica cosa che mi ha impedito di impazzire in tutta questa storia è stato pensare di tornare da te. Di sistemare tutto in modo da poter continuare insieme.»

Mi ama?

«Se è vero, perché hai aspettato tanto a chiamarmi?»

«Ti ho chiamato e ti ho mandato parecchi messaggi.» Gli do un'occhiataccia. «Avrei dovuto chiamarti il giorno dopo il nostro appuntamento. Non è stato intenzionale» borbotta. «Hai idea di che rompiballe cosmica è la mia ex? Credimi se ti dico che sono pronto a trasferirmi. Dormo sul divano nel laboratorio. Resto il più possibile lontano da casa.» Si siede accanto a me. «Appena avrò accertato la paternità della bambina, Kate dovrà andarsene. Pagherò il mantenimento, farò tutto quello che serve, se la bambina è mia. Ma, Cali...» dice, implorante. «... Se è mia non posso abbandonarla. La bambina non ha avuto scelta, capisci?»

Espiro a lungo. Perché dev'essere una così brava persona?

Jaeger si china verso di me e strofina il naso contro la guancia, poi mi bacia sotto l'orecchio. «Per favore, non arrabbiarti. Cioè, voglio dire, hai tutti i diritti di essere sconvolta, ma per favore non lasciarmi. Non intendevo essere un partner assente. Ti amo, Cali. Ti amo.» Mi bacia e continua a strofinare il naso.

Oddio. Vorrei continuare a essere arrabbiata, ma non ci riesco! Gli credo. «Ti amo anch'io, ma sono arrabbiata con te.» Jaeger mi prende tra le braccia e mi tira verso di lui. «Non va tutto bene, Jaeger. Hai aspettato troppo a metterti in contatto.»

Lui sospira. «È vero. Non intenzionalmente. Il mio telefono si è scaricato mentre andavo a North Shore. Avevo talmente fretta di ottenere qualche risposta che ho dimenticato il caricatore. Non mi sono fermato a comprarne un altro, volevo solo tornare in fretta. I miei genitori e mia sorella erano pronti a tirarmi il collo. Mi dispiace, tesoro.» Mi sfiora le labbra con le sue e la mia bocca si ammorbidisce.

Non riesco a restare arrabbiata con lui, quando tutto ciò che dice ha senso. Jaeger non mi mette a disagio. È uno che dà il cuore.

«Mi sei mancato.» Le parole mi escono come se fossi arrabbiata. «E ti amo.» Questa volta il mio tono è più morbido.

Jaeger mi guarda negli occhi, studiandomi, e poi mi bacia prima che possa dire un'altra parola. Sto annegando e bruciando, un fuoco caldo e freddo insieme che si espande dal petto fino ai piedi. Lo stringo con tutte le mie forze e lo bacio finché a entrambi manca il fiato. Jaeger si avvolge le mie gambe intorno alla schiena e io mi inarco contro di lui.

Lui geme e continua baciarmi. «Ti amo. Mi sei mancata» dice tempestandomi di baci il collo e la parte alta del seno.

Poi si tira indietro e mi fissa il petto.

Mi appoggio ai gomiti, stordita. «Che c'è?»

«Indossi un Wonderbra? Le tue tette...»

Sento le guance in fiamme. «Potrei aver preso qualche chilo, tre, direi» ammetto, contrita. «Ho mangiato mezzo chilo di gelato ogni sera per l'ultima settimana.»

Jaeger inarca le sopracciglia.

«Riesci veramente a capire che le mie tette sono più grosse?»

Mi dà un'occhiata che dice: *andiamo, un po' di fiducia.*

«Gli uomini riescono a capirlo?»

Lui abbassa la testa, spinge in basso il top e il reggiseno e mormora: «Sì», continuando a baciarmi e leccarmi il seno.

Oh, ed è favoloso... Ma sto continuando a pensare a quella cosa delle tette. Se sembrano più grosse... «Ti sembro grassa?»

Jaeger emette un gemito. «Odio questa domanda.» Mi afferra il sedere, tirandomi contro la sua erezione. Scivolo dai gomiti e atterro sulla schiena. «Sei incredibile» mi dice contro il collo. «Hai un profumo incredibile, sei bella e piena di spirito. Ti ho convinto di quanto ti desideri?»

Ruoto i fianchi. «Uhm, sì. Torna dov'eri» dico e gli rimetto la mano sul mio seno.

Lui sorride e mi slaccia gli shorts con l'altra mano.

Sfruttiamo al meglio l'assenza di Gen e Tyler. Dopo un'ora che siamo nudi, decido che è meglio non sfidare la fortuna. «Dovremmo vestirci.»

Jaeger alza gli occhi dal suo posto di fianco a me, con una delle sue gambe dalla lieve peluria sopra entrambe le mie. «Non voglio andare a casa» si lamenta.

«Allora resta qui.»

«Davvero?» Si appoggia al gomito, con la testa sulla mano, e mi guarda.

Dio, ho appena chiesto al mio ragazzo di trasferirsi qui? Intendevo dire di restare per qualche ora, ma non credo che sia così che ha capito lui. Non potrei mai lasciarlo vivere qui senza parlarne prima con Gen. Inoltre, dove dormirebbe?

«Magari non in modo permanente. Ho una compagna di stanza e non c'è molto spazio con mio fratello in giro. Ma potresti dormire sul divano per un paio di giorni se davvero non vuoi vivere con Kate.»

L'offerta è puramente egoistica. L'ultima cosa che voglio è che il mio ragazzo viva con la sua ex.

«Sei sicura? Perché se è così, accetto. Stavo già

pensando di trasferirmi dai miei genitori finché sistemo le cose, ma così è molto meglio.» Mi bacia il capezzolo.

«Jaeger! Non possiamo farlo con mio fratello e Gen in giro.»

«Lo so, piccola.» Sorride. «Ma quando non ci sono ci daremo dentro!»

Capitolo Ventotto

«**S**ei sicuro di non volere che venga con te?» Ho le gambe incrociate alle caviglie in grembo a Jaeger, sul divano in soggiorno. Ha passato qui la notte e siamo stati due perfetti angeli mentre c'erano Gen e Tyler. Probabilmente perché avevamo sfogato le voglie represse prima che tornassero.

«Devi lavorare e probabilmente dovrei andare da solo a casa della sorella di Kate.» Jaeger si strofina la fronte e si passa le dita tra i capelli. Espira sbuffando e le piccole rughe intorno agli occhi sono ancora più profonde. Non sembra convinto.

«Ti preoccupa il poter incontrare tua figlia e non vuoi complicare le cose» dico, immaginando che cosa sta pensando.

Jaeger inspira dal naso e chiude gli occhi. «Se ho una figlia, sì. Però scommetto che non è mia. Ma se fosse così... Farò quello che devo fare, ma Kate è una bugiarda. Non ho ancora capito perché mentire su una cosa simile, ma dev'essere così. Siamo stati attenti... Almeno io.»

Detesto pensare a Jaeger con un'altra donna. «Non serve scendere nei particolari.»

Mi tira verso di lui e mi sfiora l'attaccatura dei capelli con le labbra. «Dovrei essere di ritorno per quando finirai di lavorare. Ci vediamo allora?» Annuisco e lui mi bacia sulla testa, poi mi mette le braccia intorno alla vita, stringendomi tanto da schiacciarmi i polmoni.

Mi piacciono i suoi abbracci. Potrei restare così per il resto della vita, senza cibo o acqua, ed essere perfettamente contenta, respirando il suo profumo per sostentarmi.

Ed è ciò che ho per affrontare il resto della giornata mentre sono al lavoro, il ricordo di essere tra le braccia di Jaeger e sapere che per fortuna mi ero sbagliata, grazie al cielo. Cioè, Kate resta un problema, ma non enorme come pensavo. Andrà tutto bene, purché Jaeger e io siamo insieme.

Ma ciònon mi impedisce completamente di preoccuparmi. Se Jaeger ha una figlia, che cosa significa per lui? Per noi? Mi piacciono i bambini, ma non ho passato molto tempo con loro.

Non mi aspettavo di dover avere un'esperienza sul campo prima di averne uno io... in un lontano futuro. E se Jaeger si rendesse conto che non sono brava con i bambini? Allora?

«Cali?» L'architetto, Bill, mi riscuote dal mio attacco d'ansia. Dovrei lavorare sul nuovo logo per i biglietti da visita della ditta, invece sto fissando nel vuoto. «Hai tempo di fare una rappresentazione artistica della proprietà di Lakeshore? Pensiamo che sarebbe utile con il comitato urbanistico.»

«Sì, certo.»

«Bene. Ti manderò il capo. Il figlio di John. Vi siete già conosciuti? Bravo ragazzo.»

Parecchi degli uomini che passano dall'ufficio sono piuttosto giovani, ma trascorrono la maggior parte del tempo nei cantieri. Gli uffici della Sallee Construction sono in un bell'edificio, ma lo spazio è limitato. La maggior parte degli impiegati non ha un ufficio. La mi scrivania è nella sala copie. Un po' pietoso, ma non m'importa. Per come la vedo io, mi dà maggiori possibilità di chiacchierare con la receptionist che è veramente dolce e viene in continuazione per fare le copie per John e gli altri.

Poco dopo, sto cercando di ricordare se uno dei ragazzi che ho conosciuto potrebbe essere il figlio di John quando bussano alla mia porta.

Finisco con cura la linea che sto tracciando per il prototipo del biglietto da visita e mi volto. Tiro indietro la testa, sbalordita. «*Tu?*»

Lo dico prima di pensarci, ma che diavolo!

Lewis aggrotta le sopracciglia. «L'amica di Gen» dice, confermando l'ovvio. Dopo una pausa, sembra riprendersi e fa un passo indietro. «Ho lavorato in cantiere negli ultimi giorni. Non mi rendevo conto che fossi tu l'artista che aveva assunto mio padre.»

Lewis è il figlio del signor Sallee? Ha senso se penso al suo legame con Nessa. È tramite Nessa che Gen ha conosciuto Lewis.

Dopo una lunga esitazione, durante la quale cerco di elaborare il fatto che adesso lavoro con Lewis, gli indico l'unica sedia nel mio ufficio.

Lewis si siede, sembrando un adulto in una sedia per bambini, consumando tutto il limitatissimo spazio della stanza. Lewis non è muscoloso come Jaeger, ma è atletico e alto un po' più di lui.

«Come sta Geneviève?»

Mi si rizzano i peli sulla nuca. La maggior parte della

gente non conosce il nome completo di Gen e mi innervosisce il fatto che lui lo sappia. «Bene» dico con cautela.

Lewis è alto, capelli scuri e pelle chiara come suo padre, anche se il suo volto non ha le rughe d'espressione, probabilmente perché non ride mai. Aggiungetevi gli zigomi alti e un mento forte e deciso e che cosa potrebbe non piacere? Ma non ho intenzione di lasciare che la mia migliore amica finisca un'altra volta con un traditore e, da quanto so, Lewis ha una relazione complicata con Mira.

Se ho imparato qualcosa quest'estate, è che Gen non ha bisogno che combatta io le sue battaglie. Se l'è cavata benissimo per conto suo. Dovrei tenere la bocca chiusa.

Cerco di rilassare le spalle e mi dico di darmi una calmata.

Lewis toglie due disegni a CAD in scala ridotta dalla cartelletta che ha in mano. Mi spiega in generale l'estetica dell'edificio di Lakeshore e mi mostra i disegni del piano paesaggistico. Il prodotto finale sarà un lodge di tipo svizzero a più piani, con un tocco di moderno e piante rispettose dell'ambiente.

Discutiamo della tempistica.

«Comincerò subito» gli dico.

Lewis si alza e va alla porta. Si volta a guardarmi mentre sistemo le matite colorare della mia scorta di materiale artistico. Sallee Construction potrebbe usare un software per le rappresentazioni artistiche, ma i dipendenti più anziani detestano imparare cose nuove e a quanto pare io costo meno e lascio loro il tempo di lavorare su altre cose.

«Di' a Gen...» Afferra lo stipite della porta. «Portale i miei saluti.»

Esito, poi ricordo che è il figlio del mio capo e non posso essere scortese con lui. «Certo» rispondo seccamente.

Mi fido di Gen, ma non di questo tizio. È rigido e, cosa più importante, per quanto mi riguarda, indisponibile.

Lewis esce ma lo sento parlare all'ingresso, che vedo dalla mia scrivania. I suoi modi sono asciutti mentre parla con la receptionist, ma poi lei dice qualcosa e il volto di Lewis si ammorbidisce. Lei ha quell'effetto sulla gente.

Mentre parlano si apre la porta d'ingresso ed entra Mira. Indossa un corto abitino estivo e sandali con la zeppa. Non riesco a capirla bene. Si comporta come se Lewis le appartenesse e fosse la sua principale ragion d'essere. Quello che posso dire di questa ragazza è che è stupenda, non che Lewis sembri notarlo. La guarda come fa con i suoi amici, in un modo completamente diverso da come guarda Gen.

Lewis si irrigidisce e parla con Mira a voce così bassa che non riesco a sentire. Lei sembra ignorare le sue parole e saluta la receptionist come se si conoscessero da anni. Probabilmente è così.

Dopo un momento, Lewis tira da parte Mira. Discutono, le loro voci si alzano finché lei sorride, senza che il sorriso arrivi agli occhi, ed esce con calma dalla porta, con il campanello che trilla dietro di lei.

Lewis si volta e i nostri sguardi si incrociano. Distolgo in fretta gli occhi, ma con la coda dell'occhio lo vedo che se ne va in fretta e furia.

Sento sbattere una porta in corridoio, confermando la mia opinione precedente. Lewis non è assolutamente disponibile.

E forse questa volta *dovrei* avvertire Gen.

* * *

Quella sera, quando arrivo a casa dal lavoro, Gen si sta preparando per il suo turno.

Entro in bagno e mi siedo sul coperchio del WC. «Lewis lavora alla Sallee Construction, è il figlio del proprietario.»

Gen appoggia la spazzola che aveva in mano sul ripiano e fissa il proprio riflesso nello specchio.

Non è la reazione che mi aspettavo. Risponde alla mia domanda se stia o meno pensando ancora a lui. «Ti interessa veramente questo ragazzo, Gen...?»

Lei sospira ed esce. «Lascia perdere, Cali.»

«Gen...» La seguo in soggiorno. «Sono stata stupida all'inizio dell'estate. Non capivo veramente che cosa stessi passando perché non ero mai stata innamorata. Eri più coinvolta con lo Stronzo di quanto lo sia mai stata io con Eric. Adesso lo capisco. E non voglio dirti che cosa devi fare, perché, ripensandoci, non sono esperta come credevo, ma ho paura per te.»

Gen alza gli occhi mente sta frugando nella borsa e scuote la testa. «Cali, non c'è niente di cui avere paura.»

Appoggio il fianco contro il lato del divano e la esamino. «Temo di averti spinto a uscire con dei ragazzi prima che tu fossi pronta e adesso stai infilandoti nella stessa situazione da cui eri fuggita.»

«Ti stai dando troppo credito, Cali. Scelgo io quando e con chi uscire e te l'ho detto, la situazione con Lewis non è la stessa della mia scorsa relazione. Inoltre non c'è una vera e propria relazione» aggiunge ed entra in camera mentre io resto sulla soglia.

Prende una camicia dall'armadio e si siede sul letto senza mettersela. «Non posso decidere da chi essere attratta. È semplicemente la natura delle cose.» Alza lo sguardo.

«Ma non ho intenzione di ripetere il passato, se è questo che ti preoccupa. E anche se lo facessi, non sarebbe colpa tua.» Si infila una maglietta stampata.

«Okay, ma oggi Mira è venuta a trovare Lewis al lavoro. Se stai passando del tempo con lui... Beh, stai attenta.»

Gen resta in silenzio per un momento. «Starò attenta» dice senza alzare gli occhi. Si infila un paio di jeans scuri e gira intorno al letto per venire da me. «Non hai bisogno di proteggermi, Gen. Andrà tutto bene.»

Dio, in questo momento avrei bisogno io di qualcuno che mi protegga. Ogni giorno con Jaeger è una lezione su ciò che significa tenere enormemente a qualcuno. Voglio ciò che è meglio per lui, anche se significa non stare con me. Se non sono la persona giusta per lui e sua figlia, ha bisogno di qualcuno che lo sia.

Eric mi ha parlato come se fossi un'idiota quando gli ho detto che avrei rinunciato a studiare Legge. Non mi ha chiesto nemmeno una volta che cosa mi avrebbe reso felice. Tutto ciò che fa Jaeger, lo fa per rendermi felice. La differenza è enorme, ed è una cosa che vorrei poter fare anch'io.

Jaeger mi manda un messaggio poco dopo che Gen è andata al lavoro.

Jaeger: *Viaggio a vuoto. La sorella di Kate non si è fatta viva. Sono rimasto troppo ad aspettare. Ho un progetto da finire... Potrei fare tardi prima di riuscire ad arrivare. Mi manchi.*

Quindi l'attesa continua. Non sapere a che punto sono le cose mi fa impazzire. Potrei restare qui e girarmi i pollici, ma non è esattamente il mio stile.

Faccio una doccia e poi mi vesto. L'amico di Tyler è

venuto a prenderlo, quindi questa sera ho la sua auto. Andrò a trovare Jaeger. Non lo disturberò mentre lavora. Voglio solo assicurarmi che stia bene e abbracciarlo in fretta, dopo la sua giornataccia, e non voglio aspettare fino a tardi per poterlo fare.

Capitolo Ventinove

Mi si stringe lo stomaco quando entro nel vialetto di Jaeger. C'è una Mercedes nera sportiva parcheggiata accanto al suo pick-up. L'auto di Kate?

Quando avevo deciso di venire qua stasera avevo dimenticato che avrei potuto vedere Kate. Non importa che Jaeger non sia interessato a lei. L'idea della sua ex-ragazza a casa sua fa emergere i miei istinti possessivi.

E perché Kate sta guidando un'auto di lusso se non ha soldi? Non è quello il motivo per cui vive con Jaeger?

Respiro profondamente e rimetto a posto le ciocche che si sono sciolte dalla coda di cavallo. Controllo nello specchietto retrovisore di non avere il rossetto sui denti. Non ho intenzione di entrare con un aspetto da vagabonda. Kate deve capire che non riuscirà a insinuarsi nel cuore di Jaeger come è riuscita a fare con la sua casa.

Che tipo di madre incasina la vita di sua figlia tanto da farsela togliere? E perché Kate non aveva informato Jaeger di essere incinta? Da quando lo conosco, ed è parecchio tempo, visto il suo legame con mio fratello, è sempre stato un bravo ragazzo. Le sarebbe stato accanto se glielo avesse detto. Perché farsi viva adesso?

Non ha senso e, quando qualcosa non ha senso, c'è sempre un motivo. Ma sono d'accordo con Jaeger: deve scoprire la verità prima di dirle di andarsene. Se la bambina è veramente sua figlia, Kate potrebbe fare di tutto. Vendere l'auto e lasciare il paese con la bambina, chissà? Jaeger non vuole correre rischi e non lo biasimo.

Oggi il laboratorio è silenzioso. Busso leggermente sulla porta e guardo il lago tra gli alberi, cercando di restare calma. Farò solo due chiacchiere con Jaeger, mi assicurerò che vada tutto bene e poi tornerò a casa. Non gli causerò problemi con Kate, anche se vorrei tanto dirgliene quattro.

Non risponde nessuno dopo parecchi minuti e il campanello sembra che non funzioni. So che è qui. C'è il suo pick-up nel viale.

Abbasso la maniglia. La porta è aperta.

Jaeger è il mio ragazzo e praticamente vive con me in questo momento. Darò solo una sbirciata e gli farò sapere che sono qui.

Entro, ma non è la presenza di Jaeger che riempie la casa. Una voce femminile sussurrata arriva dalla camera in fondo. Non quella di Jaeger, *grazie al cielo*, dev'essere il suo ufficio, il suo rifugio. Non vedo Jaeger da nessuna parte. Non è in soggiorno e la porta della sua camera è aperta, le luci sono spente. Le altre due stanze sono dall'altra parte del corridoio.

Dovrei farmi sentire, ma c'è qualcosa nel modo in cui Kate sta parlando al telefono, sussurrando e in tono professionale, come se stesse trattando un affare, che mi fa esitare. Vado verso la camera, senza fare nessuno sforzo per non farmi sentire. Non è colpa mia se le mie Keds non fanno rumore.

Mi fermo fuori dalla stanza parzialmente aperta dell'ufficio di Jaeger. E okay, questa volta origlio veramente perché sembra che stia... *Facendo compere?* Sbircio dalla porta.

«Prenderò quelle a tacco alto col cinturino in blu e in nero» dice Kate al cellulare, scorrendo le immagini sul computer di Jaeger. «Numero 37. E quelle con la piattaforma in rosso, stesso numero.»

Sta facendo compere online.

«E voglio l'abitino cutout taglia quaranta, e...» Clicca il mouse e fa apparire un'altra videata. «... E quello corto in edizione limitata. Questo in azzurro chiaro, insieme alla giacca da motociclista leggera. È tutto per ora. Potete spedirli a questo indirizzo.» Si china a sistemare il cinturino dei sandali e detta qualcosa. La voce è un po' attutita e colgo solo i primi due numeri. Non mi aiuta molto. Si rimette seduta. «No, quello non è l'indirizzo di fatturazione.» Kate allunga la mano sulla scrivania e prende una busta. Legge l'indirizzo di Jaeger.

Che diavolo sta succedendo? Se sta usando il suo indirizzo per la fatturazione...

Kate ha in mano una carta di credito. «Questo è il numero della carta.» Legge una serie di numeri, la data di scadenza e il codice di sicurezza. «Il nome sulla carta è Jaeger Lang. Mio marito e io abbiamo cognomi diversi.»

La stronza! Ho sentito abbastanza. Mi schiarisco forte la voce.

Kate alza gli occhi. Io piego di lato la testa. Lei spalanca gli occhi per un attimo, ma la sua espressione resta calma. «Grazie» dice allegramente al telefono e chiude la telefonata. Ci fissiamo per un attimo.

«Tu devi essere Cali.»

Bene, sa chi sono.

Resta calma. Mi ero ripromessa di non creare problemi

a Jaeger. «Che cosa credi di fare?» Okay, la domanda non è risultata diplomatica come speravo.

Kate alza le gambe, nude fino alle chiappe negli shorts e pianta il piede sull'angolo della scrivania di Jaeger. I suoi shorts sono talmente corti che sporge una chiappa. È carina, capelli castano chiaro che le scendono in onde morbide sulla spalla, ma emana una sensazione di freddo come l'alborella che avevo catturato al Lago Tahoe.

«Jaeger ha detto che aveva un'amica che poteva venire a trovarlo ogni tanto. Sono Kate, la madre di sua figlia.»

Stringo i denti. *Calma, devi rimanere calma.* «Perché stai usando la carta di credito di Jaeger?»

«Oh, sto solo ordinando un paio di cose che mi servono.» Sorride, tutta carina. «Jaeger mi ha detto di fare come se fossi a casa mia.»

«Interessante. Direi che dovresti passare meno tempo a spendere soldi sulle "cose che ti servono" e più a capire che cosa fare per riavere tua figlia.»

Lei aggrotta la sopracciglia. «Oh, è così, ma non c'è molto che posso fare. Detesto dover aspettare così, ma l'udienza ci sarà solo tra un mese.»

Un mese! Maledizione!

«La cosa più importante è che Jaeger e io possiamo fare è creare una casa amorevole per nostra figlia.»

Niente da fare. Deve finire e subito. Lo sta usando. «Dov'è Jaeger?»

«Nel suo capanno.»

Laboratorio, idiota.

Non lascerò Kate nell'ufficio di Jaeger. Potrebbe decidere di usare la sua carta per comprare una vasca idromassaggio o un'isola tropicale. «Pensi di potermi indicare la strada?» le chiedo in tono dolce. «Dimentico sempre quale porta devo usare.»

Kate sogghigna. Sa perfettamente che sto dicendo una stronzata, ma abbassa le gambe snelle, lunghe un chilometro e ancheggia verso il soggiorno e la porta posteriore. Passiamo davanti alla sua auto di lusso e poi mi fermo un attimo a guardare un'altra auto di lusso nel viale, questa rossa. Chi è arrivato adesso?

Kate bussa alla porta del laboratorio ed entra, chiaramente non ha problemi a disturbare Jaeger nel suo spazio privato. Mi incazzo, finché non vedo Jaeger... Con un'altra donna. È seduto sul divano con una bella brunetta in reggiseno e gonnellina corta nera tra le gambe. La stessa donna con cui l'ho visto al Blue la sera in cui sono andata a casa con Drake.

«*Jaeger!*» esclama Kate con uno strillo nasale e acuto.

Okay, posso essere comprensiva, il mio ragazzo vive con la sua ex-ragazza, ma questo è decisamente troppo. «Tesoro, sembra che ci siano un po' troppe donne in casa tua.»

Jaeger alza gli occhi, sorpreso e confuso. Non si era mosso quando Kate aveva strillato, come se fosse abituato a ignorarla, ma il mio commento attira la sua attenzione. «Cali?»

La donna davanti a lui si tira indietro, senza accennare a coprirsi il seno. Ha un bel reggiseno nero e addominali perfetti (notare i dettagli inutili mi frena dal correre via dalla scena indignata e sbuffante). Ne ho avuto abbastanza di stronzate, ma amo Jaeger e l'espressione sul suo volto è di puro sbalordimento. È sorpreso quanto me e non credo sia perché l'ho sorpreso.

Jaeger si alza e viene barcollando verso di me. Mi afferra la mano, voltandosi verso la donna. «Danielle, questa è la mia ragazza, Cali.»

Kate sbuffa accanto a noi, con il volto contorto per l'irritazione. Jaeger non la presenta.

Danielle solleva la borsa dal pavimento accanto al divano e ne toglie con indifferenza una canottiera di seta. Se la infila come se si vestisse davanti a un pubblico ogni giorno. «Vedo che ti ho colto in un brutto momento.» Si avvicina e gli dà una stretta sul bicipite. Sono tentata di mordere quella mano come un animale rabbioso. «Chiamami più tardi.»

Devo concederglielo. Quella donna ha le palle.

Jaeger la osserva uscire e poi guarda me, spalancando gli occhi. «Che c'è? Mi ha teso un'imboscata e non avevo idea di che cosa avesse in mente.»

«Jaeger!» strilla Kate. L'avevo dimenticata e, a questo punto, preferirei anch'io ignorarla. «Come puoi farlo? Pensa a nostra figlia!»

«Kate» dice seccamente Jaeger. «Lasciami un momento da solo con Cali.»

Kate esce sbattendo la porta. Jaeger va a uno dei suoi tavoli da lavoro. Ficca degli attrezzi nel cassetto e dà un pugno al tavolo. «Che cazzo!»

«*Già*. Esattamente quello che pensavo anch'io» dico.

Lui si avvicina, unendo le nostre dita. «Vieni. Usciamo da qui, andremo a casa tua.»

«Aspetta.» Gli strattono il braccio per fermarlo. Andremo a casa mia e parleremo perché ho qualche domanda da fargli riguardo a quella donna, ma prima... «Non puoi lasciare Kate da sola in casa. Quando sono arrivata, stava facendo compere online con la tua carta di credito, dicendo che eri suo *marito*.»

«Bastarda» borbotta.

Jaeger non è un tipo che spreca le parolacce. Dev'essere veramente incazzato.

Dopo aver passato la giornata a cercare la sorella di Kate a Reno, aver subito l'imboscata della signora del Blue, scoprire che la tua ex-ragazza ti sta derubando... Credo di capirlo.

Entriamo in casa e Jaeger spalanca la zanzariera, afferrandola un attimo prima che mi sbatta sul muso. Cammina furioso verso il corridoio. Kate si sta spostando intorno all'isola della cucina con un pacchetto di biscotti in mano, osservandolo. Alla fine del corridoio, Jaeger tira fuori una chiave e chiude la porta del suo ufficio.

Kate resta a bocca aperta. Poi la chiude e mi guarda furiosa.

Seguo Jaeger nella sua stanza. Tira fuori i vestiti dai cassetti e dalla cabina armadio e li ficca in un borsone che estrae da sotto il letto. Fruga rumorosamente in bagno prima di tornare con una trousse, che infila nel borsone.

Gettandoselo sulla spalla, mi mette la mano sulla schiena. «Andiamo.»

Jaeger si ferma davanti alla porta e si volta a guardare Kate, che ha in mano una tazza questa volta, mentre ci guarda uscire. «Fai un altro scherzo del genere e ti denuncerò, bambina o no.»

Mi accompagna alla mia auto. «Ti seguo a casa tua» dice.

Ho delle domande da fare, ma non mi sembra il momento. Vedo nello specchietto retrovisore che Jaeger è fermo e parla al cellulare mentre mi allontano.

Tyler è ancora fuori quando arrivo a casa. Mi metto sul divano e Jaeger entra qualche minuto dopo. Lascia cadere il borsone davanti alla porta e si strofina la faccia...

Si apre la porta e gli sbatte nella schiena.

Tyler mette dentro la testa. «Scusa, amico. Non ti avevo visto.»

Jaeger si lascia andare sulla poltrona reclinabile, con i gomiti sulle ginocchia e la testa bassa.

Tyler guarda me. «Che cosa sta succedendo?»

Sa che Kate sta ricattando Jaeger usando la bambina. Gli racconto del tentativo andato a vuoto di rintracciare la sorella di Kate e quello che ho visto entrando in laboratorio.

Mi sono calmata da quando ho visto la donna mezza nuda tra le sue gambe. Se Jaeger fosse chiunque altro potrei essere sospettosa. Ma Jaeger è completamente disorientato.

Tyler volta una delle sedie e si siede al contrario. «Donna più grande, eh?»

Jaeger alza la testa. «Non ne avevo idea» dice, confuso.

Scuoto la testa, incredula. «Che cosa intendi dire? Quella donna ti stava addosso al bar del Blue.»

«Ma...» Jaeger si guarda attorno come se stesse cercando di ricordare. «... è una cliente. Pensavo che fosse solo amichevole.»

«Amico,» dice Tyler, «stai scherzando, vero? Si è tolta il top in casa tua.»

Jaeger fa una smorfia. «A quel punto l'avevo capito. È entrata *senza* il top. Piuttosto ovvio. Comunque mi ha sorpreso. È riuscita a farmi ricadere su quel maledetto divano» borbotta. Tyler e io ci guardiamo in faccia e Tyler ridacchia. Se la situazione non fosse così frustrante, potrebbe essere divertente.

Jaeger dà un'occhiataccia a Tyler. «Non è divertente, amico. Mi ha aggredito all'improvviso.»

«Le donne più grandi» dice Tyler. «Predatrici, tutte quante.»

«Tyler» esclamo. «Che ne sai tu delle donne più vecchie?»

Lui alza le mani con fare innocente. «Cosa? Sono al meglio della mia forma. Le donne più vecchie arrivano a frotte dagli uomini come me.»

Ditemi che non l'ho sentito. «Credo di aver avuto un piccolo conato di vomito.»

Tyler fa spallucce. «L'hai chiesto tu.»

Jaeger sospira, appoggia la testa sullo schienale e fissa il soffitto.

Vado da lui e mi ci siedo in grembo. «Va tutto bene, tesoro. Dovrai solo abituarti al fatto che le vecchie signore non ti vedono più come un ragazzino carino. Adesso vogliono scoparti.»

Lui mi guarda storto e io sorrido.

«Sembrava una cliente così gentile» continua Jaeger, come se non avesse sentito niente di ciò che abbiamo detto Tyler e io. «Era amichevole, sì, ma, sai...» Fa spallucce.

«Oh, era gentile, certo» dice Tyler. «Ti avrebbe fatto un lungo bel pomp...»

«Tyler!» strillo. «Piantala, somaro.»

Accarezzo la spalla di Jaeger e gli ciondola la testa, con le palpebre che si chiudono. È esausto. Danielle è stata una sorpresa, ma non è il nostro problema più grosso. «Che cosa hai intenzione di fare con Kate?»

Lui sbuffa. I muscoli si contraggono ancora, ma gli occhi restano chiusi. «Ho chiamato la società della carta di credito, raccontando che cosa sta succedendo e dicendo loro di bloccare quegli acquisti. Mio padre sta parlando con un avvocato. Dovremo stabilire la paternità prima di procedere con gli accordi per la custodia se si scoprirà che... Comunque, Kate si stava comportando come se avremmo vissuto felicemente insieme per sempre. È pazza.» Scuote la testa. «Non succederà mai. E deve avere un secondo fine se adesso sta cercando di derubarmi. Devo riuscire a farla sloggiare.»

«Pensi che voglia i tuoi soldi?»

Non sono cresciuta pensando di far affidamento su un

uomo per farmi mantenere. Mia madre ci ha insegnato a cavarcela da soli. È in parte il motivo per cui ho grossi problemi con il cambiamento di carriera. Sono come un uomo, ho bisogno di sapere di essere finanziariamente solida per sentirmi completa.

«Oh, non dubito che voglia i miei soldi, la mia casa, qualunque cosa riesca a ottenere. Se fossi sicuro che la bambina non è mia, la butterei fuori a calci ma... Ho chiesto a Mason e Adam di chiedere in giro, anche se Adam è assolutamente inutile in questo momento. È fuori di sé per la rottura con Breanna.»

«Si sono lasciati?» lo interrompo. «Adam la trattava da schifo. Perché è così sconvolto?»

Jaeger fa spallucce. «È Adam. Nessuno sa che cosa gli passa per la testa. Però in fondo è una brava persona.»

«Torniamo al punto in cui i tuoi amici si informano su Kate» si intromette Tyler. «Che cosa hanno scoperto?»

«Mason dice che è scappata con un tizio di Reno dopo il mio incidente. Io ero occupato con la fisioterapia e piuttosto incasinato. Non mi tenevo in contatto con gli amici, né sentivo le notizie. A quanto pare, il tizio con cui è stata da allora vendeva stupefacenti come lavoretto secondario. Roba leggera, erba, acido. Ha cominciato a trattare la metanfetamina l'anno scorso e l'hanno beccato a gestire un laboratorio a Sparks. Sta scontando la pena.»

Incredibile. «Come diavolo ha fatto a passare da te a uno spacciatore?»

Jaeger alza una spalla. «Quel tizio aveva un mucchio di soldi. Guidava una bella auto. Mason ha sentito che le aveva comprato un appartamento. Io avevo buone prospettive quando ero alle superiori, ma una volta svanito il sogno olimpico lei se n'è andata. Immagino che ora che lui è in prigione i fondi di quel tizio si siano esauriti. Ha bisogno di qualcuno da cui farsi mantenere e sta usando il nostro legame... La nostra *bambina*... Ammesso che sia veramente mia.»

Mi siedo accanto a lui sulla poltrona reclinabile. Non sopporto Kate ma non credo che dirlo ci aiuterebbe in questo momento. «Kate ti vuole nella sua vita perché sei bello e ricco.»

Lui mi mette un braccio intorno alle spalle schiacciandomi contro di lui. «Pensi che io sia bello, baby?»

Lo guardo stupita. «Tutti pensano che tu sia bello, incluse tutte le Danielle di questo mondo.»

«Beh, io non penso che tu sia bello» dice Tyler scherzando.

Jaeger lo ignora e guarda me. «Sei tu quella bella. Io penso a me come a un tipo virile.»

«Bene» ci interrompe Tyler. «Sono io quello bello. Ed essere ammirato per il mio aspetto non diminuisce la mia virilità.»

Volto la testa. «Tyler, perché sei ancora qui? Sto cercando di avere un momento privato con il mio ragazzo.»

Lui si alza e rimette a posto la sedia, dando un'occhiataccia a Jaeger. «Cerca di non renderlo troppo intimo.» Jaeger gli restituisce l'occhiataccia. Il mio uomo non sta avendo una bella giornata. Sarà meglio che Tyler non esageri.

Tyler si fruga in tasca e prende le chiavi. «Comunque ho una commissione da sbrigare. Ci vediamo tra un po'.»

Se ne va e Jaeger si alza, sollevandomi con lui. «Ho qualcosa sul pick-up che voglio mostrarti.»

Fuori, Jaeger prende due grandi scatole dal letto del pick-up. Una lunga e l'altra larga e piatta.

Fisso i pacchi. «Hai comprato l'attrezzatura da campeggio?»

«Se resterò con te, avrò bisogno di un posto dove dormire. Il vostro divano non è male, ma francamente non ho molta voglia di avere di nuovo le ginocchia a penzoloni stanotte.» Solleva il materasso gonfiabile king-size. «In questo potremo dormire insieme.» Il suo sorriso è fortemente allusivo.

Mi piace quello che sta pensando, ma continuo a guardare con scetticismo la scatola. «Esattamente, dove lo metteremo?»

Lui si carica le scatole in spalla, mi prende la mano e va verso il cancelletto. «In cortile.»

«Uhm, non hai imparato niente dalla nostra partita sulla spiaggia? Non sono un tipo sportivo e questo include il campeggio.»

Okay, non serve tecnica per fare campeggio. Ma non mi piace l'idea di dormire al freddo e in un posto scomodo.

Jaeger lascia cadere le scatole sul pavimento di cemento del portico. «Fai trekking. Non puoi essere completamente contraria all'aria aperta.»

Incastrata dalle mie stesse azioni. Brontolo e lui mi sorride.

Jaeger strappa la scatola della tenda, un atto che me avrebbe richiesto mezz'ora di lavoro e l'aiuto di un grosso cacciavite e delle forbici. I suoi muscoli e le zampacce sono decisamente eccitanti. Seguo quelle mani abili mentre divide i vari pezzi e monta la tenda.

«Ne ho comprata una con il tettuccio trasparente.» Guarda in alto e sorride. «Di notte, possiamo guardare gli alberi e le stelle.»

Sto quasi seguendo quello che dice e annuisco ogni tanto, ma più che altro sto pensando a quella tenda e a quanto è trasparente. Decisamente non è insonorizzata. Dovremo essere silenziosi. Potrebbe funzionare.

Prendo la scatola del materasso e la porgo a Jaeger perché la apra. Lui la fa a pezzi e io sorrido felice, ammirando i muscoli che si flettono nei jeans quando si china e costruisce la nostra casa con le sue mani nude.

Lui alza gli occhi e mi vede che lo osservo. Invece di rimproverarmi per i pensieri sconci che devono essere evidenti sulla mia faccia, stringe i denti e lavora più in fretta.

Adoro quest'uomo.

Capitolo Trenta

La nostra tenda è grande come un camper. Beh, lo è anche Jaeger. Sfortunatamente per i miei coinquilini, il portico non è più disponibile. La nostra tenda occupa tutta la lunghezza della piattaforma di cemento.

Sono sdraiata sul materasso, sorprendentemente comodo e *materassoso*, e fisso le stelle attraverso il tettuccio trasparente. Jaeger entra acquattato e chiude la cerniera della tenda. Io riesco a restare in piedi senza dovermi piegare, ma ovviamente non vale per gli uomini troppo cresciuti.

Si toglie la maglia e la mia mente si svuota.

Mi siedo bruscamente. «Aspetta. Dobbiamo parlare» dico, ma sto fissando il suo petto, il mio sguardo scende ai suoi addominali e alla cintura dei jeans. Mi costringo a sollevarlo e lo trovo che sorride malizioso. Mi appiccico un'espressione seria sul volto. «Non pensare che sia okay se donne mezze nude si fanno vive a casa tua, perché non è così.» Ecco, gliel'ho detto.

Lui si siede accanto a me e vorrei poter dire che cado

verso di lui perché il materasso si affossa, ma penso che non sia per quello. Maledizione, fare la dura è più difficile di quanto sembri.

Jaeger è un bravo ragazzo, ma dobbiamo comunque parlare. «Perché è venuta a casa tua Danielle?»

Jaeger si lascia cadere sulla schiena e incrocia le braccia sul petto. «Non avevo idea che fosse interessata a me *in quel modo*. Ha comprato un po' di roba da me e mi ha presentato ad altri clienti. Sono due anni che abbiamo rapporti di lavoro, ma non ci ha mai provato con me.»

Alzo un dito. «Mi permetto di dissentire. Era appiccicata a te come una coperta bagnata nel lounge del Blue.»

«Davvero?» Scuote la testa. «Okay.»

«*Seriamente?* Non sai che una donna ci sta provando con te quando ti tocca e appoggia il seno sul tuo braccio?»

«Non ci ho mai pensato.»

«Succede spesso?»

Jaeger fa spallucce e non riesco a capire se sia un sì oppure se stia facendo il modesto.

«Jaeger, e se un uomo mi mettesse le mani addosso in quel modo?»

«Gli strapperei il braccio.»

«Okay, quindi non andrebbe bene.»

«Diavolo, no!»

Lo fisso e lui distoglie lo sguardo. «Ho capito, Cali. So che cosa stai dicendo.» Si rimette seduto. «Tu hai capito però che mi interessi solo tu? Dal momento in cui ti ho visto nel lounge al casinò vicino al Blue ho fatto di tutto perché diventassi la mia ragazza.»

Davvero? Ripenso a quella sera e ai giorni dopo. Sospettavo che stesse flirtando con me, ma stavo ancora con Eric e cercavo di non pensare ai miei sentimenti per Jaeger.

Mi mette dietro l'orecchio una ciocca di capelli, più

rossi che biondi alla luce della luna. «Non è esistito più nessuno una volta che ti ho incontrata di nuovo. Sei tutto quello cui pensavo. Sinceramente...» dice scuotendo la testa. «... Forse avrei capito prima le intenzioni di Danielle se non fossi stato così occupato a pensare a te. E poi c'era il casino con Kate.»

Già, chiarisce un po' le cose. Gli sbaciucchio il collo e la mandibola, mettendomi a cavalcioni.

Jaeger deve essere più assertivo con Kate, ma il suo cuore è al posto giusto. Non vuole fare mosse sbagliate quando si tratta della vita di una bambina. Dovremo occuparci di Kate che cerca di intromettersi tra di noi, ma forse non proprio adesso.

Un secondo dopo, i nostri vestiti sono spariti e stiamo mettendo alla prova il tessuto traslucido della tenda.

* * *

Il resto della settimana passa più in fretta di un battito di ciglia. Tra il lavoro e la scuola, le commesse di Jaeger e gli incontri con gli avvocati, ci siamo visti solo una sera sì e l'altra no.

Stasera lo sto aspettando nella nostra tenda e leggendo uno dei libri erotici di Gen. Questo parla di un vampiro con disturbo ossessivo compulsivo. La prendo in giro perché legge questa roba ma ora che ho cominciato non riesco a smettere di leggere. È come una droga.

Il rumore della cerniera mi fa sobbalzare e poi infilare il libro sotto il cuscino. Mi giro sul fianco, con la testa appoggiata su una mano. «Ehi» dico senza fiato, come se mi avessero colta a fare qualcosa che non avrei dovuto.

Se lo nota, Jaeger non lo dà a vedere. Ha le palpebre a mezz'asta mentre toglie il portafogli dalla tasca, si leva le scarpe con un calcio e si sdraia a faccia in giù. Dal suo torace esce un suono rimbombante. Credo che abbia detto ciao, ma non ne sono sicura.

Gli salgo sulla schiena e abbasso la testa sulla sua spalla, vicino all'orecchio. «Tutto bene?»

Lui volta di lato la testa. «Adesso sì. Non muoverti. È bello così. Fra tre secondi sarò addormentato.»

Mi preoccupo per lui. Si sta esaurendo. «Sei stanchissimo. Che cosa posso fare per aiutarti? Vuoi che vada a prendere a botte Kate per farmi dare il numero di telefono di sua sorella?»

Lui grugnisce. «No. I miei avvocati stanno cercando i certificati di nascita per ottenere informazioni su sua figlia. Si sono offerti di rintracciare Hannah, la sorella di Kate, ma domani ho un giorno libero e andrò di nuovo a cercarla. Non voglio coinvolgere gli avvocati per il momento. Non voglio spaventare Hannah né la bambina.»

Rotolo sul fianco, guardandolo in faccia. «Lasciami venire con te, prenderò anch'io un giorno libero.» Lui mi studia il volto. «Potrebbe essere positivo per loro sapere che c'è un'altra donna coinvolta. Forse Hannah non si fida di Kate. Potrei aiutarti ad appianare le cose se lei e suo marito sanno che hai una relazione seria. Che sei il tipo di uomo che quando prende un impegno lo mantiene.»

La sua espressione è interessata ma guardinga. «Non sei obbligata a farlo.»

«Ma voglio farlo.»

Jaeger alza la testa e mi bacia sulla bocca. «Mi piacerebbe.»

* * *

Il giorno dopo partiamo alle sei del mattino per evitare il traffico e beccare la sorella di Kate prima che cominci la sua giornata. Arriviamo a Reno alle sette e mezza e ci dirigiamo al quartiere di Donner Springs.

«Com'è la sorella di Kate?» gli chiedo.

«Hannah? Non ne ho idea. Kate e Hannah non andavano d'accordo alle superiori. L'ho incontrata un paio di volte, ma le sue visite erano brevi. Sono sorpresa che abbia avuto la custodia. Kate riusciva a manipolare i suoi genitori ma aveva un rapporto migliore con loro.»

«Come si chiama la bambina?» Forse era intenzionale da parte mia, per evitare di pensare a quello che non volevo credere, ma ho raramente chiesto della bambina a Jaeger. Se farà parte della sua vita, dovrò fare qualche sforzo in più per sapere qualcosa di lei.

Jaeger stringe i denti e scuote la testa. «Kate non ha voluto dirmi niente, nemmeno quello. Non ha senso. Qualunque cosa venga a sapere da Hannah, so che sarà totalmente diverso da ciò che mi ha detto Kate. Per quanto ne so, Kate ha lasciato la bambina sulla soglia di casa di sua sorella dicendole di occuparsene lei.»

Jaeger controlla l'indirizzo sul navigatore e si ferma davanti a una piccola casa gialla con un cortile che ha bisogno di essere falciato. «Siamo arrivati.» C'è una berlina marrone nel vialetto, con un seggiolino per bambini sul sedile posteriore.

Risaliamo il vialetto e prendo la mano di Jaeger prima che bussi alla porta. Si sente sullo sfondo lo strillo divertito di un bambino, insieme al rumore di piccoli passi.

Ho il cuore che vuole uscirmi dal petto, le mani fredde e sudate. Guardo Jaeger e sorrido per rassicurarlo. Penso che essere più nervosa di lui.

Sento il rumore di una catena che scorre prima che si

apra la porta. Dall'altra parte c'è una donna con capelli biondi lunghi fino alle spalle e occhi azzurro scuro. «Sì?»

«Hannah? Sono Jaeger Lang. Io... Uhm... Uscivo con tua sorella, quando eravamo alle superiori.»

La donna sbatte le palpebre, guardando per un attimo la sua stazza e poi il viso. «Oh, certo. Ciao Jaeg, va tutto bene? Io, beh, in effetti non mi tengo in contatto con Kate, se è per lei che sei qui.» Guarda me, incuriosita.

Jaeger mi mette un braccio intorno alla vita. «Questa è la mia ragazza, Cali. Ho visto Kate. Sono qui per quello che mi ha detto. Ti dispiace se entriamo e parliamo per un minuto?»

Hannah apre la porta. «Devo uscire fra poco per andare al lavoro e lasciare mia figlia a scuola, ma ho qualche minuto.»

Ci porta in un soggiorno con un divano marrone consunto, con tutti i cuscini storti. «Scusatemi.» Hannah rimette a posto i cuscini. «Mia figlia sta passando la fase dei fortini.» Jaeger sorride e si siede sul divano. «In effetti, è per tua figlia che siamo qui.» Fa un respiro profondo, con la tensione evidente nella sua postura rigida. «Kate mi ha detto che avevamo avuto una bambina insieme. Che tu avevi avuto la custodia temporanea.»

Hannah lo fissa senza battere le palpebre per un intero minuto. «Mark!» Grida senza smettere di guardare Jaeger negli occhi, con la voce che sale di tono alla fine. «Vieni qui per favore.»

Un uomo sui trent'anni arriva in soggiorno dal corridoio, annodandosi una cravatta. Il suo sguardo va direttamente a sua moglie, poi ci nota. «Non sapevo che avessimo ospiti.» È una dichiarazione, ma il tono è interrogativo.

«Questo è Jaeg» dice Hannah. «L'ex ragazzo di Kate quando erano alle superiori, e la sua ragazza, Cali.» Il suo tono è severo, ma non credo sia diretto a noi. «Per favore, Jaeg, di' a mio marito Mark quello che hai detto a me.»

Jaeger si schiarisce la voce. «Sono qui perché Kate è tornata in città e mi ha informato che avevamo avuto una bambina. Ha detto che tu e tua moglie stavate occupandovi della nostra bambina di quattro anni, ma non ha voluto darmi né il vostro numero di telefono né altri particolari e volevo informazioni.»

«*Cosa?*» dice Mark. La voce è alta, quasi un latrato, il tono furioso.

Una bambina corre nella stanza e abbraccia la gamba di suo padre. Ha i capelli biondi diritti, tirati indietro con delle mollette coi fiori, e gli occhi verdi. Potrebbe passare per la figlia di Jaeger con quei colori, purché nessuno la vedesse accanto a Mark. È l'immagine sputata di suo padre, perfino alla fossetta sul mento.

«Tesoro...» Mark si accuccia e guarda sua figlia. «Oggi trattamento speciale.» Le sorride ma c'è un tocco di tensione nella sua voce. «Puoi giocare con i tuoi vestiti eleganti prima di andare a scuola.»

La bambina si acciglia per un attimo, probabilmente cogliendo il tono della voce del padre, poi sembra rendersi conto della fortuna. Seguono strilli mentre esce dalla stanza e torna in corridoio.

Mark si siede nella poltrona accanto a quella di sua moglie afferrando stretti i braccioli. «Che cosa diavolo sta succedendo?»

Sto battendo il piede sul pavimento e stringendo a morte la mano di Jaeger. Non è giusto. Questa gente non sa di che cosa stiamo parlando.

Non so come, Jaeger riesce a restare calmo. Perfino i suoi lineamenti si sono ammorbiditi. «Sono qui per scoprire se ho una figlia.»

«Bene,» dice Hannah, «non so se *tu* hai una figlia, Jaeg, ma posso dirti che mia figlia è uscita dal *mio* corpo, non da quello di mia sorella.» Sorride ironicamente. «Il parto è una di quelle cose che una donna non dimentica.»

«Okay.» Jaeger annuisce. «Bene.» Si sposta sul divano. Aggrottando le sopracciglia. «Dici di non essere vicina a Kate, ma sai se ha avuto una figlia?»

«Non mi tengo in contatto con lei, ma i miei genitori sì. Lo avrebbero saputo se fosse stata incinta. È molto legata a mia madre.» C'è dell'amarezza nel suo tono di voce. «La mamma accetta tutte le stronzate di Kate.»

Jaeger si strofina la fronte. «Quindi non c'è la minima possibilità che la bambina che ho appena visto o qualunque altra bambina di cui vi siete occupati sia mia figlia?»

«Abbiamo allevato solo una bambina» dice Mark. «E non c'è la minima possibilità che sia tua. Kate ti ha mentito.»

Jaeger fa un respiro profondo. «Okay. Okay. Grazie. Mi dispiace di avervi disturbato questa mattina.» Mi stringe la mano e si alza.

«Jaeg» dice Hannah. «Prima di andartene, dimmi che cosa sta succedendo con Kate. Mia madre non la sente da settimane. Non m'interessa che cos'ha in mente Kate, ma mi sembra che si stia nuovamente mettendo nei guai e mia madre dovrebbe saperlo. Pensavamo che i suoi problemi fossero finiti quando il suo ragazzo è finito in prigione due mesi fa. Se sta inventandosi bugie e dicendo che ha avuto una figlia...» Guarda suo marito. «Sono preoccupata per nostra figlia, Mark. Forse dovremmo chiamare la polizia.»

«Lo faccio subito.» Mark prende il cellulare e si allontana.

«Kate sta vivendo a casa mia» dice Jaeger. «Ha detto che doveva dimostrare di avere un ambiente stabile per poter riavere la custodia di nostra figlia. Non mi sono fidato di lei sin dal primo momento in cui è riapparsa nella mia vita, ma non volevo dirle di andarsene nel caso stesse dicendo la verità. Non volevo che capitasse qualcosa di brutto alla bambina.»

Hannah annuisce. «Ti capisco. Hai fatto la cosa giusta. Sei sempre stato troppo buono per mia sorella. Mi dispiace che ti abbia usato. Diremo alla polizia quello che sta succedendo e ti aiuteremo per ciò che possiamo, ma la nostra priorità è tenere al sicuro nostra figlia.» Scuote la testa. «E se Kate la rapisse per usarla? Mia sorella è malata. Non la voglio vicino a mia figlia o alla mia famiglia.»

Jaeger annuisce e prende il telefono. «Se non ti dispiace, vorrei chiamare i miei genitori, mio padre ha assunto un avvocato e voglio dire loro ciò che abbiamo scoperto.»

Hannah si alza. «Certo, fai pure. Posso offrivi qualcosa da bere? Mio marito e io andremo a lavorare tardi oggi, o forse resterò a casa.» Guarda verso il corridoio. «Non voglio essere lontana da mia figlia con mia sorella che fa affermazioni pericolose. È egoista e irresponsabile, ma non ho mai pensato che arrivasse a questo punto.»

Jaeger scambia il numero di telefono con Hannah e suo marito, poi ce ne andiamo. Riceve una telefonata mentre stiamo tornando a Lago Tahoe. Stanno emettendo un ordine restrittivo nei confronti di Kate. Jaeger ha anche parlato con suo padre e ha scoperto che l'avvocato che ha assunto ha inviato a Kate l'ingiunzione legale a sgomberare la casa di Jaeger entro trenta giorni. Lei rivendica il diritto di occupazione e tecnicamente è vero perché Jaeger le aveva permesso di trasferirsi.

Stiamo incastrati con lei per altri trenta fottuti giorni. «E se ti distruggesse la casa o rubasse le tue cose?» chiedo mentre entriamo in città.

«L'unica cosa che mi importa è il laboratorio ed è sigillato. Passeremo da casa, comunque, e porterò via tutti i documenti importanti e il mio computer. Mason terrà tutto finché riuscirò a farla sloggiare. Mi dispiace che tu sia rimasta coinvolta in questa storiaccia, Cali.»

«Andrà tutto bene. Sono preoccupata per te: ti hanno cacciato da casa tua.»

«Se anche bruciasse la casa, niente sarebbe stato più orribile che scoprire che Kate stava dicendo la verità.» Ruota il collo. «Ringrazio la mia buona stella che ha mentito sulla bambina. Nessun uomo dovrebbe essere legato a Kate a vita. O un bambino, se è per quello. Inoltre...» Sorride e la tensione che gli irrigidiva i lineamenti negli ultimi giorni svanisce. «... Sto vivendo nel posto migliore della città.»

«La tenda?» chiedo ridendo.

Jaeger mi mette una mano sulla coscia e la struscia su e giù. «Voglio essere dovunque sei tu.»

Capitolo Trentuno

La mattina seguente, Jaeger va a una riunione con suo padre e l'avvocato. Poi starà nel suo laboratorio, a lavorare. Detesto l'idea che sia vicino a Kate. A mio parere quella donna è senza scrupoli e pericolosa, ma Jaeger ha delle commesse da completare. Capisco perché debba tornare là.

Quando entro in cucina, Tyler è seduto al tavolo da pranzo e sta scrivendo sul suo computer.

«Com'era la ex di Jaeger alle superiori?» Ho tentato degli approcci meno ovvii, ma Tyler non ha abboccato.

«Una stronza. La detestavo.»

Okay, risposta schietta. «Gesù, Tyler, dimmi quello che pensi veramente...» Non ho mai sentito mio fratello usare un epiteto denigratorio per una donna. Forse la conseguenza di essere cresciuto con una madre dal carattere forte.

Tyler ha ancora le mani sulla tastiera. Prende un cucchiaio dalla sua tazza di cereali e mangia l'ultimo boccone. «La conoscevo appena, ma ho sentito delle voci sul fatto che si comportasse con cattiveria con gli altri ragazzi a scuola. La tipica bulla. Non ho mai capito perché Jaeger uscisse con lei. Sembrava un'arrampicatrice sociale e poi ha scaricato Jaeger proprio quando era a terra.»

Si alza, va in cucina e scarica i piatti nel lavandino.

«Ehi, questo non è un Bed & Breakfast. Lava i tuoi piatti.»

Tyler mi passa accanto e mi bacia la testa. «Ci sei tu per quello.»

«Sei diventato un vero somaro, lo sai?» È successo qualcosa al mio affabile fratellone a Boulder. Mi ha sempre preso in giro, ma adesso è decisamente scorbutico.

«Non ne hai idea. Faccio una doccia» dice e chiude la porta del bagno dietro di sé.

Dopo il corso quella sera, convinco Leo a portarmi fino a casa di Jaeger. È stato in laboratorio quasi tutto il giorno e voglio sorprenderlo con le vettovaglie che ho preso nella caffetteria del campus. Non è granché come cena, ma non credo che gli importerà.

Jaeger potrà anche non avere più lo stress di chiedersi se ha una figlia, ma è comunque esausto e non mangia abbastanza. Ha le occhiaie scure e le guance stanno diventando scavate perché lavora troppo ed è in costante contatto con gli avvocati per risolvere la faccenda di Kate. Si fa due sandwich quando arriva a casa mia la sera e li manda giù in fretta prima di addormentarsi di botto sul materasso gonfiabile. A volte mi chiedo se sia l'unico pasto che fa al giorno.

Leo mette in folle davanti alla casa di Jaeger e io prendo i sacchetti delle vettovaglie. «Bel posto» dice, guardando il lago illuminato dalla luna oltre gli alberi.

Si apre la porta d'ingresso e Kate esce sul portico. Le luci col sensore di movimento rivelano la smorfia furiosa sul suo volto. Dev'essere al massimo dell'umore malvagio ora che ha ricevuto l'avviso di sfratto.

Penso che eviterò di entrare in casa e andrò direttamente nel laboratorio.

Volto la testa per salutare Leo, ma sta guardando Kate con gli occhi socchiusi. La guardo e vedo che sta fissando Leo e che l'ha riconosciuto.

«Vi conoscete?» gli chiedo.

Lui storce la bocca. «Sì, credo. Il mio coinquilino è in un giro... Fa queste feste. Sono piuttosto sicuro di averla vista lì.»

Jaeger esce dal laboratorio, asciugandosi le mani, con la schiena curva. Sembra esausto. Guarda me e poi Leo e stringe le labbra.

Ahi. «Grazie per il passaggio, Leo» dico in fretta e scendo dall'auto.

Jaeger è stato spinto un po' troppo al limite. Ho visto che danni può fare a un tizio, senza nemmeno tentare. Preferirei non dargli un motivo per sfogare le sue frustrazioni sul povero Leo.

«Sorpresa!» Mi avvicino e lo bacio sulla bocca tesa. Il suo sguardo segue la piccola auto di Leo mentre ridiscende il viale.

Gli ficco il sacchetto delle vettovaglie contro il petto. Lui lo guarda e sbatte le palpebre, poi sorride dolcemente. «Stai lavorando troppo» dico. «Volevo venire a controllare come stavi.»

«Grazie, baby.» Guarda furioso Kate che è rimasta sul portico. Lei si volta in fretta e sbatte la porta alle sue spalle.

Ecco la fonte dell'angoscia.

Jaeger mi tiene stretta per un momento, mi sfiora l'attaccatura dei capelli con le labbra e poco per volta le spalle si rilassano. «Dammi un minuto per ripulirmi e possiamo andare.»

Jaeger ritira gli attrezzi, pulisce un tavolo e spazza il

pavimento del laboratorio. Lo guardo dal divano, affascinata. Potrei fissarlo tutto il giorno mentre si muove con i jeans che aderiscono perfettamente al suo sedere, con i trucioli di legno sulla maglietta e tra i capelli, responsabile e laborioso.

Si guarda attorno, come se volesse controllare se c'è altro da pulire e resta a fissarmi.

Mi agito, di colpo ricordando l'ultima volta in cui mi ero seduta, o meglio, *sdraiata* su questo divano.

Jaeger si avvicina e il mio polso accelera. Si accuccia ai miei piedi e passa le mani sulle mie gambe nude fino all'orlo della gonna di jeans. «Che cosa vuoi fare?»

Oh, ho delle idea, ma...

Guardo furiosa in direzione della casa. «Andiamo a casa mia.»

Jaeger è d'accordo e usciamo. Mi aiuta a salire sul suo pick-up, ma aggrotta la fronte quando guarda il viale. «Chi è il tizio che ti dà i passaggi?»

«Leo? È nel mio corso di CAD. Mi dà un passaggio e di solito io pago la cena dopo il corso per pagargli la benzina.»

«Gli paghi la cena» dice, in tono per niente contento.

«Devo fare qualcosa per lui, Jaeger. Altrimenti mi sembrerebbe di sfruttarlo.»

Lui annuisce, un po' rigido. Ovviamente la mia risposta non gli piace. «Dobbiamo procurarti un'auto. Non voglio che resti appiedata o che debba far affidamento su altri per spostarti.»

«Già, sarebbe bello, ma non me la posso permettere. Comunque, per adesso va tutto bene. Quando Gen e Tyler se ne andranno, in autunno, dovrò usare l'autobus finché non avrò risparmiato abbastanza per comprare qualcosa.»

Jaeger fa una smorfia guardando fuori dal finestrino del pick-up mentre gira la chiave. È maledettamente imbarazzante dover confessare al tuo ragazzo che ha avuto successo che non ti puoi permettere un'auto.

Qualche minuto dopo, entriamo nel mio vialetto di ghiaia e resto sorpresa vedendo la berlina azzurra di mia madre parcheggiata in strada.

Che diavolo. *Merda.*

Mia madre aveva sospettato che ci fosse qualcosa tra Jaeger e me quando ero andata a trovarla, ma non ho più parlato con lei da quando le cose sono diventate ufficiali. Probabilmente allora ne sapeva più di me dei miei sentimenti per lui. Io li stavo ancora negando ed ero troppo presa dalla perdita del lavoro e il problema della Facoltà di Legge.

Merda, merda. Non sono pronta per questo confronto. Amo Jaeger ma speravo di avere una conversazione privata con mia madre. Lei potrebbe trarre delle conclusioni e ritenere che questa sia solo una ripicca, cosa che non è. Quella con Jaeger è la prima vera relazione che ho.

«Uhm, allora, Jaeger?» dico esitante.

Lui mi guarda, aggrottando la fronte. Ho la voce che trema e mi rendo conto che sto stringendo la sua mano sul sedile tra di noi tanto forte da fargli male. Allento la stretta. «Quella è l'auto di mia madre. È qui. Non sapevo che sarebbe venuta.»

Passa un momento. «Vuoi che me ne vada?» Sta cercando di nasconderlo, ma si vede che si sente ferito.

«No, ma potrebbe non andare molto bene. Non ho avuto l'opportunità di parlarle di noi.»

«A me sta bene, se sta bene a te.»

Gli sorrido. «Va bene.» O andrà bene dopo il confronto. È come togliere un cerotto. Mia madre è un po' iperprotettiva. Potrebbe reagire alla repentinità della mia relazione con Jaeger, ma le passerà.

Andiamo verso l'ingresso e poi ricordo la tenda sul retro

e il fatto che Jaeger *sta* con me. Sarà imbarazzante da morire.

Quando entriamo, mia madre sta lavando i piatti in cucina, con la schiena rivolta verso di noi. Sta canticchiando a bocca chiusa e ogni tanto canta a voce alta il coro di *Love Bites* dei Def Leppard. È una delle sue canzoni preferite. Se sono così contorta, la colpa è della musica degli anni Ottanta che mia madre mi ha obbligato ad ascoltare negli anni.

«Mamma, che cosa ci fai qui?»

Lei si volta di colpo, ansimando, con la mano sul cuore. «Calista, non venirmi alle spalle in questo modo.» Sbuffa e adocchia Jaeger. «Una madre non può venire a trovare i suoi figli?» chiede distrattamente.

«Normalmente chiami prima» le faccio notare.

Lei si scuote l'acqua dalle mani sopra il lavandino e va verso il soggiorno, asciugandosele sui jeans. Tende una mano a Jaeger, guardandomi storto. «Ciao, Jaeger. Sono contenta di rivederti. Mio Dio, come sei cresciuto.» Lo scruta dalla testa ai piedi mentre gli afferra la mano.

È ufficiale, Jaeger non può controllare l'effetto che ha sulle donne. La mia stessa madre gli ha dato una bella guardata. Jaeger è il punto debole del sesso femminile. Beh, dovrei saperlo.

«Mamma, Jaeger è il mio ragazzo.»

Nonostante la sua ovvia ammirazione, mia madre stringe le labbra. Poi annuisce.

Detesto quell'espressione. È quella che significa: *hai un po' di spiegazioni da darmi*. Sono una donna adulta. Chi scelgo di amare sono affari miei.

Vado al divano e mi siedo. «Che cosa c'è in ballo, mamma? Di solito non appari inaspettatamente. Va tutto bene?»

Lei sposta lentamente il suo sguardo sospettosa da Jaeger a me. «Sono qui per parlare con Tyler. Sai dov'è?»

Quindi non riguarda me, ma Tyler? Eccellente!

Ora l'ha combinata grossa. È arrivata la mamma, quindi di qualunque cosa si tratti deve essere grave.

Ripensandoci, non l'ho tenuto d'occhio e Tyler si sta comportando in modo strano. Viene a casa puzzando di birra e sigarette e non ho ancora capito il suo improvviso desiderio di passare l'estate a Tahoe. Essere scaricata, licenziata e innamorarmi mi ha distratto, quindi sono stata una pessima amica *e* sorella. Perfetto.

Prima che possa dire a mia madre che non ho idea di dove sia, Tyler entra dalla porta. Resta pietrificato, con la mano sulla maniglia. «Ehi» dice nervosamente.

Che cosa sta succedendo? Cioè, mia madre riesce ancora a incutere in noi il timore di Dio, anche se è piccolina e le guardiamo entrambi in testa, ma Tyler sembra più nervoso di quanto lo abbia mai visto.

«Hanno chiamato dal college» dice. «Sei mancato alle riunioni pre-semestre e non sono stati in grado ti mettersi in contatto con te.»

Tyler smette di guardarla negli occhi e si piega, frugando nel suo borsone. «Ci penso io, mamma. Non preoccuparti.»

«Davvero? Perché non mi sembra che ci stia pensando tu.»

Jaeger si siede sul divano accanto a me e sta guardando con interesse mia madre e mio fratello. Questo è il primo avvenimento un pochino drammatico che non coinvolga noi due. Probabilmente è eccitato quanto me.

«Che cosa sta succedendo, Tyler?» gli chiede la mamma. «Non mentire, non sei bravo a farlo.»

Tyler si raddrizza e giochicchia con la spalla della sua t-shirt. È uno dei suoi tic nervosi. «Bene, se vuoi saperlo, non ho intenzione di tornare. Resto qui.»

Mia madre si siede sul bordo della poltrona reclinabile. «Che cosa significa? I tuoi datori di lavoro pensavano che fossi sparito, Tyler. Non è il modo di dare il preavviso quando lasci un posto di lavoro. L'amministrazione del college mi ha detto che erano sul punto di segnalare una persona scomparsa alla polizia. Immagina il loro sollievo quando si sono messi in contatto con me e ho detto loro che eri qui.»

«Avrei dovuto chiamare.» Si sfrega la fronte con le nocche e sospira.

«Perché vuoi lasciare il tuo lavoro?» gli chiede la mamma. «Pensavo che ti piacesse Boulder e la tua carriera.»

Tyler va in cucina e prende una birra dal frigorifero. Ora che ci penso, il frigorifero è sempre stato ben rifornito di birra. Sta bevendo troppo. «No, non più» le risponde.

«Uhm. E come farai a mantenerti? Hai intenzione di dormire sui divani degli amici per il resto della tua vita?» La mamma sta diventando sarcastica e significa che tra poco esploderà.

«Ho vissuto come uno studente. Ho dei soldi da parte che mi dureranno per qualche anno.»

Oh, merda. Avrebbe dovuto pagare l'affitto a me e Gen.

Tyler aveva ottenuto la laurea di primo livello in tre anni e quella magistrale poco dopo. Ha veramente ereditato il cervello di nostro padre. La mamma e io non siamo mai riuscite a capire perché non avesse voluto fare il dottorato di ricerca.

«Tyler, sarebbe meglio usare quei soldi per dare un acconto su una casa, non...» dice agitando una mano. «... Per vivere alle spalle di tua sorella, bevendo tutto il giorno.»

Tyler fa una smorfia e Jaeger e io ci guardiamo in faccia.

Accipicchia, è roba seria. Non avevo idea che mio fratello fosse così incasinato. Diabolicamente, la cosa mi fa sentire meglio.

«Lascia perdere, mamma. Quando avrò capito che cosa voglio te lo farò sapere.»

Mia madre piega la testa di lato. Tyler non le parla mai in modo irrispettoso, non da quando le aveva risposto male a dodici anni e si era visto togliere i videogame.

Mamma mi guarda e mi chiede: «Tu sai che cosa sta succedendo?».

Spalanco gli occhi e scuoto la testa.

«Sono ancora qui» dice rabbiosamente Tyler. «Se avessi voluto che vi impicciaste dei miei affari ve lo avrei detto.»

Può farla franca facendo lo stronzo con me, ma non nostra madre. «Tyler!»

Lui mi ignora e si precipita fuori. Vado di corsa alla finestra e lo vedo che butta nella pattumiera la bottiglia vuota della birra mentre va verso la sua auto. Picchio sul vetro. «Ehi! La bottiglia va con i vetri!»

Tyler fa marcia indietro e si immette sulla strada con la sua Land Cruiser.

«Bene,» dice mia madre, «immagino che ora sappiamo che tuo fratello è nei guai.» Si alza, batte sulla tasca posteriore dei jeans e prende le chiavi. «Non vuole parlare con me. Dovrai aiutarlo tu.»

Aspettate, cosa? «Te ne vai?»

Lei prende la borsa e si guarda intorno, vedendo la grande tenda sul retro. «Non c'è molto che possa fare. Non vuole che sua madre si impicci di qualunque cosa sia che lo preoccupa. Chiamami se hai bisogno di parlare. E non permettere a tuo fratello di bere e guidare!»

Mi precipito verso di lei. «Mamma, che diavolo? Non puoi scaricarmi addosso questo problema.»

«Non è veramente un problema tuo. Tocca a lui risolverlo. È la sua vita che sta incasinando. Dico soltanto che dovresti essere disponibile quando avrà bisogno di parlare.»

Dà un'occhiata a Jaeger: «E questo...». Indica la tenda e noi due. «Non credere che non sappia ciò che sta succedendo.» La mia faccia brucia. «Mi aspetto la visita di voi due entro le prossime due settimane in modo che possa riprendere contatto con il tuo ragazzo, Cali.»

Mi abbraccia, stringendomi tanto da togliermi il fiato e mi dà un bacio sonoro sulle labbra. «Adios!» dice, salutandoci con la mano.

Che strano modo è di fare il genitore?

È quello che si potrebbe definire *adesso sei cresciuto, arrangiati.*

Mia madre era abituata a criticare Tyler e me quando era necessario, ma ci lasciava combattere le nostre battaglie quando eravamo più giovani. Potrebbe spiegare il fatto che Tyler e io siamo così indipendenti. Siamo capaci di rialzare la testa quando le cose vanno male e ho la sensazione che ciò che preoccupa Tyler sia una cosa grossa. Spero solo che non lo abbatta per sempre.

Capitolo Trentadue

Nei giorni seguenti, cerco di sondare mio fratello per capire che cosa gli sta succedendo, ma tiene la bocca chiusa e non mi rivela niente. Le cose sono ancora nel limbo con gli avvocati di Jaeger, che stanno cercando di far uscire Kate da casa sua, ma la vita non va tanto male. È bello avere Jaeger con me e mi piacciono i nuovi corsi.

Al corso di CAD oggi hanno approfondito la struttura della progettazione 3D e la mia mente analitica è entusiasta dei *layer*, le sovrapposizioni. Finalmente sta diventando divertente. Sono fiduciosa riguardo ai progressi che ho fatto e spero che per metà autunno avrò raggiunto una competenza sufficiente per il lavoro in AutoCAD. Un aumento di stipendio sarebbe molto utile per risolvere i miei problemi di trasporto.

Leo, al contrario, sembra fare fatica. «Accidenti, questo corso mi sta uccidendo» dice mentre andiamo verso la sua auto. «Non lo trovi difficile?»

Non voglio elencare i corsi che ho trovato difficili. Alcuni corsi di Matematica Superiore e di Economia che avevo seguito, come sfida, al college, solo per nominarne qualcuno, e sicuramente i corsi propedeutici sul Diritto Costituzionale e Commerciale, ma il CAD? No, il CAD non fa parte di quell'elenco.

«Va tutto bene. Sarò lieta di aiutarti se ti blocchi» gli dico.

«Grazie. Probabilmente chiederò il tuo aiuto...» La voce di Leo si spegne alla fine della frase.

Seguo il suo sguardo in direzione di un ragazzo pallido e snello, con i capelli neri a ciuffi disordinati accanto all'auto di Leo, con il fianco appoggiato alla portiera.

Leo aggrotta la fronte mentre ci avviciniamo. «Brad? Che cosa ci fai qui?»

«Ho bisogno di un passaggio per andare a casa. Ti dispiace?» Brad mi dà un'occhiata, con la bocca che si solleva agli angoli.

Leo mi dà un'occhiata incerta. Io faccio spallucce e Leo apre la portiera. «Certo.»

«Perfetto» dice Brad. «Andiamo a mangiare qualcosa prima.»

Il bar è dall'altra parte del campus, quindi Leo guida fin lì e parcheggia vicino.

Io salto la cena e colgo l'occasione per prendere qualcosa da mangiare per Jaeger e me e magari qualcosa per domani mattina. Jaeger deve uscire presto domani e Leo è già d'accordo di accompagnarmi al lavoro, gentilissimo da parte sua.

Leo lavora in un ristorante di giorno e dice che darmi un passaggio non è un gran problema, ma mi sembra di dovergli qualcosa. Mi ha veramente aiutato a spostarmi in città in queste ultime settimane e spero che accetti il mio aiuto con il corso.

Gen lavora ancora di sera al casinò e non mi fido di lei al

volante alle sette del mattino in condizioni normali, figurarsi solo dopo un paio d'ore di sonno. E, anche se abbiamo parlato, Tyler si è isolato dopo la visita a sorpresa di nostra madre. Le ultime notti ha dormito a casa di un amico.

Non ho parlato a Jaeger del mio accordo con Leo. Sarà giù uscito quando sarà ora per me di andare e credo presuma che mi accompagnerà Gen al lavoro. Non l'ho corretto. Temo che riprenderà il discorso dell'auto e la cosa mi imbarazza ancora. Preferirei non discutere ancora il fatto che non mi posso permettere un'auto. E scroccare un passaggio a Leo è meglio dell'autobus.

Leo, Brad e io siamo al bar del campus quando Brad mi apre la porta del frigorifero delle bibite. Stavo fissando il contenuto da un minuto, cercando di decidere che cosa bere. «Che cosa posso offrirti, Cali?»

È tardi ed è stata una giornata lunga. Ci sta una piccola stravaganza. «Latte al cioccolato, grazie.»

«Okay.» Prende il latte insieme a un sandwich, acqua in bottiglia e una bibita che porge a Leo, poi va alla cassa. Paga per tutti prima che possa dire qualcosa.

Okay. È stato carino. Non era obbligato a farlo. Gli offro di pagare il mio latte al cioccolato ma lui scuote la testa. Prendo un muffin e alcune altre cose e li metto sul bancone per pagarli. Quando torno a casa verso le dieci, Jaeger sta dormendo ancora vestito sul materasso ad aria e respira lentamente e profondamente. È riuscito a togliersi le scarpe, quindi non lo sveglio. Mi lavo, mi metto il pigiama e mi infilo sotto la coperta accanto a lui.

Quando mi sveglio la mattina dopo. Jaeger è già andato. Che scocciatura.

Le questioni legali necessarie per buttar fuori Kate e far fronte al suo carico di lavoro occupano tutto il suo tempo. Prendo il telefono e gli mando un messaggio.

Cali: *Stamattina non ti ho visto.*

Mi risponde immediatamente.

Jaeger: *Mi sono accoccolato accanto a te questa mattina, ma stavi dormendo profondamente. Hai distrutto il mio ego schiaffeggiando via i miei baci come se fossero delle mosche. Mi aspetto una ricompensa questa sera, qualcosa che accarezzi il mio ego... e altro.*

Cali: *Le carezze cominceranno questa sera. Non addormentarti prima che arrivi a casa.*

Un'ora dopo, ho fatto la doccia e sto mangiando l'ultimo boccone di muffin, quando l'auto di Leo entra nel vialetto. C'è Brad sul sedile del passeggero. Aveva detto che sarebbe venuto anche lui?

Chiudo a chiave la porta e vado verso di loro. Leo alza la mano in un saluto e Brad mi guarda mentre mi avvicino.

«Buongiorno.» Chiudo la portiera e allaccio la cintura di sicurezza.

Brad allunga la mano di dietro, con un bicchierone di Starbucks. «Mocha: caffè con la crema di cioccolato. Ieri sera ho notato che ti piace il cioccolato.»

Non quanto mi piacciono i cappuccini al mattino, ma non dirò di no alla cioccolata appena alzata. Mai. «Grazie. Quanto ti devo?»

«Offro io» dice Brad.

Do un'occhiata a Leo che sta osservando la conversazione nello specchietto retrovisore. Distoglie nervosamente gli occhi e fa retromarcia.

«Brad, sei sicuro che non vuoi che ti porti direttamente là?» gli chiede Leo.

«No, va bene così.» Brad picchietta il dito sul finestrino a tempo con una canzoncina allegra. «È proprio vicino a dove lavora Cali. Da lì posso andare a piedi.»

Quindi Leo sta dando un passaggio anche a Brad. È fin troppo gentile. La prossima volta in cui saremo da soli gli offrirò di pagargli la benzina.

Assaporando la bontà cioccolatosa del mia caffè, guardo dal finestrino gli uffici delle attività sullo Stateline Boulevard, bevendo un sorso ogni volta che c'è la parola *chalet* nell'insegna. Quando Leo mi lascia al parcheggio ho finito la tazza e il mio passo è più elastico dopo l'insieme di zucchero e caffeina.

Sento una sensazione di calore mentre entro. Residuo di euforia dal delizioso caffè al cioccolato?

Sono felice, cioè, veramente felice. È il mio lavoro, o Jaeger, non so quale dei due, ma non penso di essere mai stata così felice in vita mia. Il mondo è un posto meraviglioso.

Saluto la receptionist e il sorriso mi si congela sulla faccia. Qualcosa non va. I miei passi vacillano appena ho superato la sua scrivania, sento un crampo allo stomaco, la nausea che mi travolge. Stringo le labbra e mi afferro allo stipite, facendo respiri profondi. La fronte si riempie di sudore.

Voltandomi lentamente, mi guardo attorno. *Sto per vomitare. Bagno...* La vista si riempie di puntini neri danzanti. *Non riesco a pensare...*

* * *

L'odore del vomito mi brucia il naso.

Sto soffocando tra i conati di vomito. Sto soffocando nel mio vomito.

Sento voci frenetiche sopra di me.

Apro gli occhi e poi li richiudo. Non so dove sono. Perché sono per terra?

«Che cos'ha mangiato? Prende qualche farmaco o droghe illegali?» chiede una voce profonda.

«È questa la sua borsa?»

«Oxycontin.»

«Oxycontin? Che cosa...» Questa voce ha un tono acuto.

Qualcuno mi pulisce la bocca. Mi mettono una maschera sul naso e la bocca. Mani forti mi sollevano.

Apro di nuovo gli occhi e questa volta metto a fuoco un'immagine: Lewis che mi guarda dalla porta con un'espressione sbalordita.

Uomini con un badge medico sopra di me. *Infermieri?* Mi spingono su qualcosa che si muove. Sbatto contro la soglia e poi fuori. *Sono al lavoro?*

Il respiro esce raschiante, il cuore mi batte forte e lento nelle orecchie. Ho la testa così pesante. Chiudo gli occhi e mi riposo.

Qualche momento dopo sento: «Calista? Calista, riesci ad aprire gli occhi?».

La voce è maschile, ma non la riconosco. Apro gli occhi e ciò che vedo questa volta non è sfuocato. È un uomo con un camice bianco. Un medico. Faccio per sedermi.

«Per favore, resti sdraiata mentre le faccio qualche domanda.»

Il medico si china su di me e fa lampeggiare una luce nei miei occhi. «Le pupille non sono più puntiformi» dice a qualcuno sopra la spalla, poi riporta l'attenzione su di me.

«Calista» dice a voce alta, come se fossi un po' sorda. Vorrei dirgli che non serve urlare, ma ho la bocca asciutta e mi fa male il petto. Non riesco ancora a respirare bene e dal mio petto arriva un crepitio. «Sono il dottor Gregger. Le abbiamo appena dato il Narcan per contrastare gli oppiacei nel suo sistema. Gli infermieri hanno trovato l'Oxycontin nella sua borsa quando hanno cercato medicinali e informazioni sulle eventuali allergie. Aveva mai usato l'Oxycontin prima d'ora?»

Scuoto la testa.

«È stato un medico a prescriverglielo?»

Scuoto nuovamente la testa. Non ho mai sentito parlare dell'Oxycontin. Non ho idea di che cosa stia parlando.

Un accesso di tosse cavernosa, forte da scuotermi mi toglie il fiato. Sto ansimando. Il medico abbaia ordini a qualcuno nella stanza.

«Calista» mi dice. «Gli infermieri credono che abbia aspirato dei liquidi quando è svenuta. Faremo una radiografia al torace.»

Mi sembra che siano passati solo pochi minuti, ma sospetto che siano molti di più e mi ricoverano in terapia intensiva. La radiografia ha mostrato liquido nei polmoni.

Devo essermi addormentata di nuovo perché la volta successiva in cui apro gli occhi c'è qualcosa di caldo che mi preme la mano. Jaeger è accanto a me, con le dita grandi avvolte intorno alle mie, la testa piegata come se stesse pregando. Mia madre è in fondo al letto e mi stringe un piede.

«Mamma? Perché mi tieni il piede?» Non riesco a muovere bene la bocca. Sembro ubriaca.

Mia madre sbatte gli occhi come se l'avessi sorpresa. Mi sta fissando da un minuto. «Calista.» Si alza e si sposta di fianco al letto. Mi bacia la fronte e mi passa una mano fresca sul volto che al confronto sembra caldo. «Sei rimasta senza sensi, con la febbre alta. Non ero sicura che questa volta fossi veramente sveglia.»

Adesso Jaeger osserva il mio volto e respira tremante, come se fosse preda di un'emozione profonda.

«Che cos'è successo?» Deglutisco e provo una sensazione di fastidio in gola, come se fosse infiammata.

La mamma guarda prima Jaeger e poi me. «Sei svenuta, i tuoi colleghi hanno chiamato il 911 ma hai vomitato e lo hai aspirato.»

Guardo Jaeger. Potrei sentirmi imbarazzata, se non mi sentissi come un rottame.

«Ti stanno dando antibiotici potenti, ma i tuoi polmoni...» La mamma stringe le labbra, poi si morde quello superiore. «Devi riposare, tesoro.» Mi dà un colpetto sulla mano. «Moltissimo riposo per permettere al tuo corpo di guarire.»

«Ma mamma, che cos'è successo?» Ripenso a questa mattina. «Ho mangiato un muffin e ho bevuto un caffè con la crema di cioccolato. Mi sentivo bene finché non sono entrata in ufficio. Poi... Non ricordo.»

«Hanno trovato...» Le manca la voce. «... l'Ossicodone nel tuo sistema, Oxycontin. Hanno trovato altre pillole nella tua borsa.»

Cerco di capire le sue parole. L'ha menzionato anche il medico. «Che cos'è l'Oxycontin? Non avevo niente nella borsa.»

Mia madre parla con la voce tremante, soffocata. «Cali, perché ti stai drogando? Tutte le storie che ti ho raccontato sui casinò, come le droghe e l'alcol rovinino la vita...» Scuote la testa, con le lacrime che le rigano le guance. «Non ho mai pensato che potessi farlo. Non ho mai pensato che ti saresti fatta coinvolgere in quella roba.» La voce è spezzata, come le succede quando è emozionata o si è appena svegliata.

Dio, detesto quella voce gracchiante. Significa che mia madre è veramente sconvolta o seriamente stanca. Non mi piace nessuna delle due alternative.

«Mamma, non assumo droghe.» Okay, è una bugia. «Ho fumato erba un paio di volte al college» mi correggo. «È tutto. Non so perché abbiano trovato quella roba nella mia borsa, ma non è mia.»

«Tesoro, i medici hanno fatto gli esami del sangue. Avevi residui di quel farmaco nel tuo sistema. E non era l'unico. C'era anche dell'ecstasy.»

«*Cosa?*» Cerco di sedermi, ma ci ripenso quando le braccia non mi sorreggono.

«Non capisco» dice. «Stavi sperimentando?»

«No.» Ho la testa piena della stranezza di questa mattina. Ero felice per Jaeger e il nostro piccolo scambio di messaggi e poi veramente felice dopo aver bevuto quel caffè.

Quello che mi ha dato Brad.

E comunque, come mai Brad era lì? È un tipo strano. E mi ha dato lui la bevanda. Leo mi aveva detto che il suo coinquilino era in un giro...

«Mamma, non sono stata io. Ascolta, stamattina mi sono fatta dare un passaggio da Leo.»

«Ieri mattina.»

«Ieri?»

«Sei in terapia intensiva da ventiquattro ore» mi dice.

Ho perso un'intera giornata? Dio, è una follia. «Mamma, parla con Leo. Forse sa qualcosa. C'era il suoi coinquilino, Brad, che non avrebbe dovuto esserci. Mi ha dato un caffè al cioccolato. Penso che possa esserci stato qualcosa dentro. L'espressione di Leo questa mattina – *ieri mattina* – e quello che ha detto di Kate...»

«Cosa?» La voce cupa è quella di Jaeger. «Com'è coinvolta Kate?» In superficie, la domanda di Jaeger sembra preoccupata, ma ha una sfumatura minacciosa, come se non volesse altro che un motivo per tirare il collo a Kate.

«Leo ha detto di aver visto Kate alle feste che dà il suo

coinquilino. Ha detto che Brad è in un giro, ma non ha spiegato molto. Sinceramente, al momento non mi interessava. Ma se si stesse riferendo agli stupefacenti? Il ragazzo di Kate era in quel giro. Non so perché Brad dovesse mettere qualcosa nel mio caffè, ma ieri non avrebbe dovuto esserci. Sai che cosa voglio dire?» Al momento, non sono sicura se quello che sto dicendo ha un senso. La mia testa non è esattamente sgombra.

Le rughe di espressione intorno alla bocca di Jaeger diventano bianche. «Qual è il numero di telefono di Leo? Il suo cognome?»

Gli indico la mia borsa, che l'ospedale ha piazzato accanto al mio letto. Prende il mio telefono e trova il numero di Leo. Sembra riluttante, non vorrebbe uscire e mi bacia la fronte. «Esco un minuto per fare la telefonata.»

Io annuisco e lui esce dalla porta.

La mamma si siede al suo posto. «Quel ragazzo è seduto qui da quando sono arrivata. Ero ai piedi del letto perché non c'era spazio di fianco a te. Non ho avuto il coraggio di chiedergli di spostarsi.»

Ha ragione, c'è uno schermo e niente sedie sulla mia destra. Jaeger occupava l'unico posto per i visitatori.

«Non lasciarti ingannare dalla sua stazza» dice. «Era terrorizzato. Lo eravamo tutti. Il medico diceva di essere ottimista. Che visto che la tua salute generale era buona ti saresti ripresa, ma finché non ti sei svegliata, non ne ero sicura, tesoro. *Non ne ero sicura.*» Abbassa la testa, con la bocca premuta sulle nostre mani unite. Singhiozza in silenzio, con le spalle che si alzano e si abbassano.

È tutta una follia. Un momento prima stavo bene e sembrava che tutto stesse funzionando e il momento dove si è scatenato l'inferno.

Tyler entra con caffè nei bicchieri di carta. Vedo la

sorpresa nei suoi occhi, le spalle che si rilassano come se gli avessero tolto un enorme peso.

Fa il giro del letto e appoggia i bicchieri sul tavolino accanto. Senza dire una parola, si abbassa e mi abbraccia, e lo sento tremare contro il mio collo.

Si stacca e respira a fondo dal naso. «Che cosa succede, Calzone? Sono contento che ti senta meglio.»

Jaeger ritorna un secondo dopo, seguito da un agente di polizia. «Qualcuno ha informato la polizia.» La sua voce è tesa, furiosa. «La polizia è andata al tuo posto di lavoro e ti ha rintracciato all'ospedale.»

Sono andati nel mio posto di lavoro? Per che cosa? Sorrido stancamente all'agente e Jaeger sembra pronto a staccargli la testa.

L'agente mi fa qualche domanda e gli dico tutto ciò che so, essenzialmente roba inutile. No, non ho preso l'Oxycontin. Non mi drogo, né ne tengo una scorta in borsa (a quanto pare gli infermieri che sono arrivati sulla scena hanno trovato ecstasy e Oxycontin in una tasca laterale della mia borsa quando hanno cercato farmaci o indicazioni di allergie). No, gli dico, non so perché qualcuno, inclusi Leo e il suo coinquilino Brad, avrebbe dovuto drogarmi senza che lo sapessi.

L'agente se ne va, dice che farà indagini, ma il suo tono è secco, come se pensasse che è una perdita di tempo.

Sto ancora pensando a che cosa significa quando Gen si precipita sulla mia stanza d'ospedale con i pantaloni della felpa, una canottiera – probabilmente senza reggiseno, dato che è quella che indossa a letto – e una felpa leggera. I capelli sono in disordine e non è truccata (cioè non ha il lucidalabbra). Chiaramente è venuta appena sveglia.

«Sei sveglia» dice con un sospiro di sollievo. Lewis la

segue nella stanza e mia madre e mio fratello escono per fare loro spazio.

Che cosa sta succedendo tra Gen e Lewis? Perché è venuto con lei?

Oddio. Sono svenuta al lavoro. Lewis deve averlo detto a Gen. Tutti in ufficio sapranno che cos'è successo. Perderò il lavoro per via degli stupefacenti che hanno trovato? Maledizione! Ho appena ottenuto quel lavoro e mi piace veramente lavorare per la Sallee Construction.

Perché qualcuno doveva farmi una cosa del genere? Non riesco a credere che Leo mi potrebbe fare del male. Resta Brad, il coinquilino generoso, a volte un po' inquietante. È lui che ha comprato il caffè al cioccolato, se è quello il responsabile per ciò che è finito nel mio sistema. Ma Brad mi conosce a malapena. Che cosa gli ho mai fatto? Leo ha detto che Kate andava alle feste di Brad...

Sono così confusa e mi fa male la testa. Le coperte mi stanno soffocando. Schiaffeggio via la mano di Gen quando cerca di rimboccarmele.

«Cali, come hai fatto a finire in un pasticcio simile?»

Grande, a quando pare pensano tutti che sia una tossica. Sbuffo e mi difendo.

Lo faccio parecchie volte prima che l'ospedale decida che è sicuro dimettermi, quattro giorni dopo. La febbre è sparita e i polmoni, anche se non completamente puliti, stanno migliorando, purché stia a letto a riposo.

Ma non è quello che succede, perché la polizia mi sta aspettando.

Jaeger mi mette un braccio intorno alla vita per proteggermi e scambia un paio di parole accese con l'agente al comando, ma è inutile. A parte il fatto che gli infermiere hanno trovato gli stupefacenti nella mia borsa, qualcuno ha chiamato anonimamente la polizia per informarli che avevo droghe illegali. È il motivo per cui la polizia era andata nel mio ufficio, e poi in ospedale.

Jaeger, Gen e la mia famiglia mi seguono alla stazione di polizia, ma mi separano immediatamente, mi arrestano e fanno una perquisizione personale (l'esperienza più umiliante che abbia mai avuto) e mi portano in cella. È uno spazio vuoto, tranne una panca e un WC in acciaio inossidabile. Mi sdraio sulla panca dura, sotto shock e perché sono esausta. Il suono crepitante che veniva dai miei polmoni è sparito, ma sibilano e sembrano pesanti e mi è rimasta una brutta tosse. Fisicamente guarirò, e poi?

Tranne ritrovare Jaeger, ho avuto decisamente sfortuna da quando sono tornata nella mia città. Ma questa faccenda sembra personale, non solo uno stronzo che vuole dimostrare il suo potere.

Qualcuno voleva fottermi e ci è riuscito. Perfino la mia famiglia e la mia migliore amica all'inizio non mi hanno creduto quando ho detto loro che non mi drogavo. Non ci era voluto molto per convincerli della verità, ma mi conoscono e si fidano di me. Come farò a convincere la polizia che gli stupefacenti non erano miei quando tutte le prove puntano a me?

Un agente apre la porta della cella parecchi minuti dopo. «Hanno pagato la cauzione. È libera di andare. Per ora.»

Mia madre, Tyler e Jaeger aspettano nella sala d'attesa della stazione di polizia.

Jaeger è il primo che si alza e mi abbraccia forte. Poi mi lascia andare per un momento perché possa abbracciare la mia famiglia.

Mi mette un braccio intorno alla vita, sostenendo gran parte del mio peso mentre usciamo dall'edificio, tutti insolitamente silenziosi. Dovrei dire a Jaeger che sto bene, che non mi serve una stampella, ma la sua forza mi aiuta perché la mia viene meno. Ho sempre pensato che dipendere emotivamente e finanziariamente da un uomo portasse al disastro, ma con Jaeger la cosa non mi dispiace troppo.

«Hanno fissato una data per l'udienza» dice mia madre dal sedile anteriore del SUV di Tyler. Jaeger e io siamo seduti dietro. Io sul sedile in mezzo, col corpo appiccicato al suo e il suo braccio intorno come una corda di sicurezza.

Anche con tutto questo amore e sostegno, la realtà dei fatti mi disturba. La polizia pensa che sia colpevole di possesso di droga. Come farò a uscirne? Gli occhi mi bruciano e la vista diventa sfuocata, il petto raschiante mostra bene le mie emozione quando il respiro diventa affrettato ed esitante.

«Baby.» Jaeger mi alza il mento. «Scoprirò chi è stato.»

Annuisco. In qualche modo gli credo, nonostante tutto sia spaventoso. Perché ci siamo scelti e quindi siamo 'giusti'. Ciò che c'è tra di noi è reale e ci dà forza.

Nelle altre relazioni, ero io la roccia, ma Jaeger è il masso a cui mi aggrappo nel mezzo del blu profondo del lago.

Capitolo Trentatré

Sorpresa! Per un po' sono senza lavoro. Non biasimo John Sallee; non aveva scelta. A sua difesa, mi ha concesso un congedo non pagato fino all'udienza. John non può ignorare le accuse contro di me ma è ottimista e pensa che le lasceranno cadere. È gentile da parte sua, se si pensa che mi conosce solo da poche settimane.

Jaeger entra nel nostro cortile passando dal cancelletto. Sono sul lettino che ho trasferito dal portico (adesso è la nostra camera) sulla terra. In effetti preferisco questo punto di osservazione: sono esattamente in mezzo alla natura. In questi giorni ringrazio Dio per le piccole cose: gli alberi, il sapore delle olive verdi e il tempo che passo con il mio ragazzo, mentre tutto il resto va in malora.

Jaeger mi solleva, album da disegno e tutto, e si piazza nel mio posto sul lettino, sdraiandomi sopra di lui. All'inizio mi irrigidisco, cercando di riprendere l'equilibrio, poi mi sistemo comodamente. Prendo la matita e ricomincio a disegnare. Il lettino-Jaeger è diventato il mio mobile preferito.

Mi mette le mani sui fianchi, con le dita che accarezzano l'incavo della vita. Mi dimeno, quando il palmo caldo delle mani invia segnali chimici alle mie parti femminili.

Dal suo petto esce un ringhio rombante. «Piano, altrimenti ti troverai sotto di me e l'album buttato in mezzo al cortile.»

Ridacchio. Non è una minaccia, è qualcosa che mi aspetto e che farò succedere appena Gen sarà uscita per andare a lavorare.

È passata una settimana da quando mi hanno arrestato. Sono rimasta in cella solo per poche ore, ma non è una cosa che dimenticherò presto. Ho ripreso buona parte della mia energia, con l'aiuto degli antibiotici e il riposo. E, tutto sommato, sono fottutamente fortunata di essere viva. Nel frattempo, Jaeger ha assunto un investigatore privato per scoprire chi mi ha drogato e perché. Sembra un reality show sulla polizia e quasi non riesco a credere che sia la mia vita.

Jaeger alza il lato del mio album da disegno. Sto facendo il disegno astratto di un uomo che solleva una donna dall'acqua, usando un milione delle piccole sagome che preferisco per i miei schizzi. È possibile che l'espressione sul volto dell'uomo assomigli a quella di Jaeger quando mi sono risvegliata in ospedale.

«Sei incredibile» dice con la bocca nei miei capelli sopra l'orecchio.

Appoggio la matita in grembo e intreccio le nostre dita. «Sono una galeotta. Sei sicuro di voler continuare a frequentarmi?»

Il suo corpo si irrigidisce, e non la parte buona.

Una fitta di panico sbatacchia nei miei polmoni quasi guariti. «Jaeger?»

«Questo pomeriggio ho parlato con l'investigatore privato.» Disegna lentamente con il pollice dei cerchi sopra la mia testa e mi rilasso un po'. «Ha collegato Brad con il ragazzo spacciatore di Kate e ha informato la polizia. Brad ha una lunga fila di precedenti: piccoli furti, un paio di accuse di spaccio che sono state lasciate cadere. Non è mai stato in prigione, ma questa volta ci finirà.»

Mi siedo e lo guardo in faccia, mentre l'album finisce per terra. «Quindi è sicuro che Brad sia collegato a Kate?» L'idea sembrava la più plausibile quando avevo parlato di quella mattina e di come Leo l'avesse conosciuta, ma resta difficile credere che possa essere arrivata a tanto.

Jaeger raccoglie il mio album e lo spolvera. Me lo appoggia in grembo e mi tira vicina. «Mi dispiace, Cali. Questa mattina, in cambio di un alleggerimento delle accuse, Brad ha confessato la sua storia col ragazzo di Kate. Ha ammesso di aver messo lui gli stupefacenti nella tua borsa. È stato un intermediario a ordinargli di farlo, ma Brad crede che l'ordine sia venuto dal ragazzo di Kate. Brad era in debito con lui per qualcosa. Ha detto agli investigatori che non sapeva perché fossi stata presa di mira tu, solo che gli avevano detto di piazzare i narcotici.»

«Ma il caffè...»

«Brad ha improvvisato. Dice che non sapeva che avresti avuto una reazione potenzialmente letale alla droga.» Jaeger stringe le braccia intorno a me. «Dice che stava prendendo delle precauzioni, nel caso in cui la droga nella borsa non fosse stata sufficiente per un arresto.»

Jaeger si mette seduto e io gli rotolo in grembo come una boa, ma le sue braccia mi trattengono prima che cada. «Con la confessione di Brad, l'investigatore dice che faranno cadere le accuse. La polizia si metterà in contatto presto e potrai tornare al lavoro, ma non lascerò perdere ciò che è successo. È colpa mia se Kate è arrivata a tanto.»

Sta cercando di dirmi qualcosa, ma tutto ciò che riesco a pensare è che *è finita*. Mi credono. Sono libera!

«Ho parlato di Kate alla polizia, ma il collegamento con lei è circostanziale. Non ci sono prove che abbia avuto qualcosa a che farci.»

«È sospetto, ma Brad andrà in prigione. Molto presto Kate sarà fuori da casa tua» dico. «Potremo voltare pagina.»

L'espressione di Jaeger cambia. «Ha ignorato l'avviso di sfratto. Dice che non se ne andrà e non posso obbligarla. Afferma che le avevo detto che può vivere lì senza pagare l'affitto e che ha il diritto di restare lì.»

«*Cosa!?* Com'è possibile che faccia quello che ha fatto e aspettarsi di farla franca?»

«Non se la caverà. Ha mentito riguardo alla gravidanza e c'è lei dietro la droga.»

Sbatto gli occhi. «Presumiamo che ci sia un collegamento tra Brad e il suo ragazzo, ma...»

Jaeger chiude gli occhi per un lungo momento prima di fissarmi. «Non ti ho mai detto com'era alle superiori.» La mano che ha appoggiato alla mia coscia si contrae. «Non hai idea quanto mi faccia ammattire averla qui. Non la vedevo da anni e pensavo che non l'avrei più vista, ma dopo ciò che ha fatto... Non le permetterò di rovinare la nostra relazione o farti nuovamente del male.»

«Sei preoccupato che ci riprovi?»

«Tenterà di nuovo. È la stessa persona vendicativa ed egoista che era quando la conoscevo anni fa.»

«Che cos'aveva fatto, Jaeger? L'ho chiesto a Tyler, ma non mi ha detto molto. Solo che era una stronza.»

«Perfettamente appropriato» dice ironicamente. «Quando ho conosciuto Kate, il secondo anno delle superiori, pensavo che fosse una ragazza dolce e tranquilla che lavorava part-time in una gelateria con Beth, la ragazza con cui avevo appena cominciato a uscire. Beth era vivace ed estroversa, finché sono cominciate a circolare le voci che stesse andando a letto con uno degli insegnanti. Il pettegolezzo era circostanziato, difficile da confutare. Hanno licenziato l'insegnante e io ho smesso di vedere quella ragazza. Lei aveva tentato di difendersi. Mi aveva detto che le voci erano una bugia, che non era mai andata a letto con lui. Dichiarava di non aver mai fatto sesso con nessuno. Non le ho creduto. Era carina. Era uscita con un paio di ragazzi di cui conoscevo la reputazione. Ho solo presunto che... Comunque ero stupido e troppo preso dagli allenamenti. Ho pensato che se poteva mentire sul fatto di essere vergine che cosa le impediva di mentire riguardo all'insegnante?» Sospira forte. «Anche l'amministrazione della scuola aveva creduto alle voci. Era cosa fatta. Sei mesi dopo, la ragazza cambiò scuola e non la vidi più. A quel punto non pensavo più a lei. Avevo già cominciato a uscire con Kate.»

Penso di sapere dove andrà a parare questa storia e mi fa star male per Jaeger e la ragazza con cui usciva. «Kate aveva avuto qualcosa a che fare con le voci?»

«All'inizio non lo sapevo. Mi aveva detto di aver lasciato il suo lavoro alla gelateria perché i suoi genitori non volevano che togliesse tempo ai suoi studi. Qualche mese dopo scoprii, tramite un amico comune, che era stata licenziata perché era stata scoperta a rubare. Glielo chiesi e lei mi rispose che non mi aveva detto niente perché era imbarazzata. Che il fatto di non dirmelo era solo una piccola bugia bianca. Che se l'amavo non avrei dovuto farla sentire peggio. Il furto era una delle tante bugie o omissioni che scoprii durante la nostra relazione.» Mi guarda negli occhi. «Non riesco a spiegare perché sia rimasto con lei, Cali, tranne dire che ero concentrato sugli allenamenti. Stare con

Kate era facile ma, dopo la nostra rottura, tornarono a galla tutti i dubbi che avevo avuto su di lei.» Jaeger guarda distrattamente gli alberi in fondo al cortile. «Durante la mia convalescenza, dopo l'intervento al ginocchio, avevo un mucchio di tempo libero. Cercai la ragazza con cui uscivo quando ci eravamo conosciuti Kate e io. Mi disse che Kate l'aveva usata per ottenere il lavoro alla gelateria, poi per ottenere informazioni: su di lei, su di me. La ragazza giurò che non aveva mai fatto sesso con l'insegnante. Che era tutta una bugia e che l'unica persona che sapeva dov'era stata quel giorno era Kate.»

Gesù. Kate è malvagia. «Non è stata colpa tua, Jaeger» dico. «Eri giovane. Non lo sapevi.»

«Ero ingenuo ed egoista, pensavo solo ai miei obiettivi. Non sono più lo stesso. Quando penso a ciò che ha fatto a te...» Scuote la testa e soffia forte. «Non la farà franca. Anche se non riuscirò a trovare le prove che la coinvolgano, mi assicurerò che paghi in qualche modo.»

Sapevo che Kate e lui avevano un passato. Non avrei mai immaginato fosse stato così. Non mi meraviglia che Kate non gli piaccia. Anche se non l'ha mai apertamente denigrata. Non è il tipo di persona che sparla di qualcuno con cui è stato, anche se se lo meriterebbe.

«Sono rimasto single a lungo, dopo Kate. Ho ricordato che la gente perbene esiste una volta passata la fase del sesso facile e del bere e quando ho ricominciato veramente a uscire con una donna. Kate non è la norma. Comunque mi sono stancato alla svelta anche di quello. Ho smesso di avere avventurette senza senso circa un anno fa.»

La nostra prima volta mi aveva detto che non era stato con nessuno da un anno. Adesso ha tutto più senso.

«Poi mi sono imbattuto in te e ho capito che cosa mi ero

perso.» Alza per un attimo gli angoli della bocca prima di tornare serio. «Non permetterò che si metta tra di noi, Cali.»

Gli metto le braccia intorno alla vita e appoggio la testa sotto il suo mento. «E adesso? Se non se ne va, che cosa faremo?»

«Che cosa ne pensi di andare a buttar fuori a calci un ospite indesiderato?»

Capitolo Trentaquattro

«Allora, come ce la giochiamo?» gli chiedo.

Per la mente mi passano immagini folli. La prima è prendere Kate per i capelli, stile zuffa tra donne, e trascinarla fuori da casa urlante e scalciante. Oppure potremmo mettere dei trabocchetti dentro casa, per farla incazzare in modo che se ne vada. Poi c'è il buon vecchio metodo collaudato: bruciare tutti i suoi vestiti su un bel falò all'esterno e cambiare le serrature. Ovviamente, nessuna delle mie idee è vendicativa e crudele come ciò che ha fatto lei a me, ma ovviamente io non sono una stronza fuori di testa.

Jaeger parcheggia fuori da casa sua e io sto praticamente saltellando sul sedile. Questa è una seria resa dei conti, in stile *OK Corral*. «Beh? Che cosa stai pensando? Ci serve un piano prima di entrare.»

Il suo sguardo va all'auto di Kate. «Ho un piano. Stai al gioco.»

Ohhh, un uomo al comando. Così sexy.

«Okay.» Scendo dal suo pick-up e cerco di stare al passo

con le sue lunghe gambe mentre va alla porta. È come cercare di stare al passo di tronchi d'albero deambulanti.

Jaeger entra in casa, guardandosi lentamente intorno. Sul tavolo e sul pavimento ci sono sacchetti del fast-food accartocciati. Vestiti e pattume penzolano dal lampadario. Ci sono piatti impilati in equilibrio instabile nel lavandino e i ripiani sono coperti da uno strato multicolore e rinsecchito di schizzi e cibo avanzato. La casa odora di un misto di costosa lacca per capelli e carne in decomposizione.

La bella casa di Jaeger è un disastro. Che cosa diavolo ha fatto Kate?

Musica a tutto volume esce dalla stanza sul retro. L'ufficio di Jaeger. Quello che aveva chiuso a chiave.

Jaeger si precipita lì e io lo seguo.

Kate è seduta alla sua scrivania, come la volta precedente, con i piedi appoggiati su un angolo e le dita che battono sulla tastiera del computer di Jaeger.

«Pensavo che l'avessi portato da Mason» sussurro.

«Ne avevo bisogno per lavorare, quindi l'ho lasciato qui. Era protetto da una password» ringhia. «Kate!»

Le dita di Kate si fermano, ma non alza subito gli occhi. Riduce a icona la finestra e volta lentamente la testa. «Sì?»

«Mi hai mentito dicendo di avere una bambina e hai cercato di incastrare Cali. Sei fortunata che non sia morta per la droga che le ha dato il tuo amico.»

Cerco di non pensare all'alto tasso di mortalità dovuto all'aspirazione di vomito. È piuttosto spaventoso.

«Sono stufo delle tue stronzate. Non voglio più vedere la tua faccia. Ti hanno ordinato per vie legali di andartene da casa mia e adesso te lo ordino *io*.» Jaeger è grande e imponente, ma non è la sua stazza che intimidisce questa volta. È la sua voce. Il ruggito diretto a Kate potrebbe essere quello di un leone.

«Smettila di comportanti da burbero e cercare di intimidirmi, Jaeger» dice con suo tono acuto e nasale. «Sappiamo entrambi che non faresti mai del male a una donna.»

Lui no, ma io non ho problemi a picchiare Kate. Mi metto davanti a Jaeger, ma lui mi tira indietro. Lo guardo storto e lui scuote la testa.

Kate afferra un contenitore spray e toglie il coperchio, incurante del pericolo. Spruzza un liquido per essiccare lo smalto sulle unghie rosse dei piedi (e sulla superficie della scrivania di quercia in stile Missione di Jaeger).

Jaeger si appoggia allo stipite e incrocia le braccia. «Bella macchina la tua, Kate.»

Lei si china in avanti e toglie una pellicina dall'angolo di un dito. Dà una rapida occhiata a Jaeger. «E allora?»

«Il numero di telaio indica che è del tuo ragazzo. In città dicono che l'appartamento di tua proprietà è stato acquistato con i soldi della droga e che eri coinvolta nel suo laboratorio di metanfetamina.»

Kate volta la testa di colpo. «È una menzogna!»

«Hai chiesto al tuo ragazzo di ordinare al suo amico spacciatore di drogare Cali. Sei una complice e posso provare il tuo collegamento con Brad. Se voglio, posso fare in modo che tu abbia un alloggio proprio come quello del tuo uomo. Carino e compatto, adatto a una vita semplice.»

Ci vogliono solo due secondi perché Kate appoggi i piedi per terra. «Che cosa vuoi, Jaeger?» Le sue parole sono cariche di rabbia.

Messa all'angolo e ancora stronza. Impressionante.

«Ti voglio fuori dalla mia casa e dalla mia vita *per sempre*. Non avvicinarti alla mia ragazza, alla mia famiglia o ai miei amici. In effetti, sarebbe meglio se te ne andassi dalla California e dal Nevada e andassi in qualche posto molto lontano.»

Lei ridacchia, amara. «Sei pazzo. Non me ne vado, inoltre non ho...»

«Soldi?» Jaeger lascia cadere le braccia e si raddrizza in tutta la sua statura. «Vendi i cinquemila dollari di robaccia che hai comprato con la mia carta di credito prima che lo scoprissi...» Resto a bocca aperta, sbattendo le palpebre. *Cinquemila dollari?* «... E l'appartamento e trasferisciti. Potresti anche prendere in considerazione di trovarti un lavoro, per una volta nella vita, Kate. Non ti resta nessuno sulle cui spalle puoi vivere. La tua famiglia ha fatto emettere un ordine restrittivo nei tuoi confronti.»

«Cosa? La mamma non lo farebbe mai.»

«Tua madre, tuo padre e tua sorella e la sua famiglia. *Tutti.* Io ne ho fatto emettere uno questa mattina. Quindi, tecnicamente è illegale per te essere così vicina alla mia proprietà. Potrei farti arrestare.»

C'è un momento di silenzio sorpreso mentre Kate elabora le parole di Jaeger. Nel tentativo di fregare gli altri si è fregata da sola. Non le resta nessuno.

Kate si guarda intorno come cercando qualcuno o qualcosa che possa salvarla. La sua espressione diventa dura mentre ci sorpassa a forza per andare nella camera degli ospiti. Sentiamo scorrere una cerniera, insieme allo stridio dei cassetti che si aprono e chiudono.

Musica per le mie orecchie.

Dieci minuti dopo, Kate è in auto e sta partendo a tutta velocità.

Jaeger e io restiamo fermi per qualche momento in silenzio, guardando la sua auto sparire in fondo al viale, finalmente godendoci la pace di una zona senza Kate per la prima volta da settimane.

Gen ha finalmente detto alla direzione del Blue Casinò ciò che le ha fatto Drake e adesso Kate è stata cacciata dalla città. La vita sta tornando in pista. Sono con Jaeger. Non ci potrebbe essere niente di meglio.

Guardo dietro di me, riflettendo. La sua bella casa è stata contaminata.

Jaeger prende il telefono, scorrendo i suoi contati. «Non preoccuparti, la farò decontaminare. Chiamo subito la signora delle pulizie.»

«Io contribuirò con la biancheria nuova.»

Lui ammicca. «Ci ho già pensato. Per domani, dormiremo su un materasso king-size dentro una vera casa, anche se mi piaceva fare il campeggio con te. Useremo ancora la nostra tenda e il materasso gonfiabile.» Sposta l'attenzione al telefono. «Janice? Sono Jaeger. Ho bisogno che venga a fare una pulizia completa e qualche compera.» Copre il telefono. «Di che colore vuoi le lenzuola?»

Mi sta chiedendo che cosa mi piace? Per casa sua? Gli dico i miei colori preferiti e lui li riferisce a Janice.

Finisce la chiamata e c'è di nuovo silenzio, tranne il suono dell'acqua che lambisce le rocce in basso, gli uccelli che cinguettano, gli aghi di pino che frusciano leggeri nella brezza. Ascolto questi suoni godendomeli completamente. Non mi ero resa conto di quanto la presenza di Kate avesse fatto crollare il nostro mondo. È come se avessero rimosso il peso di una montagna.

Jaeger mi prende la mano. «Abbiamo un po' di tempo mentre puliscono la casa. Vieni, ho qualcosa da mostrarti.»

Mmm, tutto quello che mi ha mostrato finora mi è piaciuto. Salgo contenta sul suo pick-up, godendo del senso di libertà di andare ovunque vogliamo e fare tutto ciò che vogliamo.

Jaeger guida fino a una strada che si chiama Beach Drive nelle Keys. È proprio sull'acqua e le case, qui, sono enormi. Entra in un viale con un garage per quattro auto. La casa in sé occupa circa un quarto di un isolato e dà sul lago. Anche la casa di Jaeger è sul lago, ma è su un'altura e più distante dall'acqua. Questo posto è praticamente sul lago e ha una facciata di listelli di legno e pietra. È magnifica.

«Chi vive qui?»

«Un cliente che voglio che tu conosca. Penso che ti piaceranno le sue ultime opere d'arte.» Sorride misterioso.

Mi sta portando a vedere una delle sue opere? Dentro la casa di qualcuno? Non è un'invadenza?

«Aspetta, il tuo cliente non è Danielle, vero?»

«Assolutamente no.» Scuote la testa. «Non lavoro più con Danielle. È un altro cliente.»

«Okay-y-y. Sei sicuro che al cliente non dispiacerà che ci sono io?»

Lui sorride ancora un po'. «Sicurissimo. Ho parlato di te e vuole conoscerti.»

Che diavolo sta succedendo? «Il tuo cliente vuole conoscere la tua ragazza, una galeotta che si è ritirata dalla Facoltà di Legge?»

«Già.» Si china verso di me e mi bacia sulla bocca. Mi mette dietro le orecchie una ciocca di capelli. Il bacio è innocente, ma c'è un'espressione maliziosa nei suoi occhi e mi piace. «Non è mai stata colpa tua. Inoltre le avversità rendono le persone più forti. A volte fanno uscire il meglio di sé» aggiunge con un sorrisetto autoironico.

Ha ragione. Jaeger, oggi, è infinitamente migliore del ragazzo che era quando puntava alle Olimpiadi con Kate al suo fianco. Avrebbe potuto danneggiare irrimediabilmente le ginocchia, restare invalido. E solo Dio sa che cosa sarebbe successo se avesse finito per sposare Kate.

Rabbrividisco per l'orrore. È un fatto che non auguro a nessuno.

È più facile guardare la vita di un'altra persona e sapere

che stanno meglio senza quelli che li hanno lasciati, non è così facile con la propria vita. L'unica cosa che so per certo è che i miei sentimenti per Jaeger sono reali. Non avrei mai provato questo tipo di sentimento se fossi rimasta con Eric, o qualcuno come lui.

Metto una mano sulla guancia di Jaeger e lo bacio dolcemente. Non riesco a credere che sia mio.

Andiamo alla porta d'ingresso e ci apre un uomo con i capelli d'argento e occhiali da lettura. Saluta Jaeger, che mi presenta.

«Questa è Cali?» chiede l'uomo come se avesse già sentito parlare di me. Jaeger aveva detto di voler comprare alcuni dei miei disegni. Forse ha parlato a questo tizio del mio lavoro? «Entrate.» L'uomo sorride e ci fa segno di entrare.

Do un'occhiata a Jaeger, con una bella e grande domanda sul volto.

Lui sorride e va avanti, seguendo il proprietario attraverso la grande anticamera con una vista a tutta altezza del lago. Svoltiamo in un soggiorno circa cinque volte le dimensioni dello chalet. Una vetrata che occupa tutta la parete dà sulle montagne e il lago, divisa al centro da un camino di pietra.

Non ho mai visto una ricchezza simile. Sono stupefatta dal panorama e dai mobili pregiati. Passa un minuto prima che mi renda conto che Jaeger e il suo cliente stanno fissando la parete dietro di me. È larga e alta e vuota... Eccetto una singola opera d'arte. Una delle incisioni di Jaeger... Se un'incisione avesse assunto steroidi.

Il pezzo ha le dimensioni di una piccola auto, anche se la stanza ha le dimensioni giuste per accoglierla ed è *in-cre-di-bi-le*. Non ho mai visto niente di più bello.

Passa un altro minuto prima che mi accorga che è uno dei miei disegni.

Porca paletta. È il mio cortile, quello dietro lo chalet. Gli alberi che disegno continuamente. Questo è uno dei primi disegni che ho fatto quando Gen e io siamo arrivate per l'estate.

Apro la bocca per dire qualcosa e non esce niente. Ho la gola secca. Tossisco per schiarire la voce, che poi finisce per diventare una specie di latrato, dato che la tosse, risultato della polmonite, non è ancora sparita del tutto. «Scusatemi» riesco a dire con la voce soffocata.

«Le prendo un po' d'acqua» dice l'uomo e si allontana.

«Bene» dice Jaeger. «Che ne pensi?»

Sto tremando come se fossi davanti a un grande pubblico. Ansia da palcoscenico ed è tutta colpa di Jaeger. Il mio meraviglioso ragazzo ha venduto una delle mio opere. Una nostra opera. Ed è incredibile. Il modo in cui cattura gli elementi del disegno, usando le sfumature del legno per completare l'immagine. Non ci sono parole per quello che penso o provo.

È solo uno schizzo del mio semplice cortile, ma è sorprendente, il modo in cui lo vedo io. E forse è arte. Vedere la bellezza che gli altri non vedono e catturarla.

Capitolo Trentacinque

Il viaggio di ritorno a casa di Jaeger avviene in silenzio, dopo la bomba che mi ha scaricato addosso. Ha assunto proporzioni nucleari quando mi ha consegnato l'assegno per la mia parte della commessa: il quaranta percento. Se mi ha sbalordita fino a lasciarmi senza parole con l'incisione, sono quasi svenuta quando mi ha consegnato l'assegno. Jaeger ha dovuto portarmi via in fretta dalla casa del cliente perché il mio eloquio si era ridotto a borbottii e rantoli.

Ho migliaia di dollari nella mia manina sudaticcia. Più di quello che guadagnavo in due mesi lavorando al Blue. Una o due commesse l'anno con Jaeger, più il mio lavoro alla Sallee Construction e avrò ufficialmente una nuova ed eccitante carriera come artista. Ovviamente, non potrei realizzare le commesse senza Jaeger. Il suo talento dà vita ai miei disegni. Proprio come ha portato la vita nel mio cuore.

Jaeger ha un sorriso soddisfatto sul volto mentre torniamo a casa sua e ogni tanto mi dà un'occhiata. Sa che mi ha completamente sbalordito. Vedere il mio disegno splendidamente esposto sulla parete di qualcuno è come vincere la lotteria. Non c'è niente di meglio, tranne stare con Jaeger.

Sono diventata la sua ragazza stracotta e sdolcinata.

E mi sta bene.

Svoltiamo nel lungo viale che porta alla sua casa e il mio cuore accelera quando la vedo. Accanto alla porta d'ingresso c'è un SUV bianco, nuovissimo. Non è una marca di lusso, ma è nuovo e sento i peli sulla nuca che si rizzano. Un'altra delle sue clienti? Un trucchetto di Kate? O uno dei suoi malvagi complici?

«Non preoccuparti» dice Jaeger, guardandomi in volto. «Era previsto che fosse qui.»

«Di chi è?»

Speravo in un po' di tempo da sola con Jaeger per dimostrargli quanto ho apprezzato i suoi sforzi per aiutarmi nella mia carriera. È il miglior ragazzo al mondo e avevo un piano per ringraziarlo. Piani dettagliati, creativi, da body-art. Una specie di Twister, stile camera da letto.

«È tua.»

Uh? «Che cosa è mia?»

«L'auto. L'ho comprata per te, ma in realtà è un investimento fatto per la mia pace mentale. Potrei avere un infarto se dovessi preoccuparmi ancora una volta per te e come ti sposti.»

Normalmente, una cosa del genere andrebbe contro il mio *sono una donna indipendente*, ma tutto quello che riesco a fare è sorridere. Nessuno dovrebbe dipendere da un altro per la propria felicità, ma qui non si tratta di viziarmi. Jaeger mi ama ed è il modo in cui mi sta dimostrando il suo amore. Si preoccupa per la mia sicurezza e vuole prendersi cura di me. Il sentimento è reciproco perché anch'io voglio prendermi cura di lui. Fa parte dell'amore. Non mi sento intrappolata o dipendente. Mi sento amata.

«Mi hai comprato un'auto.»

Lui annuisce.

Guardo la mia bella auto nuova. Che sia un piccolo SUV sarà utile. Ottimo per le estati a Tahoe, e anche per gli inverni. «La adoro» dico, ma sto guardando lui e credo che l'emozione sia ben visibile sul mio volto.

Jaeger si china e mi bacia, a lungo e lentamente, concentrando ogni sensazione e sentimento in un punto di contatto bollente.

Dopo un momento, alzo la testa. «Grazie. Per tutto. Per tutto ciò che mi hai dato.» E non mi sto riferendo all'auto.

«Tu mi hai dato di più.»

Epilogo

Quando apro gli occhi, mi rendo conto di essermi addormentata, a casa di Jaeger, all'aperto, sul dondolo. Stavo disegnando il lago prima di cedere al sonno.

La casa di Jaeger è diventato il mio posto preferito per lavorare, ora che è stata decontaminata dalla presenza di Kate. Ma questa proprietà è anche come una droga: arrivo qui e mi rilasso immediatamente. Ottimo per la salute, ma pessimo se voglio riuscire a lavorare.

Mi alzo e mi stiracchio.

«Finalmente sveglia?»

Volto la testa e vedo Jaeger che si sta avvicinando. «Per quanto ho dormito?» gli chiedo.

Lui fa una smorfia. «Due ore.»

«Due ore! Perché non mi hai svegliata?»

Lui si siede accanto a me e si mette in grembo le mie gambe. «Eri così serena. E bella. Non potevo svegliarti.»

Mi metto seduta e lo abbraccio. «Che cos'hai fatto mentre dormivo?»

«Ho lavorato. Ho una nuova commessa. Volevano

vedere anche i tuoi disegni, quindi è un bene che abbia finito uno schizzo prima di addormentarti.» Prende l'album che ho in grembo. «Questo è favoloso. Devi includerlo nel tuo portfolio.»

Jaeger e io siamo diventati una squadra. Pensavo che sarebbe stato meraviglioso realizzare un paio di progetti all'anno con lui e speravo che forse uno o due dei suoi clienti sarebbero stati interessati alle nostre opere artistiche combinate. Ma i nostri lavori sono piaciuti a talmente tanta gente che è diventato un secondo lavoro per noi.

All'inizio facevamo uno schizzo e un'incisione separati e li mostravamo in giro. Adesso la gente si limita a guardare il portfolio che ho costruito e sceglie il disegno che vuole, acquistandolo in esclusiva perché Jaeger faccia l'incisione. Mi piace lavorare con lui e adoro ciò che sto facendo.

«Sai,» dice Jaeger, «probabilmente potresti lasciare il tuo lavoro alla ditta di costruzioni.»

«Assolutamente no» rispondo scuotendo la testa. «Adoro il signor Sallee e lavorare con i miei colleghi. Resterò finché vorranno tenermi.»

Lui sorride e mi bacia la fronte. «Okay, baby. Qualunque cosa ti renda felice.» Jaeger stira le braccia sopra la testa e sbadiglia e appare una striscia di pelle nuda sotto il bordo della t-shirt. «Potrei fare un pisolino anch'io.»

Infilo la mano sotto la maglietta prima che abbia l'opportunità di abbassare le braccia. «Oppure potremmo fare altre cose» dico agitando le sopracciglia in modo allusivo.

Jaeger mi inchioda sul dondolo con il suo corpo enorme, palpandomi e facendomi il solletico. «È quello che sono? Solo un pezzo di carne?»

«Certamente!» strillo, ridacchiando e cercando al contempo di lottare contro le sue dita.

Lui mi sorride. «Okay, posso accettarlo.» Mi bacia e poi Jaeger fa il sonnellino, tra le mie braccia.

* * *

MAI CON UN DONNAIOLO, il secondo volume della serie NEVER DATE, racconta la torrida storia di Gen e Lewis.

COMPRATELO ADESSO!

MAI CON UN DONNAIOLO

Quel traditore del mio ex mi ha fatto rinunciare agli uomini. Finché non arriva Lewis che mi toglie il fiato e il buon senso.

Non sono mai stata il tipo che desidera disperatamente un uomo. Ma Lewis è un pezzo d'uomo di due metri, rude e… Attira l'attenzione. Sexy. Ed è un tipo forte e silenzioso in tutti i sensi.

Più passo il tempo con lui più penso a noi due insieme, e non in modo casto, e lui non mi aiuta di certo a smettere di farlo. È esasperante. Sto fantasticando, desiderandolo e non riesco a ricordare perché volevo stare alla larga da lui.

Ma i complicati legami di famiglia di Lewis potrebbero spezzarmi come non è mai riuscito a fare un ex-ragazzo.

Nonostante tutti i motivi per cui non dovrei farmi coinvolgere, Lewis potrebbe essere l'unico uomo a cui non posso resistere.

COMPRATE OGGI: *MAI CON UN DONNAIOLO*

Libri di Jules Barnard

I fratelli Cade

La tentazione di Levi

La sfida di Wes

La seduzione di Bran

La riforma di Hunt

Serie: Never Date

Mai con un amico di tuo fratello

Mai con un donnaiolo

Mai con la tua ex

Mai con il tuo miglior amico

Mai con il tuo nemico

Potete trovare la bibliografia completa di Jules Barnard sul sito: julesbarnard.com/i-libri-di-jules

L'Autrice

Jules Barnard è un'autrice bestseller di USA Today di romance contemporanei e fantasy romantico. Le sue serie contemporanee includono Mai frequentare e I fratelli Cade. Scrive Fantasy romantico sotto lo stesso pseudonimo con la serie Halven Rising che il Library Journal definisce "... un'eccitante nuova avventura fantasy." Che stia scrivendo di uomini sexy intorno al Lago Tahoe o di un mondo di fate inserito nel campus di un college, Jules racconta storie coinvolgenti, piene di cuore e umorismo.

Quando non è in tuta da ginnastica a scrivere, premiandosi con il cioccolato, passa il tempo con suo marito e i due figli in una cittadina sulla costa nordoccidentale del Pacifico. Dice di avere la capacità di leggere mentre corre sul tapis roulant o brucia la cena.

Per conoscerla meglio visitate il suo sito web:
julesbarnard.com/i-libri-di-jules